ଗଳ୍ପ ନୁହେଁ

ଗଳ୍ପ ନୁହେଁ

ଅବସର ବେଉରିଆ

ବ୍ଲାକ୍ ଇଗଲ୍ ବୁକ୍ସ

ଭୁବନେଶ୍ୱର, ଓଡ଼ିଶା

BLACK EAGLE BOOKS
Dublin, USA

ଗଳ୍ପ ନୁହେଁ / ଅବସର ବେଉରିଆ

ବ୍ଲାକ୍ ଇଗଲ୍ ବୁକ୍ସ : ଭୁବନେଶ୍ୱର, ଓଡ଼ିଶା ● ଡବଲିନ୍, ଯୁକ୍ତରାଷ୍ଟ୍ର ଆମେରିକା

 BLACK EAGLE BOOKS

USA address:
7464 Wisdom Lane
Dublin, OH 43016

India address:
E/312, Trident Galaxy, Kalinga Nagar,
Bhubaneswar-751003, Odisha, India

E-mail: info@blackeaglebooks.org
Website: www.blackeaglebooks.org

First International Edition Published by
BLACK EAGLE BOOKS, 2022

GALPA NUHEN
by **Abasara Beuria**

Copyright © **Abasara Beuria**

Cover & Interior Design: Ezy's Publication

ISBN- 978-1-64560-305-4 (Paperback)

Printed in the United States of America

ଅଗଣିତ ବନ୍ଧୁ ଓ ଶୁଭାକାଙ୍‌କ୍ଷୀମାନଙ୍କ
ଉଦ୍ଦେଶ୍ୟରେ

କିଛି କଥା

ଉଦ୍ଦେଶ୍ୟହୀନ ଭାବେ ଗପ ଲେଖିବା ଝୁଙ୍କ ପିଲାଦିନୁ ଥିଲା । ସ୍କୁଲ ଜୀବନରେ ପ୍ରଜାତନ୍ତ୍ର ପ୍ରଚାର ସମିତି ଆନୁକୂଲ୍ୟରେ ପ୍ରକାଶିତ ମୀନାବଜାର ଦ୍ୱାରା ପ୍ରତିଯୋଗିତାରେ ପ୍ରଥମ ସ୍ଥାନ ପାଇଥିଲି। ରେଭେନ୍ସା କଲେଜରେ ଛାତ୍ର ଥିଲାବେଳେ କିଛି ଲେଖା 'ରେଭେନ୍ସାଭିଆନ୍'ରେ ପ୍ରକାଶିତ ହୋଇଥିଲା ଯାହାର ଅନୁବାଦ ମନୋରଂଜନ ହୋତା କରିଥିଲେ ଓ ସେଗୁଡ଼ିକ ଦୈନିକ ଇଂରାଜୀ ସମ୍ବାଦପତ୍ର ହିନ୍ଦୁସ୍ଥାନ ଷ୍ଟାଣ୍ଡାର୍ଡରେ ପ୍ରକାଶିତ ହୋଇଥିଲା। 'ଦିଗନ୍ତ', 'ଆସନ୍ତାକାଲି', 'ରବିବାର ପ୍ରଜାତନ୍ତ୍ର'ରେ ମଧ୍ୟ କେତୋଟି ଲେଖା ସେ ସମୟରେ ପ୍ରକାଶିତ ହୋଇଥିଲା। ଦୁଃଖର ବିଷୟ ସେଗୁଡ଼ିକ ସାଇତି ରଖିବା କଥା କେବେ ମନକୁ ଛୁଇଁ ନଥିଲା। ଏମିତି ତ ବିଶୃଙ୍ଖଳ ଓ ତା' ଉପରେ ବୃତ୍ତିର ବାଧ୍ୟବାଧକତାରେ ସେଗୁଡ଼ିକ ହଜିଗଲେ। ସେ କାଳର କେବଳ ଦୁଇ ତିନୋଟି ଗଳ୍ପ ଉଦ୍ଧାର କରିପାରିଥିଲି ଯାହା ଏ ବହିରେ ସନ୍ନିବେଶିତ। ବିଦେଶ ସେବାରେ ଥିଲାବେଳେ ଓଡ଼ିଆରେ କଥା କହିବା ଓ ଲେଖିବା ପାଇଁ ପରିବେଶ ନଥିଲା। ଆଜି ଭଳି ଯୋଗାଯୋଗର ନୂତନ ଟେକ୍ନୋଲୋଜି ନଥିଲା।

ଶ୍ରୁତି ଲେଖନୀରେ ବହିଟିର ରୂପ ଦେଇଥିବାରୁ ଶ୍ରୀ ଦିଗମ୍ବର ମହାଲିକଙ୍କୁ ଅଶେଷ ଧନ୍ୟବାଦ। 'ବ୍ଲାକ୍ ଇଗଲ ବୁକ୍ସ' ଏହାକୁ ପ୍ରକାଶ କରିବାକୁ ଆଗ୍ରହ ଓ ସମ୍ମତି ଦେଇଥିବାରୁ ମୁଁ ତାଙ୍କ ନିକଟରେ କୃତଜ୍ଞ।

କଲେଜରେ ପଢୁଥିବା ବେଳର ବନ୍ଧୁମାନଙ୍କ ପରାମର୍ଶରେ ଓଡ଼ିଆ କ୍ଷୁଦ୍ର ଗଳ୍ପ ଲେଖିବାରେ ପ୍ରଚେଷ୍ଟା କଲି। ପାଠକଙ୍କୁ ଭଲ ଲାଗିଲେ ଆନନ୍ଦିତ ହେବି।

ଅବସର ବେଉରିଆ

ସୂଚିପତ୍ର

ଝରା ପତ୍ରର ସବୁଜ ସ୍ୱପ୍ନ

ବାହାରେ ଅନେକ ଶୀତ... ଅନେକ ଇଚ୍ଛା... ଅନେକ ଝଡ଼ର ସମ୍ଭାବନା...।

କ୍ଲବର କାଚ ଝରକାରେ କୁହୁଡ଼ିଗୁଡ଼ା ପିଟି ହେଉଛନ୍ତି। ଦୂରର ମଂକି ବ୍ରିଜ୍ ଆଡୁ ଜମି ଜମି ଆସୁଛି କୁହୁଡ଼ି...।

(ଆଃ ! ବାହାରେ ବୁଲି ଆସିଲେ ହୁଅନ୍ତା ? କୋଟ୍ ପକେଟରେ ହାତ ପୂରାଇ ନିଜ ପାପୁଲିକୁ ଉଷୁମ ରଖି... ହେମାଳ ପବନଗୁଡ଼ା ଖାଲି ଆସି ମୁହଁର ହନୁ ହାଡ଼ରେ ବାଜୁଥିବ... ଆଉ ଢ଼ିଲା ଟ୍ରାଉଜର ଭାଙ୍ଗରେ ପବନ ଲହଡ଼ି ମାରୁଥିବ... ମଝିରେ ମଝିରେ କିଛି ଚେନାଚୁର... କିଛି ର-କଫି... କିଛି ସିଗାରେଟ୍.... ତାଜା ଗୁଜବ ଉପରେ ସରଗରମ୍ ଆଲୋଚନା...)।

ଏଠି କିନ୍ତୁ କଫି କାହିଁ? ମାଗିଲେ ସମସ୍ତେ ପ୍ରଥମେ ଚାହିଁବେ ଓ ତା'ପରେ ଖୁଉବ୍ ହସିବେ (ଜଙ୍ଗଲୀଟାଏ ପଶି ଆସିଛି ?) ରମ୍......ଜିନ୍.....ହୁଇସ୍କିର ପ୍ରାଚୁର୍ଯ୍ୟ ଭିତରେ ସାଧା କଫିର କୌଣସି ମାନେ ହୁଏନା। ଅତି କମ୍‌ରେ ଜିନ୍ ତ ହାଲୁକା ପାନୀୟ।

ସେଇ ସେ ମହିଳା ଟ୍ରେରେ ନେଇ ଯାଉଛି-କକ୍‌ଟେଲର ଗନ୍ଧ। ମୁହଁରେ ଲାଖି ରହିଛି ଅଭିବାଦନର ହସ। ସେ ହସରେ ଯେମିତି କହୁଛି- "ସୁସଂଧ୍ୟା..... କିପରି ଅଛନ୍ତି ?... ସବୁ କୁଶଳ ତ ?" (ନାଁଟା ମନେ ପଡୁନି) ତାର ଅଙ୍ଗ ଚାଳନାରେ କରକଙ୍କଣର କେତେ ଝଂକାର। କି ଆଶ୍ଚର୍ଯ୍ୟ ଆକର୍ଷଣ ରହିଛି ତା ଆଖିରେ। ତଥାପି ସେ ଝାଉଁଳିଲା ଲାଜକୁଳୀ ଲତା ପରି.....ମୋ ଆଖିର ଉତ୍ତାପରେ। (ଏଇ ଆଖି ଦୁଇଟାର ତୀକ୍ଷ୍ଣ ବସ୍ତ୍ରଭେଦୀ ଦୃଷ୍ଟିଶକ୍ତି ପାଇଁ ଏପର୍ଯ୍ୟନ୍ତ ଗୋଟାଏ ଅସଭ୍ୟ, ଅଭଦ୍ର, ବର୍ବର ହୋଇ ରହିଲି କେତେଜଣଙ୍କ ନିକଟରେ। ସେ ଧାରଣାଟା ପୋଛି ପାରିଲିନି ଶତଚେଷ୍ଟା ସତ୍ତ୍ୱେ। ସବୁ ଦୋଷଗୁଡ଼ା ଏଇ ଆଖି ଯୋଡ଼ିକର, ମନର ନୁହେଁ।

କିଛି ବର୍ଷ ତଳେ - ତାର ଗୋଲାପୀ ପାଖୁଡ଼ା ପରି ତୁଲତୁଲ ଗାଲକୁ ଚିପି ଧରୁଥିଲି। (ଆଜି କିନ୍ତୁ ସଂକୋଚ ଲାଗେ)... (ବୟସ ଖୁଉବ୍ ହୋଇଛି)। ଦିନଥିଲା ଯେବେ ମନ ନାଚୁଥିଲା... ରକ୍ତ ନାଚୁଥିଲା... ଦେହ ଜଳୁଥିଲା...। ଏବେ ମଧ୍ୟ ମନ ନାଚେ... ନିଶ୍ୱାସରେ ନିଆଁଲାଗେ... ସବୁ ପୁଣି ମରିଯାଏ ଆପେ ଆପେ... (ବୟସ ଖୁଉବ୍ ହୋଇଛି)।

କ୍ଲବ୍‌ର ରଙ୍ଗ ବଦଳିଛି। କୁମାରୀର କମନୀୟ ଦେହର ରଙ୍ଗ ବଦଳିଲା ପରି। ସେ ଯେମିତି ଗୋଟାଏ ବିରାଟ ଇତିହାସ କହିଗଲା। ମୁହଁର ପ୍ରତି କୋଣେ କୋଣେ ସେଇ ଇତିହାସର ଛାପ ଫୁଟି ଉଠୁଥିଲା। ଛତର ମଂଜିଲ ଉପରେ ଉଠିଥିବା ବାସି ଜହ୍ନ ପରି। ତାର ସଦ୍ୟ ଲହୁଣୀ ଦେହରେ ଆଜି ବାସିର ଆଭାସ।

କାଉଣ୍ଟରରେ ବସିଛି ବଳିଷ୍ଠ ଅପରିଚିତ ଯୁବକ। ବ୍ୟବସାୟରେ ବ୍ୟସ୍ତ। (ସେଠି ଗୁଲାବ୍ ସିଂ ବସୁଥିଲା) ପାଂଚ ହାତର ମରଦ... ଏ' ଚଉଡ଼ା ଛାତି... ଆଉ ସବୁଠାରୁ ଆକର୍ଷଣୀୟ ତାର ନିଶ ହଳକ... ଫୁଲ୍‌କା ଫୁଲ୍‌କା କଳା ନିଶ... ଯାହାକୁ ଦେଖିବା ପାଇଁ ରାସ୍ତାରେ ପିଲାମାନେ ଗୁଲାବ୍ ସିଂ ପଛରେ ଗୋଡ଼ାନ୍ତି... ସେ ନିଶ ହଳକ ଗୋଟିଏ ଅନୁଷ୍ଠାନ... ବହୁ ପ୍ରକାରର ଗଳ୍ପ ଶୁଣାଯାଏ ସେ ବିଷୟରେ... ଗୁଲାବ୍ ସିଂ କୁଆଡ଼େ ବର୍ଷରେ ଥରେ ବିଲାତ ଯାଏ ସେ ନିଶ କାଟିବାକୁ... ମାସକୁ ଏକାନବେ ଟଙ୍କାରୁ ବେଶୀ ଖର୍ଚ୍ଚ ତା ପଛରେ... ସେ ନିଶ ହଳକର ଯୋଗ୍ୟତାରୁ ପଞ୍ଚମ ଜର୍ଜ ତାକୁ ସୈନ୍ୟ ବାହୀନୀରେ ନିଯୁକ୍ତି ଦେଇଥିଲେ...ଏଇମିତି କେତେକେତେ...) ଗୁଲାବ ସିଂର ହସ... ଆହା, ଯେ ଥରେ ଶୁଣିଛି, ଭୁଲି ପାରେନା... ସେ ହସର ଅଭାବ ଆଜି ବାରି ହେଇ ପଡୁଛି...। ସଂଧ୍ୟାରେ ଅଭିବାଦନ ଜଣାଇ ଗୁଲାବ ସିଂ ଯେମିତି ଘରଟା ଯାକ ଘୁରି ଆସୁଥିବ ଓ ହସୁଥିବ ସମସ୍ତଙ୍କୁ କୁଶଳ ପଚାରି ପଚାରି... ସବୁର ଆଜି ଅଭାବ। ଦିନେ ଦିନେ ସେ ପିଇବ ବେହୋସ ହେବା ଯାକେ ଶେଷରେ ଗାଲିଚାରେ, ଜଙ୍ଗଲରେ ଗଛ କାଠଗଡ଼ କାଟିଲାପରି ଦୁଲ୍‌କରି ପଡ଼ିବ... ତାପରେ ଅଚେତ୍... ବେଶ୍ ସେଦିନ ସେତିକି... ପରଦିନ ସେଇ ପୂର୍ବ ଭଳି ହସ... ଅଭିବାଦନ... କଥା... କୁଶଳ ସମାଚାର... ମଝିରେ ମଝିରେ ହୁଏତ ଗାଲିବ୍‌ଙ୍କର ପଂକ୍ତି - ନା ପିନା ହାରାମ୍ ହୈ....ନା ପିଲାନା ହାରାମ୍ ହୈ, ଲେକିନ ପିକର୍ ହୋସ୍ ମେଁ ଆନା ହାରାମ୍ ହେ.... ନଚେତ୍ କହିବ ଦ୍ରାକ୍ଷାରସ ପିଇ ସବୁ ବୁଝି କିଛି ବୁଝିବ ନାହିଁ... ସବୁ ଶୁଣିବ...କିଛି କହିବ ନାହିଁ....।

ଆଜି ସେଇ ଗୁଲାବ୍ ସିଂର ପୋର୍ଟରେଟ୍ କାନ୍ଥରେ ଝୁଲୁଛି। ତାଆରି ଆଖି ସାମନାରେ ଯେମିତି ଗୋଟିଏ ସଭ୍ୟତାର ତାଜ୍ ଉଜୁଡ଼ି ପଡ଼ିଲା। ସେଇ ପୁରୁଣା

ଆଭିଜାତ୍ୟ। ଗୋଟିଏ ଜୀବନ ଧାରା। ରଙ୍ଗୀନ୍ ଜୀବନର ଅବସାନ। ଝଡ଼ର ସାମାନ୍ୟ ସ୍ପର୍ଶରେ ଦୀପ ଲିଭିଗଲା ପରି ପୁରାତନ ଆଭିଜାତ୍ୟ ଲିଭିଗଲା ଚାହୁଁ ଚାହୁଁ।

"ବୟ"

"ଜୀ...''

"ସେ କିଏ ?''

"ଆଜ୍ଞା କାହା କଥା ପଚାରୁଛନ୍ତି?''

"ଆରେ ସେଠି ଯେ କିଛି ବୁଣୁଛନ୍ତି?''

"ଓଃ ମିସେସ୍ ମହାପାତ୍ରଙ୍କ କଥା ପଚାରୁଛନ୍ତି? ଆମ ସିଭିଲ ସର୍ଜନ ସାହେବଙ୍କ ବିବି ଆଜ୍ଞା।"

ଗୁଲାବ ସିଂ ପୋର୍ଟରେଟ୍ ତଳେ କାଉଚ୍‌ରେ ବସିଛନ୍ତି ମିସେସ୍ ମହାପାତ୍ର। ଉଲ୍‌ରେ କିଛି ବୁଣୁଛନ୍ତି। ଶୀତର ଅତ୍ୟାଚାର, ଆରମ୍ଭ ହେବା ପୂର୍ବରୁ ଶେଷ ହେବା ଚାହିଁ। ପାଖରେ ସାନଝିଅଟିଏ ବସି ଆଇସ୍‌କ୍ରିମ ଖାଉଛି। ଆଉ ମଝିରେ ମଝିରେ ଦଉଡୁଛି ଘରର ଆର କୋଣକୁ। (ବୋଧହୁଏ?) ମିଷ୍ଟର ମହାପାତ୍ର ତାସ୍ ଖେଳୁଛନ୍ତି। ଚେୟାର ତଳେ ଗଡୁଛି ଦୁଇଟା ବୋତଲ (ହେ'ୱାର୍ଡ଼ ପିକାଡିଲ୍ଲି ଲଣ୍ଡନ ଜିନ)। ଟେବୁଲ ଉପରେ ଦରପୋଡ଼ା ସିଗାରେଟର ସଭା! ଝିଅଟି ଫେରି ଆସୁଛି ମା ପାଖକୁ ହତାଶରେ...ସ୍ୱାମୀ-ସ୍ତ୍ରୀଙ୍କ ମଧ୍ୟରେ ସେଇ ସନ୍ତାନଟି ବୋଧହୁଏ ଗୋଟିଏ ପତଳା ଓ ପବିତ୍ର ସଂଯୋଗକାରୀ ଫିତାଟିଏ। ମିସେସ୍ ମହାପାତ୍ର ଚାହୁଁଛନ୍ତି କରୁଣ ଭାବେ... ଗୋଟିଏ ଚାହାଣୀରେ ଅସଂଖ୍ୟ ବ୍ୟଥା...।

ଏବଂ ମିସେସ ନଟରାଜନ୍। ଯାହାଙ୍କ ପରିଚୟ ବୋଧହୁଏ ସହଜରେ ଓ ଶୀଘ୍ର ମିଳିଗଲା। ପ୍ରଜାପତି ଭଳି ଘରସାରା ଡେଇଁ ବୁଲୁଛନ୍ତି। ସମସ୍ତଙ୍କ ମୁହଁରେ ତାଙ୍କରି କଥା। ତାଙ୍କ ଚିବୁକର କଳାଜାଇଟା ଆକାଶର ସଂଧ୍ୟା ତାରାଭଳି... ଯାହା ତାଙ୍କ ଅତୀତ ଓ ଭବିଷ୍ୟତର ସବୁଜ ସୌନ୍ଦର୍ଯ୍ୟ...। ତାଙ୍କ ଖୋସାରେ ଦରଫୁଟା ରଜନୀଗନ୍ଧା (କଳା ଆକାଶରେ ଯେମିତିଆ ହଳଦିଆ ଚାନ୍ଦ)। ବେଶଭୂଷା ଓ ଚାହାଣୀରୁ କେବେ ମନେ ହେବନି ସେ ଦୁଇଟି ସନ୍ତାନର ଜନନୀ ଓ ଏତେ ହିସାବୀ! ଗୋଟିଏ କିଶୋରୀର ମନ ନେଇ ସେ କଥା କହୁଛନ୍ତି... ନିମନ୍ତ୍ରଣ କରୁଛନ୍ତି... ଓ ନିଜର ସୌନ୍ଦର୍ଯ୍ୟ ପ୍ରତି ସର୍ବଦା ସଚେତନ ହୋଇ ପଡୁଛନ୍ତି। କ୍ଲବର ସହସ୍ର ଆଖିର ତୀବ୍ର ଦୃଷ୍ଟିକୁ ସେ ହସି ହସି ସହ୍ୟ କରୁଛନ୍ତି ଗର୍ବରେ... ଉତ୍‌ଫୁଲ୍ଲ ହୋଇ। ତାଙ୍କର ସ୍ୱାମୀ ଏ ସହରକୁ ପୋଲିସ୍ ଅଫିସର ହୋଇ ଆସିବା ପରେ ସମସ୍ତଙ୍କର ଈର୍ଷାର ପାତ୍ର ହୋଇ ପଡ଼ିଛନ୍ତି ମିସେସ୍ ନଟରାଜନ। କ୍ଲବର ଅପ୍ରତିଦ୍ୱନ୍ଦ୍ୱୀ ସୁନ୍ଦରୀ। ଲୁଗା ଦେହରୁ ନ ଖସିଲେ ମଧ୍ୟ ବାର୍‌ବାର ସଜାଡ଼ି ନେଇ ନିଜ ଦେହ ଲାବଣ୍ୟକୁ ଦେଖିବାକୁ ସେ ଭୁଲି

ଯାଉନାହାନ୍ତି। ଅନ୍ୟଙ୍କୁ ଆକୃଷ୍ଟ କଲାଭଳି ରୂପ ସଜ୍ଜାରେ ତ୍ରୁଟି ହେଇନିତ ? ବର୍ତ୍ତମାନ ମିସେସ୍ ନଟ୍‌ରାଜନ ଓ ମିଷ୍ଟର ମଜୁମ୍‌ଦାର ଗୋଟିଏ ସୋଫାରେ ବସିଛନ୍ତି। ମିଷ୍ଟର ମଜୁମଦାର୍ ଅବିବାହିତ ଓ ପ୍ରଦେଶର ଡି.ଆଇ.ଜି. ମିଷ୍ଟର ନଟରାଜନଙ୍କ ମୁନିବ। ମଜୁମ୍‌ଦାର ନିଜ କୁକୁରଟାକୁ ଇଙ୍ଗିତ ଦେଉଛନ୍ତି କୁକୁର ଦଉଡ଼ୁଛି ମିଷ୍ଟର ନଟରାଜନ୍‌ଙ୍କ ପାଖକୁ। ଆଉ ସେ ? ହୃଷ୍ଟପୁଷ୍ଟ କୁକୁରଟିର (ପ୍ରଚୁର ଖାଦ୍ୟ ପାଇଥିବା ହେତୁ)। ଦେହ ସାଉଁଳି ସାଉଁଳି କୃତାର୍ଥ ବୋଧ କରୁଛନ୍ତି। ଯେମିତି ଦୃଷ୍ଟି ପଡ଼େ ମୁନିବର। କି ଆନନ୍ଦ ?

କ୍ଲବର ସମସ୍ତେ ଲକ୍ଷ୍ମୀଙ୍କର ପୂଜାରୀ। ଅର୍ଥର ଘୋଡ଼ାଦୌଡ଼ ଲାଗିଛି ଏଠି। ଯେ ପଛରେ ପଡ଼ିଗଲା... ରହିଗଲା ପରିତ୍ୟକ୍ତ, ଉପେକ୍ଷିତ ଓ ପଦାହତ ହୋଇ...। ଅର୍ଥ ହିଁ ସମ୍ମାନର ମାନଦଣ୍ଡ ଏଠି। ଅର୍ଥରେ ଶାସନ କରାଯାଏ।

(ଟଂକାରେ ଯଦି ମଣିଷକୁ ଜୟ କରି ହୁଅନ୍ତା ?)

ନିଷ୍ପ୍ରଭ ଆଲୁଅ ଜଳୁଛି ଭିତରେ... ରଙ୍ଗୀନ ଓ ରହସ୍ୟମୟ ଏଇ ଭିତର ଆବହାଓ୍ୱା... ରଂଗୀନ ମନରେ ନିଆଁ ଲାଗିବ... ହାଲୁକା ଆଲୁଅରେ ହାଲୁକା ହୋଇଯିବ ମନ... ଇନ୍ଦ୍ରଧନୁର ମନ ନେଇ ଏଠି ସମସ୍ତେ ଆସିଛନ୍ତି... ସାତରଙ୍ଗ ବାଇଗଣୀ... ନୀଳ... ସବୁଜ... ହଳଦିଆ... ନାଲି... ଶୀତ ଋତୁରେ ସହରକୁ ଉଡ଼ି ଆସନ୍ତି ଅନେକ ପକ୍ଷୀର ଦଳ... ଅନେକ ରଙ୍ଗ ଓ ବାସନା ନେଇ...ଦୂର ଦୂରାନ୍ତରୁ... ସେମାନଙ୍କର କୋଳାହଳରେ ମୁଖରୀତ ହୋଇଉଠେ ସହରର ଗଳି କନ୍ଦି... କ୍ଲବ ଆଉ ନାଚ ଘର... ଆଲୁଅ ଲିଭୁଛି... ବର୍ଷର ଏ ସମୟରେ ପତଙ୍ଗର ଆକ୍ରମଣରୁ ରକ୍ଷା କରିବା ପାଇଁ ଏଇ ଜାଲଘେରା ମନଗୁଡ଼ା... ନାଚ ଆରମ୍ଭ ହେଲା। ସମସ୍ତଙ୍କ ହୃଦୟରେ ଗୋଟିଏ ସ୍ୱର ଝଂକୃତ ହୋଇଛି... ଗୋଟିଏ ଉପଲବ୍ଧି... ଆସ ନାଚିଯିବା... ଗାଇଯିବା... ହଜିଯିବା ନାଚର ଛନ୍ଦେ ଛନ୍ଦେ....ସଙ୍ଗୀତର ସୁରେ ସୁରେ....ପ୍ରତିମୁହୂର୍ତ୍ତକୁ ସରସ ସୁନ୍ଦର କରି ତୋଳିବା...କାରଣ ? ଏ କ୍ଷଣସ୍ଥାୟୀ... ଆସନ୍ତାକାଲି ଅନିଶ୍ଚିତ ଆଜି ଲୁଟିନିଅ ଜୀବନର ସୁଧା...। କେତେକ ପ୍ରବଳ ଆଗ୍ରହ ଓ ଅଦମ୍ୟ ଉତ୍ତେଜନାରେ ଘୁରି ବୁଲୁଛନ୍ତି ମହୁମାଛି ପରି। ନୃତ୍ୟ ଓ ସଙ୍ଗୀତର ସମନ୍ୱୟ କରୁଛନ୍ତି ସେମାନେ ନିଜ ଛନ୍ଦରେ... ବର୍ତ୍ତମାନରେ ବଂଚି ରହିବାର ବ୍ୟାକୁଳତା। (ବୟସ ଖୁଉବ ହୋଇଛି)।

ନା - ଏଠି ବୟସ ପଥହରା ହୋଇଛି ଶାଢ଼ୀର ଭାଙ୍ଗରେ ଭାଙ୍ଗରେ। ତାଙ୍କ ପାଦତଳ ସେଇ ଟେବୁଲ କଡ଼ରେ; ମୋ ଚେୟାରର ତଳେ ବୟସ ହାଇ ମାରୁଛି। ଏଠି ବିଶ୍ରାମ ନାହିଁ। କ୍ଳାନ୍ତି ନାହିଁ। ରାତିଟା ବି ହାଇ ମାରେନା ଅଳସରେ।

ରେକର୍ଡ ବାଜୁଛି... ସେଇ ବିରକ୍ତିକର ପୁରୁଣା, ଘୋଷରା, ଶ୍ରୁତିକଟୁ ସ୍ୱର। କେହି ଜଣେ ବେହେଲା ବଜାନ୍ତା ନାହିଁ ନିର୍ଜନତାରେ ?

କୁହୁଡ଼ିଗୁଡ଼ା ଆକାଶର ବୋଝ ନେଇ ସେଠି ଆଣ୍ଠୁମାଡ଼ି ଘୁମାଉଛନ୍ତି ମୁଣ୍ଡକୁ ପୋତି କ୍ଲବର ପାହାଚ ଉପରେ। କିନ୍ତୁ ଏମାନେ ? ନିସ୍ତେଜ ? ନାଚ ଓ ଗୀତର ଉଦ୍ଦାମ ଉତ୍ତେଜନା ଯେମିତି ସ୍ପର୍ଶ କରିବ ଏମାନଙ୍କୁ। ଯଥା- ସୌଭାଗ୍ୟ ମିଶ୍ର (କ୍ଲବରେ ପ୍ରଥମେ ପହଞ୍ଚିଥିଲା ବେଳେ ସେହିଁ ଏକମାତ୍ର ଉପସ୍ଥିତ ଥିଲେ। ତେଣୁ ପରିଚୟ ପାଇବାର ଅସୁବିଧା ହୋଇ ନଥିଲା) (ବୋଧହୁଏ) ତାଙ୍କ ସ୍ତ୍ରୀ ଡ଼ାକୁଛନ୍ତି - "ଯିବା ଆସ, ରାତି ବେଶୀ ହେଲା"।

"ଆଃ ବିରକ୍ତି କରନା" (ହାତରେ ତାଙ୍କ ଗୋଟିକିଆ ନଇଲାଟିଏ, ସୌଭାଗ୍ୟ ବାବୁ ଟ୍ୱେଟିଂ ନାଇନ୍ ଖେଳୁଛନ୍ତି।)

ଡ଼ାହାଣ କଡ଼ ଟେବୁଲରେ-

"ମହେଶ୍ୱତା ବାହାରକୁ କେତେ ସରଳ ଅଥଚ ଭିତରେ ଏତେ ରୋମାଣ୍ଟିକ ?"

"ଏମିତି ବଦନାମ୍ ହୁଏ ଝିଅମାନଙ୍କର"।

"ମୁଁ ତାର ଚିଠି ନିଜ ଆଖିରେ ପଢ଼ିଛି ଶ୍ରୀକାନ୍ତ ପାଖକୁ। ଇସ୍ ସେ ଯେଉଁ କଦର୍ଯ୍ୟ ଭାଷା।

ଚୁପଚାପ୍

"ମିଷ୍ଟର ଏଣ୍ଡ ମିସେସ୍ ରଥଙ୍କର ମନାନ୍ତର କଥା ଜାଣ ନାଁ ?" ନାରୀ ସ୍ୱର

"ହଠାତ୍ ? ବେଶ ତ ଭଲ ପଡୁଥିଲା। ଦୁହିଁଙ୍କର"।

(କାନରେ ଚୁପି ଚୁପି) ମି: ରଥ କାଳେ ଗୋଟିଏ ରକ୍ଷିତା....

"ସତେ"

"କଣ କିଛି ଶୁଣିନ ? ମୋ କଥାତ ଜମା ବିଶ୍ୱାସ କରିବ ନାହିଁ।"

କିଛି ସମୟ ପରେ ମୁଁହ ବୁଲାଇ ୟାଙ୍କର ବଦଳି ହୋଇଛି (ଆଉ ଜଣେ ନାରୀଙ୍କ ଉଦ୍ଦେଶ୍ୟରେ)।

"ହଁ, ବାବୁ କାଲି ରାତିରେ ସେକଥା କହୁଥିଲେ"

"ପ୍ରମୋସନ ହୋଇ"

ବାଁ କଡ଼ ଟେବୁଲରେ ଦୁଇଜଣ ପୁରୁଷ (ସାମାନ୍ୟ କମ୍ ବୟସ)-"ଆପଣ ଦିନକୁ ଦିନ ଚନ୍ଦା ହୋଇ ଯାଉଛନ୍ତି"

ଦ୍ୱିତୀୟ ପୁରୁଷ ହିଁ, ଚିନ୍ତାରୁ"।

"ଏ ବୟସରେ ଚିନ୍ତା ?

"ସେଇ ବାଳ ଉପୁଡ଼ାର ଚିନ୍ତା"।

ହୋ.....ହୋ......ହୋ.....

ଦ୍ୱିତୀୟ ପୁରୁଷର କଣ୍ଠ- "ଆଉ ଢ଼ାଳେ ?"

"ନା, ବାସ୍ ସେତିକି....।"

"ଡ୍ରୋଣ୍ଟ ବି ସିଲ୍ଲି....କିଛି ଚିନ୍ତା କରନି...... ଗାଡ଼ିରେ ନେଇ ଘରେ ଛାଡ଼ିଦେଇ ଆସିବି.... ସାମନା ଆଇନାରେ ଦେଖା ଯାଉଛି - ମୋର (ଦିନେ) ପ୍ରହରୀ ଭଳି ଛିଡ଼ା ହୋଇଥିବା ଟାଁଆସା ନିଶଗୁଡ଼ାକ ତଳ ମୁହଁ ହେଲାଣି ଓ ମୃତ ସୈନିକ ସବୁ ସମ୍ମାନ ଦେଲାଭଳି... ବାଳଗୁଡ଼ା ଧଳା ଧରି ସାରିଲାଣି.... ଭ୍ରୁଲତାରେ ପୁଲୁ ପୁଲୁକିଆ କୁଷ୍ଠରୋଗୀ ଭଳି ଛଉ...

ମନଟା ଗୋଟିଏ ଭଙ୍ଗା ଦର୍ପଣ, ଯେଉଁଠି ଜୀବନର ଅନୁଭୂତିର ନିଛକ ପ୍ରତିଫଳନ। (ଧୁଆଁଗୁଡ଼ା ମୁହଁ ଘଷୁଛନ୍ତି ସ୍କାଇଲାଇଟ୍ ଉପରେ)।

ସେ ଆସୁଛନ୍ତି। ଦ୍ୱିତୀୟ ପୁରୁଷ ବାଁ କଡ଼ ଟେବୁଲ୍‌ର। ହାତରେ ତାଙ୍କର ଥ୍ରି-ଏକ୍ସ ବୋତଲର ବିଶେଷ ଗନ୍ଧ। ଅଭିବାଦନ କରିଲେ "ସୁସଂଧ୍ୟା"। ତାପରେ.... ? ବେଶ୍ ଆବେଗ ଓ ଉତ୍ତେଜନା ନେଇ ସେ ଆସୁଛନ୍ତି। ଅଧା ବାଟରେ ଟଳି ପଡ଼ିଲେ। ସେତିକି ତାଙ୍କର ପରିଚୟ।

(କୁହୁଡ଼ିଗୁଡ଼ା ପିଠି ଘଷୁଛନ୍ତି କାଚରେ) ସୌଭାଗ୍ୟ ମିଶ୍ର ଶାଲ୍ ଘୋଡ଼ାଇ ଝରକା ଦେଇ ବାହାରକୁ ଚାହିଁଛନ୍ତି - ମୃତରାସ୍ତା ଉପରେ ଯେଉଁଠି ଶରତର ପଳାୟନ.....

ସେମାନେ ଆସୁଛନ୍ତି.... ଯାଉଛନ୍ତି.... ଗପୁଛନ୍ତି... ସ୍ଥିତିବାଦ୍.... କ୍ୟାମୁ....କ୍ୟୁବିଜ୍‌ମ୍....ରାଜନୀତି.... ଦୁର୍ନୀତି... ମିସ୍ ଜାମାଇକା (ବିଶ୍ୱ ସୁନ୍ଦରୀ)ର ଶରୀର ଗଠନ। ସେମାନଙ୍କ ହସର ଢ଼େଉ ସବୁ ମଥା ପିଟୁଛନ୍ତି ଛାତରେ। ସେ ହସ ସବୁ କଫି କପ୍- ହୁଇସ୍କି ଗିଲାସରେ ଲହଡ଼ି ସୃଷ୍ଟି କରୁଛି। ପବନର ଲକ୍ଷ୍ୟହୀନ ହସ। (ବୟସ ଖୁଉବ୍ ହୋଇଛି)।

ମୁଁ ଏକ ଫସିଲ୍। କହିବାକୁ ଆସିଛି ସେଇ ଅତୀତର କଥା।

ବାହାରେ ଟେରାସ୍‌ରେ ଶୁଭୁଛି-ଦୀର୍ଘଶ୍ୱାସ ଚାପା ହସ। ତରୁଣ ତରୁଣୀଙ୍କର। ହୃଦୟ ବିନିମୟ କରିବାର ମୁହୂର୍ତ୍ତ। ହୁଏତ କିଛି ସମୟ ଆଗରୁ ଦୁହିଁଙ୍କ ଭିତରେ ସାମାନ୍ୟ ନୀରବତା ଥିଲା। ସେମାନେ ଫୁଙ୍କି ଦେଲେ ଶସ୍ତା ଅଭିମାନର ତାସ୍ ଘରଟା। ଗୋଟିଏ ହସରେ ଭାଙ୍ଗିଗଲା ଭୁଲ୍ ବୁଝାମଣାର ବନ୍ଧଟା।

କ୍ଲବର ବନ୍ଦ ଝରକା ଗୋଟିଏ ପରେ ଗୋଟିଏ ପବନର ଧକ୍‌କାରେ ଖୋଲିଗଲା। ଥଣ୍ଡା ହାୱା ତୀର ଭଳି ଦେହରେ ପଶିଗଲା। ଉପଭୋଗ କରି ହୁଏ ଏଇ ଥଣ୍ଡା ହାୱା, ତା ସାଙ୍ଗକୁ ମିସ୍ ହେଲେନ ରାୟଙ୍କର ମାଂସଳ ଦେହର ପିଠିଟା। ସେ ହସୁଛନ୍ତି।

ନାଚର ଉତ୍ତେଜନା ଥମି ଆସିଲାଣି। ଗୋଡ଼ଗୁଡ଼ା ଠିକ୍ ରୂପେ ପଡୁନି। ସଙ୍ଗୀତର

ଇଙ୍ଗିତଗୁଡ଼ା ମନରୁ ଭୁଲିହୋଇ ଯାଉଛି । ଦେହରେ ଶୀଥିଳତା ଆସି ଗଲାଣି । ନୃତ୍ୟରତା ତରୁଣୀଙ୍କର ମୁହଁରେ ପରିସ୍ଫୁଟ କ୍ଲାନ୍ତି ଓ ଅବଶ । ଡ଼ାଇନିଂହଲର ନେଳୀ, ନାଲି, ସବୁଜ ବିଜୁଳିବତୀ ଗୁଡ଼ାକ ଲିଭି ଲିଭି ଆସୁଛି... ଖାଲି ସବୁଜ ଆଲୁଅ ଯାହା ବାହାରର ପୃଥିବୀରୁ ସଂପୂର୍ଣ୍ଣ ପୃଥକ । ଗୋଟିଏ ସବୁଜ ମାୟାଭରା ପୃଥିବୀ ସୃଷ୍ଟି ହୋଇଛି ଭିତରେ... ।

"ହାଲୋ, କ୍ୟାପଟେନ୍ ?"

"କ୍ଷମା କରିବେ ଚିହ୍ନି ପାରିଲିନି"

"ଗୁରୁ ପ୍ରସାଦର କଥା ମନେ ପଡୁଛି ?"

"ଓହୋ... କିମିତି ଅଛ ?"

"ନାଇସ୍, ବ୍ୟବସାୟ କରୁଛି"

"ଆଉ କଣ ଖବର ?"

"ଏ ମୋର ଝିଅ ନମିତା କଲେଜରେ ପଢୁଛି ।

ଆଚ୍ଛା ! ଏତେ ବଡ଼ ହୋଇ ଗଲାଣି । କାଲି ଭଳି ଲାଗୁଛି ତୁମ ବାହାଘରରେ କେତେ ମଜା ହୋଇଥିଲା ।"

"ତୁମ ଚେହେରାରେ ମଧ୍ୟ ଅସମ୍ଭବ ପ୍ରକାରର ପରିବର୍ତ୍ତନ । ବୟସର ଛାପ ପଡ଼ିଲାଣି । ଏତେ ବର୍ଷ ଭୁଲିଗଲ ଲଖ୍‌ନଉକୁ । ଆସ" ?

"କିପରି ଜାଣିଲ ମୁଁ ଏଠି ଅଛି ?"

"ଲଖନଉ ତୁମକୁ ଭୁଲିନି କ୍ୟାପ୍‌ଟେନ୍ । ତୁମ ଘରପାଖ ଫଳ ଦୋକାନୀ ଖବର ଦେଲା"

"ଓହୋ"

ଆଉ କ୍ଲବଛଡ଼ା ତୁମେ ଲଖ୍‌ନଉର କେଉଁଠି ମିଳିପାର କହିଲ ?

"ନା" (ବୟସ ଖୁଉବ୍ ହୋଇଛି) ।

"ଆସ ପରିଚୟ କରାଇ ଦିଏ ଅନ୍ୟମାନଙ୍କ ସହିତ । ବହୁତ ନୂଆ ମେମ୍ବର ହେଲେଣି ଯା ଭିତରେ । ପୁରୁଣା ଭେଟେରାନ୍‌ଙ୍କ ଭିତରୁ ମୁଁ ଓ ଡକ୍ଟର ପ୍ରଧାନ" ।

"ସେମାନଙ୍କର ପରିଚୟ ପାଇ ସାରିଲିଣି ଡ଼କ୍ଟର କାହିଁ ?"

"ତା ଦେହ ଖରାପ (ବୋଧହୁଏ)"

"ଆସ କିଛି ହୁଇସ୍କି... ଜିନ

"ଧନ୍ୟବାଦ, କିଛି ମନେ କରନା---(ଯେ ସମୟ ନୁହେଁ)

"ଏନି ଟାଇମ୍ ଇଜ୍ ଜିନ୍ ଟାଇମ୍ ।"

"ବହୁତ ହେଲାଣି । ଆଉ ପାରୁନି (ବୟସ ଖୁଉବ୍ ହୋଇଛି)

"ତେବେ ମୁଁ ଆସେ । ମାନେ ଟିକିଏ.....ଜାଣତ ବଦଭ୍ୟାସଟା କଲେଜ ଦିନରୁ । ମନେ ଅଛିନା ରାତି ରାତି ଆମେ ଏଠି ଅଛିଣ୍ଡା ଯୁକ୍ତିସବୁ କରିଛେ । ନିଶା ଯେତେବେଳେ ବେଶ୍ ଘାରେ ।"

ତୁମେ ତାହେଲେ ନମିତା ସଙ୍ଗେ କିଛି ନାଚ । ସେ ମଡ଼ର୍ଣ୍ଣ ନାଚ କେଇଟା ଶିଖିଛି ।

ନମିତା-ଗୋଟିଏ ଭଙ୍ଗୀର ଅଜସ୍ର ଭାଷା । ନମିତାକୁ ଛାଡ଼ିଦେବା ସହଜ କିନ୍ତୁ ତାଭଳି ନାଚ ସାଥୀଟିଏ ଖୋଜି ପାଇବା କଠିନ । (ବୟସ ଖୁଉବ୍ ହୋଇଛି)

ଆଃ ମୁଁ ଯଦି ନାଚି ପାରୁଥାନ୍ତି ? ଜଖମ୍ ଗୋଡ଼ଟା ନେଇ ନାଚି ହୁଏନା । ସେଦିନ ସିଡ଼ିରେ ପାଦ ପକାଇ ଆସୁ ଆସୁ ଜୟଶ୍ରୀ ତା କାନ୍ଧଟା ଘୁଂଚେଇ ନେଲା ଆଉ ଖସିଗଲି । ତାପରେ ଜଖମ୍ । ଗାଲିଚ୍ଛହୀନ ସିଡ଼ିରେ ପଳାୟନ ପରେ ଜଖମ । ନାଚ ଘରେ ଖାଲି ସେଇ କଥାଟାହିଁ ମନେପଡ଼େ । ନାଚିବାକୁ ଭୟ ଲାଗେ । ଥରେ ଖସିଥିଲା... ଥରେ ଖସିଥିଲା... ଖସିଥିଲା... ଲା...ଲା... ।

ନାଲି ଆଲୁଅ ।

"ବୟ"

"ସଲାମ୍ ସାହେବ"

"ହୁଇସ୍କି.... ରମ୍"

"ଦୁଇଟା ବାଜିଗଲା ସାହେବ । ଏବେ ତ କ୍ଲବ ବନ୍ଦ ହେବା ସମୟ ହୋଇଗଲା ।"

ଦୁଆର ଫିଟାଇଲି । ଜୀବନର ଦ୍ୱାର ଖୋଲି ଗଲା । କୁହୁଡ଼ି ସବୁ ଜୋତା ଓ ପ୍ୟାଣ୍ଟ ଭିତରେ କୁଂକୁରି କାଂକୁରି ହୋଇ ଆମ ବେଗ୍‌ମ (କୁକୁର ନାଁ) ଗୁଂଜି ହେଲା ଭଳି । ରାତି ବହୁତ ହୋଇଛି । ସହରଟା ଶୋଇ ପଡ଼ିଛି କାନ୍ଥର ପୋଷ୍ଟର ଗୁଡ଼ାରେ ।

"ଗାଡ଼ି ଓ୍ୱାଲେ ?"

"ଜୀ, ହଜୁର"

"ଚ୍ଛଲ"

'ଜୀ କାହାଁ ?'

'ଆରେ ଚ୍ଛଲ-ତ'

ଗାଡ଼ି ଚ୍ଛଲିଲା... ଘୋଡ଼ା ! ଟାପୁର ଶବ୍ଦ... କବ୍ରସ୍ଥାନର ଖଣ୍ଡିକାଶ... ଛତର ମଂଜିଲ... ଷ୍ଟାଡ଼ିୟମ... ଲାଲ୍ କୋଠୀ...ଚ୍ଛଇନା ଗେଟ୍...

କିଙ୍ଗ୍ ଅଫ୍ ରଚ୍... (ଦାଓଦର୍ ପଇସା ଗଣୁଛି) । ପଇସାର ଆୱାଜ୍ । ତାର ସ୍ତ୍ରୀର ପ୍ରତୀକ୍ଷାଠାରୁ ଆହୁରି ନିବିଡ଼... ଘନିଷ୍ଠ... ।

'ଗାଡ଼ି ରଖ'

'କିଛି ଅଛି ?'

କବ୍‌ସେ ଖତମ୍ ବାବୁ । ବିସ୍ମୟ ରହାଣୀ ।

(ଏଥିରେ ଆଶ୍ଚର୍ଯ୍ୟ ହବାର କଣ ଅଛି ? ରାତି ଦୁଇଟା । ରଚ ? (ଓ ! ବୟସ ଖୁଉବ୍ ହେଇଛି) ।

"କଣ ଦାଓଦର ଚିହ୍ନି ପାରୁଚ ?"

'ଦେଖିଲା ଦେଖିଲା ଭଳି ମନେ ହେଉଛି ।'

ଦାଓଦର ଭୁଲି ଯାଇଛି ତାର ପ୍ରିୟ ଗରାଖକୁ ଯେ ସଂଧ୍ୟା ସାତଟାରୁ ରାତି ଦଶଟା ଭିତରେ ଖାଲି ହଜରତ୍ ଗଂଜରେ ଟହଲ ମାରି ମାରି ରଚ୍ ସାରି ଦେଉଥିଲା ।

'ଗାଡ଼ି ଚଲାଅ'

ହାଲ୍‌ୱାଇ ମାର୍କେଟ... ରୟାଲ କାଫେ..

'ରୋକ୍‌କେ'

ଦରୱାନ ଘୁମାଇ ପଡ଼ିଛି । ନା ଯେ ରାମ୍ ବାହାଦୂର ନୁହେଁ । ରାମ୍ ବାହାଦୁରର ଚୁଟୀ ଥିଲା । ଆଖି ଗୋଟାଏ ଫୁଟି ଯାଇଥିଲା । (ରାମବାହାଦୂରର ପୁଅ ହୋଇପାରେ ?)

ଯେଇ ବାହାଦୁର-

ସେ ଶୋଇଛି । ମଶା ଉଡ଼ାଉଛି ନିଘୋଡ଼ ନିଦରେ । ହସୁଛି - ହଜାର ହଜାର ମାଇଲ ଦୂରରେ ଥିବା ପ୍ରିୟାର ସ୍ୱପ୍ନରେ ।

'ବାହାଦୁର୍'

'ବନ୍ଦ ହୋଗୟା'

'ଆରେ କଣ ।'

ଗାନା...ବଜାନା... ଜିନ୍ଦଗୀ... ସବ୍ କୁଛ୍ ଖତମ୍ ହୋଗୟା... । (ବୟସ ଖୁଉବ ହୋଇଛି ।)

ମୋର ଦେହରେ ବାର୍ଦ୍ଧକ୍ୟର ଭାର । କଚଓ୍ୱାନ୍ ସଖା ମୋର ମତେ କିଛି ସାହାଯ୍ୟ କର ।)

ରଂଜନା... କପୁର୍‌ବାର୍ (ବୟସ ଖୁଉବ୍ ହୋଇଛି)... ଗଭର୍ଣ୍ଣର ହାଉସ୍... ମ୍ୟୁଜିୟମ୍... ଚିଡ଼ିଆଖାନା... ।

ଥଣ୍ଡାରେ ଘୋଡ଼ା ନାକରୁ ପାଣି ବୋହୁଛି । (କିଛି ରମ ଖାଇଲେ ହୁଅନ୍ତା ?)

ଏଠି ରମ କାହିଁ। ଖାଲି ଏକୁଟିଆ ଗଛ ଓ ତାର ଛାଇ... ନିଃସଙ୍ଗ ଚଢ଼େଇ... ସିଧା ରାସ୍ତା ଲ୍ୟାମ୍ପ ପୋଷ୍ଟର୍ ଲମ୍ବ ଲମ୍ବ ଛାଇ... ମୃତ୍ୟୁର ପଦଧ୍ୱନି... ପ୍ରାନ୍ତର... ଘୋଡ଼ା ଟାପୁର ଶବ୍ଦ... ନିର୍ଜନତା ଏ ରାସ୍ତାର ଶେଷ ନାହିଁ.... ଘୋଡ଼ାଟାପୁ, ନିର୍ଜନତା.....।

(ରଚନା କାଳ - ୧୯୬୧)

ହଳଦୀବସନ୍ତର ଉପାଖ୍ୟାନ

ଜାନୁୟାରୀର ଅପରାହ୍ଣ । ଖରାନଇଁ ଆସିଲାଣି । ଅବିନାଶ ଟେରାସ୍‌ରୁ ଚାହିଁଲା । ସାମ୍ନାରେ ବଉଳ, ଗଙ୍ଗଶିଉଳି, ଜାମୁଗଛର ଶାଖାଗୁଡ଼ାକ ଇଷତ୍ ପବନରେ ଦୋହଲୁଛନ୍ତି । ବାମପଟେ ଉଦାସୀ କୃଷ୍ଣଚୂଡ଼ା ଫୁଲ ସମ୍ଭାରର ବିଳମ୍ବ ସମ୍ଭାବନାରେ । ଉପରେ ନୀଳ ଆକାଶ । ମେଘ ମୁକ୍ତ ।

ହଠାତ୍ ଝଲକାଏ ସତେଜ୍ ହାୱାରେ ଅବିନାଶ ଶିହରି ଉଠିଲା । ମନେ ହେଲା ବହୁଦିନ ଧରି ସେ ଏକ ପଥରର ପ୍ରତିମୂର୍ତ୍ତି ପାଲଟି ଯାଇଥିଲା । ଲାଗିଲା ଧମନିରେ ରକ୍ତ ପ୍ରବାହିତ ହେଉଛି । ହୃଦୟରେ ସ୍ପନ୍ଦନ ଆସିଲା । ସେହି ପଥରର ମୂର୍ତ୍ତି ପୁଣି ରକ୍ତମାଂସର ମଣିଷରେ ପରିଣତ ହେବାକୁ ଲାଗିଲା । ଯେମିତି ସେ ହସ୍ପିଟାଲର ଆଇ.ସି.ୟୁର କୋମାରେ ଦୀର୍ଘସମୟ ରହିଲା ପରେ ପୁଣି ନିଃଶ୍ୱାସ ପ୍ରଶ୍ୱାସ ନେଇପାରୁଛି । ଆଉ ଆଖି ସାମ୍ନାରେ ଆସିଗଲେ କେତେ ପରିଚିତ ଏବଂ ଅପରିଚିତ ମୁହଁସବୁ ।

ଏମିତି ଏକ ଜାନୁୟାରୀ ମାସରେ ଅବିନାଶ ବାପାଙ୍କୁ ଛାଡ଼ି ଆସିଥିଲା ସାନେଟୋରିଅମ୍‌ରେ ପଚିଶ ବର୍ଷ ଆଗେ । ମନେପଡ଼ିଲା ସେହି କରୁଣ ବିଦାୟବେଳାର ଦୃଶ୍ୟଟି । ବାପା ଅବିନାଶ ହାତିଧରି କହିଲେ-"କୁନା" ମା'କୁ ଦେଖିବୁ । ମୋର ଦିନ ଆଉ ବେଶି ନୁହେଁ । ସାନଭଉଣୀ ଲତା କଥା ମଧ୍ୟ ଭୁଲିଯିବୁ ନାହିଁ । ତା'ର ବିବାହର ପ୍ରସ୍ତାବ ମଙ୍ଗଳପୁର ରାଉତ ପରିବାରରୁ ଆସିଛି । ସମ୍ଭ୍ରାନ୍ତ ପରିବାର । ପୁଅ ଇଞ୍ଜିନିଅର । ଅବିନାଶ ବାପାଙ୍କୁ ଜୁହାର ହୋଇ ସାନେଟୋରିଅମର କୋରିଡ଼ର ଦେଇ ଫେରିବା ଭିତରେ ଦେଖିଲା ବହୁ କରୁଣ ଦୃଶ୍ୟ । ବହୁ ରୋଗୀ ଓ ପରିବାର କେମିତି ଗୋଟାଏ ଆଶାନିରାଶାର ସୀମାରେଖାର ସଂଘର୍ଷ ଭିତରେ ପେଶିହୋଇ ଯାଉଛନ୍ତି ।

ସାନେଟୋରିଅମ ବାହାରେ ଅବିନାଶ ସାମ୍ନାସାମ୍ନି ହେଲା-ସୂର୍ଯ୍ୟାସ୍ତ । ସେହି ଲାଲ ପିଣ୍ଡୁଳାଟା ହଠାତ୍ ଡ଼ିଆଁ ମାରି ଲୁଚିଗଲା । ଚାରିଆଡ଼େ ରାତ୍ରିର ସଂଘର୍ଷପାଇଁ

ପ୍ରସ୍ତୁତି। ଦୋକାନ ବଜାର, ଗୃହବଧୂର ସଂଜ ଅର୍ପଣ, ଘରବାହୁଡ଼ା, ଗୋ-ଧୂଳି। ଏକ ଅପୂର୍ବ ବିବର୍ତ୍ତନ। ଆଲୋକରୁ ଅନ୍ଧକାର, ବ୍ୟସ୍ତତାରୁ ଶିଥିଳତା। ପୁଣି ଧକ୍କା ଦେଲା ସତେଜ ହାୱା।

ଅବିନାଶ ଛାତିରେ ହାତରଖି ଦେଖିଲା ହୃଦୟର ସ୍ପନ୍ଦନ ଅବିରତ ଚାଲିଛି। ଗୋଟାଏ ହଳଦୀ ବସନ୍ତ ସାମ୍ନାରେ ଜାମୁକୋଳି ଗଛର ଗୋଟିଏ ଶାଖାରୁ ଅନ୍ୟ ଶାଖାକୁ ଡ଼େଉଁଛି। ଅବିନାଶ ଚମତ୍କୃତ ହେଲା। ବହୁବର୍ଷ ଧରି ହଳଦୀ ବସନ୍ତର ଅସ୍ତିତ୍ୱ ବିଷୟରେ ସେ ଭୁଲିଯାଇଥିଲା। ହଳଦୀ ବସନ୍ତଟି ଏପାଖ ସେପାଖ ହୋଇ ଅବିନାଶ ଆଡ଼କୁ ଚାହିଁଲା। ପୁଣି ଆଉ ଗୋଟେ ଶାଖାକୁ ଡ଼େଇଁ ପଡ଼ିଲା। ଅବିନାଶ ଅନୁଭବ କଲା ଶୀହରଣ।

ମନେପଡ଼ିଲା ଏ ହଳଦୀ ବସନ୍ତଟିକୁ କିଶୋରାବସ୍ଥାରେ ଦେଖିଥିଲା। ସେତେବେଳର ଘରଚଟିଆଙ୍କ କିଚିରି ମିଚିରି ଆୱାଜ ଆଉ ନାହିଁ। ଶୁଆ ପକ୍ଷୀଗୁଡ଼ା ଆଉ ତୁତ୍‌କୋଳି ଗଛକୁ ଫେରିଆସୁ ନାହାନ୍ତି। ଘର ଭାଡ଼ିରେ ପାରାଗୁଡ଼ା ଗୁମୁରୁ ନାହାନ୍ତି। ବଣି ଚଢ଼େଇର ଯୋଡ଼ି ଦେଖିବାପାଇଁ ସ୍କୁଲ କ୍ଲାସ ଛାଡ଼ି ବରଗଛ ଓ ଓସ୍ତଗଛ ଚଢ଼ିବାର ଯେଉଁ ଅନାବିଳ ଆଗ୍ରହ ଥିଲା ସେସବୁ ଜୀବନର ଯୌବନ ଓ ଅପରାହ୍ନରେ କୁଆଡ଼େ ହଜିଯାଇଛି। ସେତେବେଳେ ଅବିନାଶ କେତେଥର ଅନୁପମାର ଚାହାଣିକୁ ମନେରଖିବା ପାଇଁ ବାର ବାର କବିତା ଲେଖିଥିଲା। ଚିତ୍ର ଆଙ୍କିଥିଲା ସ୍ମୃତିସବୁ ବାନ୍ଧିରଖିବା ପାଇଁ। ବହୁ ରାତ୍ରି ଅନିଦ୍ରାରେ କଟିଥିଲା। କଲେଜରେ ବହୁ କୌଶଳରେ ଆଖିରେ ଆଖି ମିଶାଇ ସ୍ମିତହାସ୍ୟର ପ୍ରତ୍ୟୁତ୍ତର ପାଇଁ ଅନେକ ଉଦ୍ୟମ ସଫଳତା ଓ ବିଫଳତାରେ ଲୀନ ହୋଇଯାଇଥିଲେ। ସେ କି ଆଗ୍ରହ, ସେ କି ରହସ୍ୟମୟ ଆକର୍ଷଣ। ବେଳେବେଳେ କଥା, କେବେକେବେ ପିକ୍‌ନିକ୍, ଆଉ ଖାଲି ଆଖିରେ ଆଖିରେ ଆବେଗ। ସବୁଦିନ ଲାଗେ ନୂତନ। ସବୁଗୁଡ଼ା ଗୋଟାଏ ସମ୍ଭାବ୍ୟ ଫୁଲ ବଗିଚା।

ଜୀବନରେ ଥରେ ମାତ୍ର ଦେଖା ହୋଇଥିଲା। ଯେଉଁଦିନ ଅବିନାଶ ବହୁ ପ୍ରସ୍ତୁତି ପରେ ପରାଜୟ, ପ୍ରତ୍ୟାଖ୍ୟାନର ଆଂଶିକ ବୋଝଟାକୁ ଫୋପାଡ଼ି ଦେଇ ଫୁଲଗୁଚ୍ଛ ସହ ପହଂଚି ଥିଲା ଅନୁପମା ଘରେ। ମିଳନଟା ଥିଲା ସ୍ୱାଭାବିକ। ଭଦ୍ର ପରିବେଶର। କଥାବାର୍ତ୍ତାର ସେଇ କେତୋଟି ମୁହୂର୍ତ୍ତ ଏବେ ବି ଜୀବନ୍ତ ହୋଇ ରହିଛି ସ୍ମୃତିରେ। ବହୁ କଥା ମନରେ ରହିଗଲା; ବ୍ୟକ୍ତ ବ୍ୟଥା। ସ୍ୱପ୍ନସବୁ ଗୁନ୍ଥା ହେଲା କଳ୍ପନାର କପଡ଼ାରେ...। ମନେ ପଡ଼ିଲେ ହସ ମାଡ଼େ। ଅବିନାଶ ହସିଲା।

ଅବିନାଶ ଚାରିଆଡ଼େ ଚାହିଁଲା। କୁଆଡ଼େ ଗଲା ସେ ହଳଦୀ ବସନ୍ତଟି ? ଏକାକୀ ସେ ନିଃସଙ୍ଗ ସତେ ଯେମିତି ବାର୍ତ୍ତାବାହକ ଭାବେ ଆସିଥିଲା ଅବିନାଶଙ୍କୁ ଚେତାଇ

ଦେବା ପାଇଁ - ଯେ ତୁମେ ଏବେ ମଧ୍ୟ ବଞ୍ଚିଛ। ଢାଉକ ପକ୍ଷୀଗୁଡ଼ାକ ସେମିତି ପ୍ରେମ କିମ୍ବା ପ୍ରୟୋଜକ ସଂଘର୍ଷରେ ଚିତ୍କାର କରିବା ଆରମ୍ଭ କରିଦେଇଥିଲେ।

ଅବିନାଶ ଫେରି ଚାହିଁଲା ଖରା ଆଗଭଳି ଦେହକୁ ବାଧୁନାହିଁ। ପାଖରେ ଚଷମାଟାକୁ ପୋଛି ଅବିନାଶ ଆଖିରେ ଲଗାଇଲା। ଆକାଶ ଆଡ଼କୁ ଚାହିଁଲା। ଏବେବି ଅସୀମ ଓ ଘନନୀଳ। ବହୁଦିନ ଧରି ଆକାଶ ଆଡ଼କୁ ଅବିନାଶ ଏମିତି ଚାହିଁନଥିଲା। ଲାଗିଲା ପ୍ରଥମଥର ପାଇଁ ସେ ଆକାଶର ଅସୀମତା ଉପଲବ୍ଧି କରୁଚି। ଏଠି ବନ୍ଧ୍ୟାମେଘର ଡମ୍ବରୁ ବାଜୁ ନାହିଁ। ଧାରା ଶ୍ରାବଣର ସୈନିକମାନଙ୍କର ମାର୍ଚ୍ଚର ପ୍ରତିଧ୍ୱନି ଶୁଣାଯାଉନାହିଁ। ଝଡ଼ ନାହିଁ। ଘୂର୍ଣ୍ଣିବାତ୍ୟା ନାହିଁ। ଖାଲିଅଛି ଦିଗନ୍ତବ୍ୟାପୀ ନୀଳ ଆକାଶ ଆଉ ସେ ଶୂନ୍ୟ ସମୁଦ୍ରରେ ପହଁରୁଛି। ଅନେକ ପକ୍ଷୀ ହୁଏତ ହଳଦୀ ବସନ୍ତଟି ମଧ ଏହି ଅସୀମ ଆକାଶର ସନ୍ତରଣର ଉନ୍ମାଦନାରେ ହଜିଯାଇଛି।

ଅବିନାଶ ଆରାମ ଚୌକିରୁ ଉଠି ବସିପଡ଼ିଲା। ଚାରିଆଡ଼କୁ ଆଖି ବୁଲାଇଲା। ପଡ଼ିଶା ଘରର ଝିଅ ଶୋଭା ସାଥିମାନଙ୍କ ସହ ଲୁଚକାଳି ଖେଳୁଛି। ଅବିନାଶର ମନେପଡ଼ିଲା ଚାକିରୀର ପ୍ରଥମ ଜୀବନ। ସୁନୀତା ଥିଲା ସହକର୍ମୀ। ସେ ଥିଲା କାନପୁର ସହରର। ପରିବାରର ସମସ୍ତ ଦାୟିତ୍ୱ ଥିଲା ତା ଉପରେ। ଭାଇର ଡ଼ାକ୍ତରୀ ପଢ଼ା, ଭଉଣୀର କଲେଜ ପଢ଼ା ଏବଂ ଅସୁସ୍ଥ ପିତାଙ୍କର ଚିକିତ୍ସା। ସତେ ଯେମିତି ଦାୟିତ୍ୱର ବୋଝରେ ସୁନୀତା ହରାଇ ବସିଥିଲା ତାର ଆତ୍ମବିଶ୍ୱାସ। ନୂଆ ସହରରେ ନୂତନ ବାତାବରଣରେ ସେ ଅଜାଣତରେ ଖୋଜୁଥିଲା ସାଥିଟିଏ। ସେ ଥିଲା ଅବିନାଶ। ସହକର୍ମୀଙ୍କ ଆଖି ଆଢୁଆଳରେ, କାମ ବାହାନାରେ କେତେ ଚାହାଁ ଚାହିଁ। କେତେ କଥାବାର୍ତ୍ତା। ଦିନକର ଅନୁପସ୍ଥିତିରେ କେତେ ବେଦନା ଓ ଆଶଙ୍କା। ଅଫିସ ବାହାରେ ଦିନ, ମାସ ଏବଂ ବର୍ଷଧରି କେତେ ମିଟିଙ୍ଗ, ସିନେମା ଦେଖା, ଥିଏଟରରେ ଯୋଗଦାନ ବିଭିନ୍ନ ଚରିତ୍ରରେ। ଗେ-ଲର୍ଡ ରେଷ୍ଟୋରାଁରେ ଘଣ୍ଟା ଘଣ୍ଟା ଧରି ଚା ଓ ଜୁକ୍‌ବକ୍ସର ଗୀତ। ଜ୍ୟୋସ୍ନାସ୍ନାତ ତାଜମହଲରେ ରାତ୍ରିଯାପନ, ଫଟୋ ଉଠା ସବୁଗୁଡ଼ା ମୁହୂର୍ତ୍ତକୁ ଚିରନ୍ତନ କରିବାର ପ୍ରବଳ ପ୍ରୟାସ। ସବୁଗୁଡ଼ିକ ଆଖିଆଗରେ ଭାସିଗଲା। କିନ୍ତୁ ତାର ଶେଷ ପରିଣତି ଥିଲା ଅପ୍ରତ୍ୟାଶିତ। ଅନ୍ୟ ଏକ ପୁରୁଷ ଥିଏଟରର ଅଭିନୟରେ ମୁଗ୍ଧହୋଇ ବିବାହର ପ୍ରସ୍ତାବ ଦେଲେ ସୁନୀତାକୁ। ସୁନୀତା ବାଉଁଶରାଣୀର କୌଶଳତା ଅବଲମ୍ବନ କରି ଦେଖେଣାହାରୀକୁ ଦେଖାଇବାକୁ ଚାହିଁଲା ଯେ ସେ ଭାରସାମ୍ୟ ରଖିପାରେ। କିନ୍ତୁ ନୂତନ ପୁରୁଷବନ୍ଧୁଟି ଖୁବ୍ ଦୃଢ଼ମନା ଏବଂ ଏକାଗ୍ରଚିତ୍ତ। ତାର କୌଶଳ ଓ ଅର୍ଥ ସାମ୍ନାରେ ଅବିନାଶର ନିଷ୍ଠା ନୀରବ ହୋଇଗଲା। ଶେଷରେ ସୁନୀତାର ବିବାହ ସେ ପରିଚ୍ଛେଦର ଶେଷ ଆଣିଲା।

ଅବିନାଶ ପୁଣିଥରେ ଫେରିଆସିଲା ଅପରାହ୍ଣର ବାତାବରଣକୁ। ହଳଦୀବସନ୍ତଟି ପୁଣି କୁଆଡୁ ଫେରିଆସି ଡ଼ାଳରେ ବସି କ୍ଷୀଣସ୍ୱରରେ ଅବିନାଶକୁ ଚେତାଇଦେଲା ନିଜ ଆଗମନର ଓ ଉପସ୍ଥିତିର।

ସେ ବି ଥିଲା ଏକ ଅଳସ ଅପରାହ୍ଣ। ଛୁଟିଦିନ। ଅବିନାଶର ପ୍ରଥମ ପୋଷ୍ଟିଙ୍ଗ୍। ନୂଆ ଜାଗା, ନୂଆ ବାତାବରଣ। ସବୁକିଛି ନୂଆ। ବନ୍ଧୁବାନ୍ଧବ ଓ ଜ୍ଞାତିକୁଟୁମ୍ବଙ୍କ ଠାରୁ ଦୂରରେ ରହିବାର ପ୍ରଥମ ଅଭିଜ୍ଞତା।

ଖରାବେଳଟାରେ ବିଛଣାରେ ଶୋଇ ଅବିନାଶ ଭାବୁଥିଲା – ଛାଡ଼ିଆସିଥିବା ଦିନଗୁଡ଼ାକ ଥିଲା କିଛି ଝାପ୍‌ସା ଆଉକିଛି ଖୁବ୍ ପରିଷ୍କାର। ସୁନୀତା ଥିଲା ସେ ପରିଷ୍କାର ଛବିଗୁଡ଼ିକରୁ ଗୋଟିଏ। ବୁଝାହେଲା ନାହିଁ କେଉଁଟା ଠିକ୍ – ଭଲପାଇବା ନା ବାସ୍ତବବାଦୀର ଆଭିମୁଖ୍ୟ। ସେ ସମ୍ପର୍କଟା ଥିଲା ଜେନୁଇନ୍ ନା ଛଳନା। ନା, ଏ ସବୁକିଛି ନୁହେଁ। ଜୀବନର ଚେସ୍ ଖେଳରେ ବଞ୍ଚିରହିବା ପାଇଁ କିମ୍ବା ଜିତାପଟ୍ ପାଇଁ ଜରୁରୀ ଅନ୍ୟକୁ ମାତ୍ ଦେବା। ସବୁରି ଉପରେ ଜୟ ହିଁ ସତ୍ୟ। ବଞ୍ଚିରହିବା ହିଁ ଏକମାତ୍ର ସତ୍ୟ।

ଏତିକିବେଳେ କବାଟରେ ଖଟ୍ ଖଟ୍ ଆବାଜ୍ ହେଲା। ବିଛଣାରୁ ଉଠିଯାଇ ଅବିନାଶ ଦରଜା ଖୋଲିଲା। ସାମ୍ନାରେ ଜଣେ ପଞ୍ଜାବୀ ଭଦ୍ର ମହିଳା, ବୟସ ପଚାଶ ପାଖାପାଖି ଆଉ ସାଙ୍ଗରେ ସୁଶ୍ରୀ, ସୁନ୍ଦରୀ ତାଙ୍କ କନ୍ୟା। ଭଦ୍ରମହିଳା ପରିଚୟ କରିଦେଲେ ଯେ, ସେ ମିସେସ ଚୋପ୍ରା, ଅବିନାଶର ପଡ଼ୋଶୀ ଏବଂ ଲୀନା ହେଉଛି ତାଙ୍କର କନ୍ୟା। ତାଙ୍କର ସ୍ୱାମୀ ଜଣେ ବ୍ୟବସାୟୀ, ସେ ପରେ ଆସି ଅବିନାଶକୁ ଦେଖା କରିବେ।

ଏଥି ସହିତ ସେ ନିମନ୍ତ୍ରଣ କଲେ ରାତ୍ରିଭୋଜନ ପାଇଁ। ଆଠଟାବେଳକୁ ଆସିଲେ ହବ। ଧର୍ମପତ୍ନୀକୁ ଆଣିବାକୁ ଭୁଲି ନଯିବାକୁ ଅନୁରୋଧ କଲେ। ଅବିନାଶ ଲଜ୍ଜିତ ଏବଂ ସଂକିତ ମନରେ ଉତ୍ତରଦେଲା--ସେ ଏପର୍ଯ୍ୟନ୍ତ ଅବିବାହିତ। ଭଦ୍ରମହିଳା ଟିକେ ଅବାକ୍ ହେଲେ ଏବଂ ସନ୍ଦିଗ୍ଧ ଚାହାଣିରେ ଅବିନାଶ ଆଡେ କିଛି ସମୟ ଚାହିଁରହିଲେ। ବୋଧହୁଏ ଭାବୁଥିଲେ ନିମନ୍ତ୍ରଣ କରି ଠିକ୍ ପଦକ୍ଷେପ ନେଇଛନ୍ତି କି ନାହିଁ। ଲୀନା ପଛକୁ ଚାହିଁ ଛୋଟିଆ ହସଟିଏ ହସି ଦେଇ ମା' ପଛେ ପଛେ ଚାଲିଗଲା।

ରାତ୍ରି ଭୋଜନରେ ଚୋପ୍ରାବାବୁଙ୍କ ସହିତ ଦେଖାହେଲା। ଖୁବ୍ ଜୋର୍‌ରେ ହସିପାରନ୍ତି। ଜୋକ୍ କରନ୍ତି। ବେଶ୍ କିଛି ପରିମାଣରେ ମଦ୍ୟପାନ କରିବାକୁ ଭଲ ପାଆନ୍ତି ଏବଂ ବନ୍ଧୁମାନଙ୍କୁ ବାଧ୍ୟ କରନ୍ତି ମଦ୍ୟପାନରେ ସାଥିହେବା ପାଇଁ। ବ୍ୟବସାୟ ଖୁବ୍ ଭଲ। ସହରରେ ପରିଚିତ ପାର୍ଟି ଓ ସାମାଜିକ ସଭାସମିତିରେ ବେଶ୍ କିଛି

ଆକର୍ଷଣୀୟ ବ୍ୟକ୍ତିତ୍ୱ। ରାତ୍ରି ଭୋଜନ ପରେ କହିଲେ ଯୋଗାଯୋଗ କରିବାକୁ ସଂକୋଚ କରିବେ ନାହିଁ।

ନୂତନ ଅଫିସର କାମଋପାରେ ଅଫିସ ସମୟର ବିଭିନ୍ନତା ହେତୁ ଫ୍ରେପ୍ରା ସାହେବଙ୍କ ସାଙ୍ଗେ ଦେଖା ହବାର ସୁବିଧା ହୁଏ ନାହିଁ। ମଝିରେ ମଝିରେ ପାର୍ଟିରେ ଦେଖାଋହାଁ ହୁଏ।

କିଛି ଦିନ ଭିତରେ ଅବିନାଶ ସହରର ବିଶିଷ୍ଟ ବ୍ୟକ୍ତିଙ୍କ ଗୋଷ୍ଠୀରେ ସାମିଲ ହୋଇଗଲା। ପ୍ରାୟ ସବୁଦିନ ପାର୍ଟି, ତାସଖେଳ। ଦିନଗୁଡ଼ା ଖୁବ୍ ଆରାମରେ କଟିଗଲା। ମାସ ପରେ ମାସ ଏବଂ ବର୍ଷ ପରେ ବର୍ଷ। ମନର ଆକାଶରୁ ଅତୀତର ବହୁ ବାଦଲ ଅପସରିଗଲେ। ବହୁ ମୁହଁ ଝାପ୍‌ସା ଦେଖାଗଲା।

ଏତିକିବେଳେ ହଳଦିବସନ୍ତଟା କିଛି ଶବ୍ଦକରି ଆଉ ଗୋଟେ ଡାଳକୁ ଡେଇଁଗଲା। ଅବିନାଶ ସାମାନ୍ୟ ନଇଁ ପଡ଼ି ଦେଖିଲା ହଳଦୀ ବସନ୍ତଟି ଖୁବ୍ ମନପ୍ରାଣ ଦେଇ ନାଚିବାକୁ ଲାଗିଲା। ଅବିନାଶ ଅବାକ୍ ହେଲା - କାହିଁକି ଏତେ ଉନ୍ମାଦନା ?

ସେଦିନ ଥିଲା ଛୁଟିଦିନ। ଅପରାହ୍ଣ। ଅବିନାଶ ବାଲକୋନିର ପାରାପେଟ୍‌ରେ ହାତ ରଖି ଋହିଁଥିଲା ନିର୍ଜନ ରାସ୍ତାଆଡ଼େ। କ୍ୱଚିତ୍ ଗୋଟେ ଦି'ଟା ଗାଡ଼ି ଯିବା ଆସିବା କରୁଛନ୍ତି। ସାମ୍ନାରେ ଗୀର୍ଜାଘର। ତା' ସାମ୍ନାରେ ରିକ୍ସା ଷ୍ଟାଣ୍ଡ। ରିକ୍ସା ବାଲାଗୁଡ଼ା ଗ୍ରାହକର ଅପେକ୍ଷାରେ ଘୁମେଇ ପଡ଼ିଛନ୍ତି। ଦୂରରୁ ଆସୁଛି ଲୀନା - ହାତରେ ଖାତା ବହି। ଲୀନା ଅବିନାଶକୁ ବାଲକୋନିରେ ଦେଖି ହାତ ହଲାଇ ଅଭିନନ୍ଦନ ଜଣାଇଲା। ଅବିନାଶ ପ୍ରତିଉତ୍ତରରେ ଅପ୍ରତ୍ୟାଶିତ ଓ ଆବେଗରେ ହାତ ହଲାଇ ଇଙ୍ଗିତକରି ଲୀନାକୁ ନିମନ୍ତ୍ରଣ କଲା। କିଛି ସମୟ ପରେ ଘରର ଘଣ୍ଟି ବାଜିଲା। ଅବିନାଶ ଦରଜା ଖୋଲି ଦେଖିଲା - ଲୀନା। ଲୀନା ଗୋଟିଏ ସ୍ମିତହସ ଦେଇ ଘର ଭିତରକୁ ଆସିଲା। ସୋଫା ଉପରୁ ଘରଟିର ସାଜସଜ୍ଜା ଦେଖି ମୁଗ୍ଧହେବା ସଙ୍ଗେ ସଙ୍ଗେ ଅଭିନନ୍ଦନ ଦେବାକୁ ଭୁଲିଲା ନାହିଁ। ଆଶ୍ଚର୍ଯ୍ୟ ହେଲା ଯେ ଜଣେ ଅବିବାହିତ ନିଜର ଘରକୁ ଏତେ ସୁନ୍ଦର, ପରିଷ୍କାର ସଜାଇ ରଖିପାରେ। ସବୁକିଛି ରୁଚିପୂର୍ଣ୍ଣ ଏବଂ ନିରାଡ଼ମ୍ବର। ଅବିନାଶ ମନେ ମନେ ପ୍ରଶ୍ନକଲା କେଉଁଠାରୁ କଥାର ଖିଅ ବାହାର କରିବ ଏବଂ କାହିଁକି ହଠାତ୍ ଏକ ଆବେଗରେ ସେ ଲୀନାକୁ ଘରକୁ ଆସିବାକୁ ନିମନ୍ତ୍ରଣ କଲା। ମନେ ପଡ଼ିଲା ଲୀନା ଭଲ ଗୀତ ଗାଏ ଏବଂ ବହୁ ଘରୋଇ ପାର୍ଟିରେ ତାକୁ ବହୁବାର ଗୀତ ଗାଇବାର ଦେଖିଛି। ଅବିନାଶ ମଧ୍ୟ ଅନୁରୋଧ କ୍ରମେ ପାର୍ଟିରେ ମଝିରେ ମଝିରେ ଗୀତଗାଇବା ସୁଯୋଗ ପାଇଛି। ଲୀନା ଓ ଅବିନାଶ ଯେଉଁ ଗୀତ ପସନ୍ଦ କରନ୍ତି ତା'ର ଲିରିକ୍‌ଗୁଡ଼ା ମର୍ମସ୍ପର୍ଶୀ। କିଛି ଗୋଟାଏ କମନ୍ ସେ ଦୁହିଁଙ୍କ ମଧ୍ୟରେ ଥିଲା। ଅବିନାଶ ଲକ୍ଷ୍ୟ

କରୁଥିଲା - ଲୀନା ବୟସ ତୁଳନାରେ ବାସ୍ତବବାଦୀ। ମଣିଷ ଚିହ୍ନିବାରେ ପାରଙ୍ଗମ। ଘଡ଼ାଣିରେ ଅନ୍ୟର ମନଦେଶକୁ ଖୁବ୍ ଶୀଘ୍ର ପ୍ରବେଶ କରିପାରେ। ସେଦିନ କଥାଗୁଡ଼ା ଗୁଡ଼େଇ ତୁଡ଼େଇ ହୋଇ ସେହି ଗୀତ ଏବଂ ଗୀତିକାର ଓ ଲିରିକ୍ କିମ୍ବା ସଂଗୀତ ମଧ୍ୟରେ ଆବଦ୍ଧ ରହିଲା।

ଏହି ସବୁ ଭିତରେ ଅବିନାଶ ଲକ୍ଷ୍ୟ କଲା - ଲୀନା କୈଶୋର ଓ ତାରୁଣ୍ୟର ସୀମାରେଖାରେ। ଜାଣିବାର ଓ ଚିହ୍ନିବାର ଅସୀମ ଆଗ୍ରହ। ଇଚ୍ଛୁକତା ଓ ଜାଗରୁକତା ତା'ର ବ୍ୟବହାରରେ ପ୍ରତିକ୍ଷଣରେ ପ୍ରତିବିମ୍ବିତ ହେଉଥିଲା। ଶରୀରର ଅଙ୍ଗପ୍ରତ୍ୟଙ୍ଗରେ ଫୁଟି ଉଠିଥିଲା ସୃଷ୍ଟିର ଅପାର ଆଶୀର୍ବାଦ। ନାରୀ ସୁଲଭ ଗୁଣସାଙ୍ଗେ ଥିଲା ଚମତ୍କାର ଦୈହିକ ଆକର୍ଷଣ। ଖୁବ୍ ଗୋଟାଏ ଦୁର୍ବଳ ମୁହୂର୍ତ୍ତରେ ଅବିନାଶ ଅନୁରୋଧ କଲା ଲୀନାକୁ ଗୀତଟିଏ ଗାଇବା ପାଇଁ। ଲୀନା ପ୍ରଥମଥର ପାଇଁ ଗୋଟିଏ ନୂତନ ଗୀତ ଗାଇଲା। ଯେଉଁ ଗୀତର ମର୍ମରେ କୌଣସି ବିଷାଦ ବା ନୈରାଶ୍ୟର ଆଭାସ ନଥିଲା। ଅଜାଣତରେ ଅବିନାଶ ଲୀନାକୁ ନିଜ ପାଖକୁ ଟାଣିଆଣି ଗୋଟିଏ ଚୁମ୍ବନ ଦେଲା। କୃତଜ୍ଞତାର ସୌଜନ୍ୟ ଦୃଷ୍ଟିରୁ ଲୀନା ପ୍ରତିରୋଧ କଲାନି। ସେ ମଧ୍ୟ ଅବିନାଶ ଭଳି ଅନୁଭବ କଲା ଶିହରଣ। ସମଗ୍ର ଶରୀରରେ କମ୍ପନ ଓ ଶରୀର ଭିତରେ ଡମ୍ବରୁର ପ୍ରତିଧ୍ୱନି।

ବହୁଥର ସୁଯୋଗ ଆସିଲା, ସୃଷ୍ଟିହେଲା, ପରିସ୍ଥିତିର ପରିଚାଳନା କରାଗଲା। ସୁଯୋଗ ପାଇ ଲୀନା ଓ ଅବିନାଶଙ୍କ ସମ୍ପର୍କ ନିବିଡ଼ରୁ ନିବିଡ଼ତର ହେଲା। ପ୍ରଥମ ସାକ୍ଷାତର ପୁନରାବୃତ୍ତି ଗଭୀରରୁ ଗଭୀରତର ହେଲା। ଦୁହେଁ ନିକଟରୁ ନିକଟତର ହେଲେ। କିନ୍ତୁ ଦୁହେଁ ବୁଝିଥିଲେ ଯେ ଏହାର ପରିଣାମ ଅନିଶ୍ଚିତ। ତେଣୁ ବିଚ୍ଛେଦର ଆଶଙ୍କାର ମେଘ ମନ ଆକାଶରେ ମଝିରେ ମଝିରେ ଉଙ୍କି ମାରୁଥିଲା।

ଆଉ ଗୋଟେ ଛୁଟିଦିନ। ଲୀନା ଘରେ ପଶି ଖବର ଦେଲା ଯେ ତାର ପରିବାର ସପ୍ତାହ ମଧ୍ୟରେ ସହର ଛାଡ଼ି ଚାଲିଯିବେ। ଅବିନାଶ ବିଶ୍ୱାସ କରିପାରିଲା ନାହିଁ। ବାସ୍ତବତାକୁ ଗ୍ରହଣ କରିବାକୁ ପଛେଇଲା। ଲୀନା ଆଶ୍ୱାସନା ଦେଇ କହିଲା ପୃଥିବୀଟା ଛୋଟ ହୋଇଯାଇଛି ଆଉ ଦରକାର ପଡ଼ିଲେ ସେମାନଙ୍କର ମିଳନ ହେବ। ଅବିନାଶକୁ ନିମନ୍ତ୍ରଣ କଲା ଆମେରିକା। ପ୍ରତିଶ୍ରୁତି ଦେଲା ଯୋଗାଯୋଗ ରଖିବା ପାଇଁ। ନିଜ ଡ଼ାଏରିରେ ଅବିନାଶର ଠିକଣା ନେଲା। ସେହି ଶେଷ ଦେଖାର ସ୍ମୃତି ପାଇଁ ନିଜକୁ ମଧ୍ୟ ସଂପୂର୍ଣ୍ଣ ସମର୍ପଣ କଲା। ଅବିନାଶ ଗୋଟାଏ ସଂଗୀତ ସ୍ୱର ସଂଯୋଜନାର ପ୍ରଣାଳୀରେ ଯାଇ ଶେଷରେ ଗୋଟିଏ ଅପୂର୍ବ ସଂଗୀତର ଧ୍ୱନ୍ ଶୁଣିବାକୁ ପାଇଲା। ସେ ଧ୍ୱନ୍‌ଟା ଏବେ ବି ମନେଅଛି। ଏବେ ବି ମୃଦଙ୍ଗ ଓ ତବଲାର ଧ୍ୱନି ତା' ଦେହ ଓ

ରକ୍ତରେ ବାଜିଉଠେ। ଏୟାରପୋର୍ଟରେ ଶେଷଦେଖା। ଗ୍ରେପ୍ରା ପରିବାରଙ୍କୁ ବିଦାୟ ଦେବା ପାଇଁ ବହୁ ଲୋକ ସମାଗମ। ଲୋକପ୍ରିୟ ପରିବାର। ଯିବା ପୂର୍ବରୁ ଫେୟାରୱେଲ ପାର୍ଟିର ଗୋଟିଏ ଫଟୋ ଅବିନାଶଙ୍କୁ ଦେଲା ମନେରଖିବା ପାଇଁ। ବିମାନଟି ଉପରକୁ ଗଲାପରେ ଅବିନାଶ ଆକାଶ ଆଡ଼େ ଚାହିଁରହିଲା। ସେଇ ଘନନୀଳ ଆକାଶ। ମେଘ ମୁକ୍ତ ଆକାଶ। ବିମାନଟି ଧିରେ ଧିରେ ଦୃଷ୍ଟିର ଦିଗ୍‌ବଳୟ ବାହାରକୁ ଚାଲିଗଲା।

ଝଲାକାଏ ପବନରେ ଅବିନାଶ ତଟସ୍ଥ ହେଲା। ଚାହିଁଲା ଜାମୁକୋଳି ଗଛଆଡ଼େ। ହଳଦୀ ବସନ୍ତଟି ଉଡ଼ିଯାଇଛି। ଦୁଇ ତିନିଟା ପ୍ରଜାପତି ଏ ଫୁଲରୁ ସେ ଫୁଲକୁ ଉଡ଼ିଯାଉଛନ୍ତି। ଗୋଟିଏ ଫୁଲରେ ମନ ଭରୁନାହିଁ।

ଖରାର ତାପମାତ୍ରା ଆଉରି କମିଗଲାଣି। ଅବିନାଶ ଶାଲ୍‌ଟାକୁ ନିଜ ଦେହ ଉପରକୁ ଟାଣିଆଣିଲା। ବୟସ ବହୁତ ହୋଇଛି। ରକ୍ତ ମାଂସର ଶରୀରଟା ଶିଥିଳ ଓ ଶୀତଳ ହେଇଯାଇଛି।

ମନେପଡ଼ିଲା ସେ ଟେଲିଗ୍ରାମଟା ଯେଉଁଥିରେ ଖାଲି ଲେଖାଥିଲା - ବାପା ଚାଲିଗଲେ ଅମୁକ ତାରିଖରେ। ସଂକ୍ଷିପ୍ତରେ। ବାପା ଚାଲିଗଲେ ସେ ଦୁଇଟି ଶବ୍ଦ ଅବିନାଶ ଜୀବନରେ ହଠାତ୍ ଗୋଟେ ବେପରୁଆ ଜୀବନକୁ ଦାୟିତ୍ୱର ବୋଝ ଆଣିଦେଲା। ସବୁ ମତାନ୍ତର ସତ୍ତ୍ୱେ ଅବିନାଶ ଅନୁଭବ କଲା ବାପାଙ୍କ ମାନବିକତା। ନିଜ ଓ ପରିବାରର ସ୍ୱାର୍ଥକୁ ଜଳାଞ୍ଜଳି ଦେଇ ଅନ୍ୟର ଆନନ୍ଦରେ ସାମିଲ ହେବା ଏକ ଆଭିମୁଖ୍ୟ। ଜୀବନର ସଂଘର୍ଷରେ ଅବିନାଶ ଏବେ ବୁଝୁଛି ସେ ଆଭିମୁଖ୍ୟର ଅର୍ଥ।

ସେ ଅନୁଭବ କଲା ଖୁବ୍ ଏକାନ୍ତ। ଜୟ ପରାଜୟର ବହୁ ଊର୍ଦ୍ଧ୍ୱରେ । ଦେହଟା ଶିହିରି ଉଠିଲା। ସାମ୍ନାରାସ୍ତାରେ ସ୍ୱର ଶବ୍ଦ ନାହିଁ। ଲୁଚକାଳି ଖେଳରେ ସମସ୍ତେ ମାତିଛନ୍ତି। ଆକାଶରେ ଏକ ଅପୂର୍ବ ନୀରବତା। କାହାର ଚିହ୍ନବର୍ଣ୍ଣ ନାହିଁ। ହଳଦୀ ବସନ୍ତର ଅନୁପସ୍ଥିତିଟା ଆହୁରି ଉଦାସୀନ କରିଦେଲା। ସ୍ମୃତିର ସ୍ରୋତରେ ଅତୀତର ସମସ୍ତେ ଆସି ପୁଣି ଲୀନ ହୋଇଗଲେ। ଅବିନାଶ ନିଜକୁ ପ୍ରଶ୍ନକଲା କେଉଁଟା ବାସ୍ତବ, ଅତୀତ ନା ବର୍ତ୍ତମାନ।

ଏହି ସମୟରେ ଟେଲିଫୋନ ଘଣ୍ଟି ବାଜିଉଠିଲା। ହ୍ୟାଣ୍ଡସେଟ୍‌କୁ ଉଠାଇ ଅବିନାଶ ଶୁଣିବାକୁ ଚେଷ୍ଟାକଲା। ପଛରୁ ସଂଗୀତ ଓ କଥାବାର୍ତ୍ତାର ଶବ୍ଦରେ ଅବିନାଶ ବୁଝିବାକୁ ଚେଷ୍ଟାକଲା କିଏ ସେ ବ୍ୟକ୍ତି। ଜଣାପଡ଼ିଲା ନିଜ ଝିଅ ଅର୍ଚ୍ଚନାର। ଆମେରିକାରୁ ଫୋନ କରିବା ପାଇଁ ଯେ ଆଜିଦିନଟା ତାର ବିବାହ ବାର୍ଷିକୀ। ତେଣୁ ପାର୍ଟି ଚାଲିଛି। ବହୁ ସାଙ୍ଗସାଥି ଆସିଛନ୍ତି। ସେଠି ରାତି ତିନିଟା। ଅବିନାଶଙ୍କୁ ତାଗିଦ୍ କଲା ଯେ କାହିଁକି ସେ ଏ ଦିନଟାରେ ଅଭିନନ୍ଦନ କରିବାକୁ ଭୁଲିଯାଇଛନ୍ତି। ଅବିନାଶ

ଲଜ୍ଜିତ ହେଲା ନିଜ ଝିଅ ପାଖରେ। କ'ଣ ବା କଇଫତ୍ ଦେବ? ସେତିକିବେଳେ ଲୁଚକାଳି ଖେଳର ଶେଷ ପର୍ବ। ଖୁବ୍ କୋଳାହଳ। ହାରଜିତ୍ ମୁହୂର୍ତ୍ତ ଓ ନୂଆ ଖେଳର ସୁରୁଆତ୍।

ଅବିନାଶ ବାଁ ପଟକୁ ଚାହିଁଲା। ସୂର୍ଯ୍ୟାସ୍ତ ହେଲାଣି। ହଠାତ୍ ସାମ୍ନାରେ ଦେଖିଲା ହଳଦୀ ବସନ୍ତଟା ଫେରି ଆସିଛି ଏବଂ ଟେରାସ୍‌ର ପାରାପେଟ୍ ଉପରେ ବସି ତା'ଆଡ଼େ ନିର୍ବିକାର ଚାହିଁରହିଛି। କେତେଗୁଡ଼ାଏ ବାଦୁଡ଼ି ଆକାଶରେ ଉଡ଼ି ଉଡ଼ି ଯାଉଛନ୍ତି। ପନ୍‌ଝାଏ ଘରଚଟିଆ ମଧ୍ୟ କିଚିରି ମିଚିରି କରି ଘରଦେଇ ଉଡ଼ିଚାଲିଗଲେ। କାଉଟିଏ ମଧ୍ୟ ଆସି ସାମ୍ନା ଗଛଟାରେ ବସିପଡ଼ିଲା। କୋଇଲିଟିଏ ପଡ଼ିଶାଘର କୃଷ୍ଣଚୂଡ଼ା ଗଛରୁ କୁହୁକରି ନୀରବ ହୋଇଗଲା। ଅବିନାଶ ଅବାକ୍ ହେଲା। ଅବେଳରେ କୁହୁତାନ। ଶୁଆ ପକ୍ଷୀମାନେ ପ୍ରଚୁର ସଂଖ୍ୟାରେ ଆସି ତୁତ୍ ଗଛରେ ନାଚିବାକୁ ଲାଗିଲେ। କେତୋଟି ପାରା ଘରଉପରେ ଚକ୍କର ଦେଲେ। ଲାଗିଲା ଗୋଟାଏ ସଂଗୀତରେ ବିଭିନ୍ନ ଅଂଶର ସମନ୍ୱୟ। ଗୋଟିଏ ଅପୂର୍ବ କଲ୍ଲୋଳ। ଅବିନାଶ ସଚେତନ ହେଲା। ଏ କଲ୍ଲୋଳ ଏ ସଂଗୀତ ସେ ବହୁଦିନ ଧରି ଶୁଣିନଥିଲା। ପାଖ ମନ୍ଦିରରୁ ଘଣ୍ଟାର ପ୍ରତଧ୍ୱନି ଜଣାଇଲା ସଂଧ୍ୟାର ଆଗମନ।

ଅବିନାଶ ଘରଭିତରେ ପଶି ବତୀଗୁଡ଼ାକର ସୁଇଚ୍ ଟିପିଲା।

(ରଚନା କାଳ - ୨୦୦୭)

ଅଚ୍ଛନକ ସେଦିନ

ରମାନାଥ ପ୍ରତିଦିନ ଭଳି ସକାଳୁ ଉଠି ନିତ୍ୟକ୍ରମ ପରେ ଦାଢ଼ିକାଟିବା ଆରମ୍ଭ କଲେ। ଆଇନାରେ ମୁହଁକୁ ବାରବାର ଦେଖିବାର ପ୍ରଚେଷ୍ଟା କଲେ। ନିଜେ ପ୍ରଶ୍ନକରି ଉତ୍ତର ପାଇଲେ ଯେ କିଛି ପରିବର୍ତ୍ତନ ଆସିନାହିଁ। ଯାହା କାଲି ଥିଲା ଆଜି ଅଛି। କେବଳ ଗୋଟିଏ ପ୍ରଭେଦ। ଗତକାଲି ସନ୍ଧ୍ୟା ପର୍ଯ୍ୟନ୍ତ ସେ ଥିଲେ ଜଣେ ସରକାରୀ ଉଚ୍ଚପଦସ୍ଥ କର୍ମଚାରୀ। ଆଜି ଅବସର ପ୍ରାପ୍ତ। କାଲି ବିଦାୟ ଉତ୍ସବର ଶେଷରେ ଅଫିସର ସହକର୍ମୀ ମିତା ଯେତେବେଳେ ପେନ୍‌ସନର ପରିଚୟ ପତ୍ରଟି ବଢ଼ାଇଦେଲା - ହଠାତ୍ ମନେହେଲା ବୟସ ଆହୁରି ତିରିଶ ବର୍ଷ ବଢ଼ିଗଲା। ମିତାର ଚାହାଣି ଏବଂ ହାସ୍ୟ ସେ ଅନୁଭବକୁ କିଛି ମାତ୍ରାରେ ହ୍ରାସ କରିବାର ଏକ ବୃଥା ପ୍ରଚେଷ୍ଟା ଥିଲା। ରମାନାଥ ଆଇନାରେ ପୁଣି ଖୋଜିବାକୁ ଚାହିଁଲେ ଆଜି ଓ କାଲି ମଧ୍ୟରେ କି ତଫାତ୍। ପିଲାମାନେ ବର୍ତ୍ତମାନ ପ୍ରତିଷ୍ଠିତ ଓ ବିବାହିତ। ବାହାରେ ରୁହନ୍ତି। ନିଜର ସଂସାର ଓ ଆକାଂକ୍ଷାରେ ସମ୍ପୂର୍ଣ୍ଣ ମଗ୍ନ। ରମାନାଥ ମଧ୍ୟ ନିଜର ଦୀର୍ଘ ଚାକିରୀ ଜୀବନ ମଧ୍ୟରେ ଏଭଳି ଏକ ପରିସ୍ଥିତିର କଳ୍ପନା କରି ଅବକାଶ ଜୀବନର ସୁଖ ଓ ସ୍ୱାଚ୍ଛନ୍ଦ୍ୟ ପାଇଁ କିଛିଟା ବନ୍ଦୋବସ୍ତ କରିସାରିଥିଲେ। ସେଥିରେ କିଛିଟା ମୂଲ୍ୟବୋଧକୁ ସାଲିସ କରିବାକୁ ପଡ଼ିଥିଲା। ଆଇନାରେ ଚାହିଁ ରମାନାଥ ଭାବିଲେ - 'ମୁଁ ତ ସନ୍ଥ ନୁହେଁ' ତା'ପରେ ସାଲିସ କରିବା ଜୀବନର ଗୋଟିଏ ଧର୍ମ। ସାଲିସ ବିନା ବଞ୍ଚିବା ଏକ ଦୁରୁହ ବ୍ୟାପାର।

ରମାନାଥ ଦାଢ଼ି କାଟିବା ପରେ ଡାଇନିଙ୍ଗ୍ ଟେବୁଲ ପାଖରେ ଆସି ବସିଲେ। ପତ୍ନୀ ଲଳିତା ଚା କପେ ଓ ବିସ୍କୁଟ ସହିତ ସେ ଦିନର ଖବର କାଗଜଗୁଡ଼ା ଦେଲେ। ଏଟା ପ୍ରତିଦିନର ଅଭ୍ୟାସ। ଲଳିତା ଚାହୁଁଥିଲେ ଯେ ରମାନାଥ ତାଙ୍କ ଅବକାଶ ଜୀବନରେ ଯେଭଳି ଗତକାଲି ଓ ଆଜି ଭିତରେ କୌଣସି ପ୍ରଭେଦ ଅନୁଭବ ନକରନ୍ତି। ରମାନାଥ ଖବରକାଗଜ ଗୁଡ଼ାକରେ ଆଖି ପକାଇଲେ। "ଭାରତ ଓ ଚୀନ ଭିତରେ

ଚାଳିଶି ବର୍ଷପରେ ବୁଝାମଣା। କପି କରିବାର ଅଧିକାର ପାଇଁ ଛାତ୍ରମାନଙ୍କର ଜାତୀୟ ରାଜପଥ ଅବରୋଧ। ଅଶ୍ଳୀଳ ଚଳଚ୍ଚିତ୍ର ଦେଖିବା ଘଟଣାକୁ ନେଇ ଇଞ୍ଜିନିୟରିଙ୍ଗ୍ କଲେଜରେ ଉତ୍ତେଜନା, ଭଙ୍ଗାରୁଜା ଓ ଗାଡ଼ିପୋଡ଼ା। ପ୍ରେମିକାକୁ ଅନ୍ତଃସତ୍ତ୍ୱା କରି ପ୍ରେମିକ ଫେରାର୍। ନାରୀ ନିର୍ଯ୍ୟାତନା ଓ ଯୌତୁକ ନିର୍ଯ୍ୟାତନାରେ ସ୍ୱାମୀ, ଶାଶୁ ଓ ଶ୍ୱଶୁର ଗିରଫ। ବେସରକାରୀ କଲେଜ ଶିକ୍ଷକ ଦାବି ପୂରଣ ପାଇଁ ଜୋତା ପଲିସ୍ ଓ ଭିକ୍ଷାଗ୍ରହଣ। ବିଧାନସଭାରେ ମାଡ଼ପିଟ୍। ସାପୁଆ କେଳାଙ୍କର ଦାବି ପୂରଣ ନହେଲେ ସଚିବାଳୟରେ ସାପ ଛାଡ଼ିବାର ଧମକ। କପା ଚାଷୀର ଆତ୍ମହତ୍ୟା। କଳାହାଣ୍ଡିରେ ଅନାହାର ମୃତ୍ୟୁ। ଉଚ୍ଚପଦସ୍ଥ ସରକାରୀ ଅଧିକାରୀଙ୍କ ଘରେ ସି.ବି.ଆଇ ଚଢ଼ାଉ। ସହର ଭିତରେ ଦିନ ଦୁଇପହରରେ ଡକାୟତି....” ରମାନାଥ ଆଉ ବେଶି ଆଗେଇ ପାରିଲେ ନାହିଁ। ଖବରକାଗଜଗୁଡ଼ା ଘରର ଗୋଟେ କଡ଼କୁ ଫିଙ୍ଗିଦେଲେ। ମନକୁ ମନ କହିଲେ - ଏ ଦୁନିଆଟା କ'ଣ ହେଲାଣି ସତରେ? ତାପରେ ମନେହେଲା ଗତକାଲି ପର୍ଯ୍ୟନ୍ତ ସବୁକିଛି ଠିକ୍ ଥିଲା। କିନ୍ତୁ ଆଜି ଭାରସାମ୍ୟରେ ପରିବର୍ତ୍ତନ ଆସିଛି। ରମାନାଥ ନିଜକୁ ପ୍ରଶ୍ନକଲେ ଏହି ହଠାତ୍ ପରିବର୍ତ୍ତନର ତାଙ୍କ ରିଟାୟାର୍ଡମେଣ୍ଟ ସହିତ କିଛି ସଂଯୋଗ ଅଛି କି? କିନ୍ତୁ ଉତ୍ତର ପାଇଲେ ନାହିଁ।

ଟେଲିଫୋନ ଆଡକୁ ଚାହିଁଲେ। ଗତକାଲି ପର୍ଯ୍ୟନ୍ତ ଯେଉଁ ଟେଲିଫୋନ ସକାଳରୁ ବାରମ୍ବାର ବାଜି ଉଠୁଥିଲା; ତାହା ଆଜି ନୀରବ। ମନ୍ତ୍ରୀଙ୍କ ପାଖରୁ ଫୋନ ନାହିଁ - ନିଜ ଅଧସ୍ତନ କର୍ମଚାରୀ ମଧ୍ୟ ଫୋନ କରୁନାହାନ୍ତି। ବ୍ୟବସାୟୀଗୁଡ଼ା ମଧ୍ୟ ସକାଳୁ ଆସି ଭିଡ଼ କରିନାହାନ୍ତି।

ରମାନାଥ ଟେରାସକୁ ବୁଲିବାକୁ ଆସିଲେ। ଦେଖିଲେ ବିଭିନ୍ନ ରଙ୍ଗର ଫୁଲର ସମ୍ଭାର। ରାଧାକମଳ, ଅରକିଡ୍, ସ୍ଥଳପଦ୍ମ ଏବଂ ବିରଳ ଭେନିଲା ଗଛର ଫୁଲ। ପାରାପେଟ୍‌ରୁ ଝୁଙ୍କି ଦେଖିଲେ - ସାମ୍ନାରେ ଲନ୍ ଓ ପାଚେରିକୁ ଲାଗି ଜାମୁକୋଳି, ବଉଳ, ନରକୋଳି ଓ ତୁତ୍ ଗଛଗୁଡ଼ା।

ସାମ୍ନା ଗେଟ୍ ପଟରୁ ଫଳବାଲା ଚିତ୍କାର କରୁଛି। ଲଳିତା ଫଳବାଲା ସାଙ୍ଗେ କିଛି ମୂଲଚାଲ କରୁଛନ୍ତି। ରମାନାଥ ଅଗତ୍ୟା ତଳକୁ ଓହ୍ଲାଇଲେ ନିଜେ କିଛି ମୂଲଚାଲ କରିବା ପାଇଁ। ଆମ୍ବପଣ କେତେ ଦାମ୍ ବୋଲି ଫଳବାଲାକୁ ପଚାରିଲେ?

ଫଳବାଲା ରମାନାଥଙ୍କ ଆଡ଼କୁ ବଲ୍‌ବଲ୍ କରି ଚାହିଁଲା। ହୁଏତ ବୁଝିପାରିଲା ନାହିଁ ତାଙ୍କ ପ୍ରଶ୍ନର ଅର୍ଥ। ଲଳିତା ଉତ୍ତର ଦେଲେ- “ତୁମେ କେଉଁ ଯୁଗରେ ଅଛ? ଆଜିକାଲି ଫଳ ପଣ ଆଉ ଡର୍ଜନରେ ମିଳୁନାହିଁ। ଓଜନରେ କିଲୋଗ୍ରାମରେ ମିଳୁଛି।” ରମାନାଥ ତଟସ୍ଥ ହେଲେ। ଏଭଳି ଏକ ପରିବର୍ତ୍ତିତ ପରିସ୍ଥିତି ସହିତ ସେ ପରିଚିତ

ନଥିଲେ। ଫଳବାଲାଟା କିଛି ଫଳ ଓଜନ କରି ଲଳିତାଙ୍କ ହାତରେ ବଢ଼ାଇଦେଲା। ରମାନାଥଙ୍କ ମନେ ପଡ଼ିଲା - ଛୋଟବେଳେ ଖରାଦିନେ ଆମ୍ବବିକାଳୀଙ୍କ ଆମ୍ବ ନମୁନା ଚାଖି ଚାଖି ତାଙ୍କ ପେଟଭରି ଯାଏ; ଏବେ ସେହି ଫଳ କିଲୋଗ୍ରାମରେ ବିକ୍ରି ହେଉଛି। ଏଭଳି ଏକ ଅଚିହ୍ନା ଅପରିଚିତ ପରିସ୍ଥିତି ତାଙ୍କୁ ଟିକେ ଅସ୍ୱସ୍ତିକର ମନେହେଲା। ସେ ଫେରିଆସିଲେ ଉପର ମହଲାକୁ। ପାହାଚରେ ଉଠୁ ଉଠୁ ଟିକେ ଧଇଁସଇଁ ହୋଇଗଲେ। ହେଲେ ଗତକାଲି ପର୍ଯ୍ୟନ୍ତ ସବୁ ଠିକ୍ ଥିଲା। ଆଜି ଡ଼ାକ୍ତରଙ୍କୁ ଦେଖାଇଦେଲେ ହେବ।

ଘରେ ପଶି ଦେଖିଲେ ଡାଇନିଙ୍ଗ୍ ରୁମ୍‌ରେ ଟେଲିଫୋନ୍‌ଟା ତାଙ୍କ ଆଡକୁ ଅନେଇ ରହିଛି। ଭାବିଲେ ବେଣୁଧରଙ୍କୁ ଫୋନ୍ କରିବେ। ବେଣୁଧର ତାଙ୍କର ବହୁ ପୁରାତନ ବନ୍ଧୁ, ସ୍କୁଲ ବେଳରୁ। ରିସିଭରଟାକୁ ଉଠାଇଲେ କିନ୍ତୁ କୌଣସି ଆବାଜ ନଥିଲା। ସଂପୂର୍ଣ୍ଣ ନୀରବ। ଭାବିଲେ ଫୋନ୍‌ଟି ଖରାପ ହେଇଯାଇଥିବ। ଘର କାମ କରୁଥିବା ରଘୁକୁ ନିର୍ଦ୍ଦେଶ ଦେଲେ ଶିଘ୍ର କଂପ୍ଲେନ୍ ଦେବାପାଇଁ। ରଘୁ ଉତ୍ତର ଦେଲା ଯେ ଫୋନରେ କିଛି ଖରାପ ନାହିଁ। ଆଜିଠୁ ସେଟା କଟିଯାଇଛି। ରମାନାଥ ସଚେତନ ହେଲେ ଯେ ଫୋନଟା ସରକାରୀ ଥିଲା। ତାଙ୍କର ସରକାରୀ ଜୀବନଟା ଅତୀତ। ବର୍ତ୍ତମାନ ସହିତ ଖାପ ଖୁଆଇବାକୁ ପଡ଼ିବ।

ବାହାରେ ପରିଚିତ କଣ୍ଠର ସ୍ୱର ଶୁଣିବାକୁ ମିଳିଲା। ରମାନାଥ ବେକ ଟେକି ଦେଖିଲେ ପଡ଼ୋଶୀ ଶଶୀବାବୁ ଶିଡ଼ି ଦେଇ ଉଠିଆସୁଛନ୍ତି। ଏଭଳି ସମୟରେ ତାଙ୍କର ଆସିବାଟା ରମାନାଥଙ୍କୁ ଆଶ୍ଚର୍ଯ୍ୟ ଲାଗିଲା। ତାଙ୍କର ସଂଶୟ ଦୂର କରି ଶଶୀବାବୁ କହିଲେ 'ରିଟାୟାର୍ଡମେଣ୍ଟ ଲାଇଫ୍ କିଭଳି ଲାଗୁଛି ?'

ରମାନାଥ କଥାଟାକୁ ହଜମ କରିବାକୁ କ୍ଷୀଣ ଚେଷ୍ଟା କଲେ। ପ୍ରଥମେ ମନେ ହେଲା ଶଶୀବାବୁ ପରୋକ୍ଷରେ ତାଙ୍କର ଏହି ନୂତନ ଅବତାର ଓ ଜୀବନ ପ୍ରତି ତାଚ୍ଛଲ୍ୟ କରିବାର ପ୍ରଚେଷ୍ଟା କରୁଛନ୍ତି। ପରେ ଭାବିଲେ ଶଶୀବାବୁ ଜଣେ ଭଦ୍ରଲୋକ ଏବଂ ତାଙ୍କର ହିତାକାଂକ୍ଷୀ। ସବୁ ସମୟରେ ଜଣେ ପଡ଼ୋଶୀ ହିସାବରେ ସେ ଯଥାସାଧ୍ୟ ସାହାଯ୍ୟ କରିଆସୁଛନ୍ତି, ବିପଦ ଆପଦ ବେଳେ। ତେଣୁ ତାଙ୍କର ଆଗମନଟା ଭିତରେ କିଛି ଉଦ୍ଦେଶ୍ୟ ନଥାଇପାରେ। ସେ ଶଶୀବାବୁଙ୍କୁ ନିମନ୍ତ୍ରଣ କଲେ ବସିବା ପାଇଁ। ତା'ପରେ ବରାଦ ହେଲା ଚା ଓ ଜଳଖିଆ ପାଇଁ।

ଲଳିତା ପ୍ରଶ୍ନ କଲେ - ଏତେ ବ୍ୟସ୍ତ କାହିଁ ପାଇଁ? ଆଜି କୋଉ ଅଫିସ ଯିବାର ଅଛି ଯେ ?

କଥାଟି ବଜ୍ରପାତ ଭଳି ରମାନାଥ ବାବୁଙ୍କୁ ଆଘାତ ଦେଲା। ସତରେ ତ

ଆଜିଠୁ ଅଫିସ ନାହିଁ। ଶଶୀବାବୁ ହସିଲେ ଏବଂ କହିଲେ – ସମୟ ଲାଗିବ ଅଭ୍ୟାସରୁ ନିବୃତ୍ତ ପାଇବା ପାଇଁ।

ଶଶୀବାବୁ ଓ ଲଳିତା ଦୁହେଁ ହସିଲେ। ତାଙ୍କର ହସ ରମାନାଥଙ୍କୁ ଶରବିଦ୍ଧ କଲା। ଦୁଇବନ୍ଧୁଙ୍କ ଭିତରେ ବହୁ ଆଲୋଚନା ହେଲା। ରମାନାଥ ସେଦିନର ଖବର କାଗଜର ପ୍ରକାଶିତ ଖବର ଉପରେ ନିଜର ଟିପ୍ପଣୀ ଦେଲେ। କହିଲେ ଚାରିଆଡ଼େ ବିଭ୍ରାଟ। ଅନିୟମ, ଅନୀତି ଓ ମୂଲ୍ୟବୋଧର ଅବକ୍ଷୟରେ ସମାଜଟା ଭୁଷୁଡ଼ି ପଡୁଛି। ଦୁର୍ନିତି ଚାରିଆଡ଼େ। ସରକାର ପୁରା ଫେଲ୍ ମାରିଛନ୍ତି। ସେ କିଛି ସମୟ ପାଇଁ ଭୁଲିଗଲେ ଯେ, ଗତକାଲି ପର୍ଯ୍ୟନ୍ତ ସେ ସରକାରର ଏକ ଅଙ୍ଗ ଥିଲେ ଏବଂ ବହୁ ନିଷ୍ପତ୍ତିର ସୃଷ୍ଟିକର୍ତ୍ତା ସେ। ଶଶୀବାବୁ କହିଲେ – ଆସ୍ତେ ଆସ୍ତେ ସବୁ ଦେହସୁଆ ହୋଇଯିବ ଭୟ କରନ୍ତୁ ନାହିଁ।

ରମାନାଥ ସେ ଆଲୋଚନା ଭିତରେ ଯାଇ ନିଜର ଲୁଗା କପଡ଼ା ବଦଳାଇ ଦେଇ ଆସିଲେ। ଗୋଟିଏ ଭଦ୍ର ପରିବେଶରେ କଥାବାର୍ତ୍ତା କରିବାକୁ ବ୍ୟଗ୍ର ହେଲେ ସତେ ଯେମିତି ସେ ତରତରରେ ଅଛନ୍ତି କୌଣସି ଗୋଟିଏ ଜରୁରୀ କାମରେ। ଶଶୀବାବୁ ଟିକେ ଆଚମ୍ବିତ ହେଲେ ରମାନାଥଙ୍କର ଏଭଳି ବ୍ୟବହାର ଏବଂ ବ୍ୟଗ୍ରତାରେ। କଥା ଛଳରେ କହିଲେ– "ଏତେ ବ୍ୟସ୍ତ କାହିଁକି – ଆଜିଠୁ ତ ଛୁଟି। ଅଫିସରୁ ମୁକ୍ତି। ଗୋଟିଏ କ୍ରୀତଦାସର ଜୀବନରୁ ଉଦ୍ଧାର। ଆପଣ ବହୁ ଖଟିଛନ୍ତି ସାରାଜୀବନ, ଏଥର ରିଲାକ୍ସ କରନ୍ତୁ।

ରମାନାଥଙ୍କର ହଠାତ୍ ମନେପଡ଼ିଲା ସେ ଗତକାଲି ନିଜର ଅବସର ଗ୍ରହଣର ବିଦାୟ ଉତ୍ସବରେ ଅଂଶଗ୍ରହଣ କରିଥିଲେ। ଆଜି ତାଙ୍କର ପରିଚିତ ଅଫିସକୁ ଯିବାକୁ ପଡ଼ିଲେ ସିକ୍ୟୁରିଟି ପାଶ୍‌ର ପ୍ରୟୋଜନ ରହିଛି। ହସିଦେଇ କହିଲେ – "ଅଭ୍ୟାସ ତ, କିଛି ସମୟ ଲାଗିବ ନୂଆ ପରିସ୍ଥିତି ସହିତ ଖାପ୍ ଖୁଆଇବାକୁ।

ଲଳିତା ମନେ ପକାଇଦେଲେ ଯେ ଆଜିଠାରୁ ତାଙ୍କୁ ପରିବା କିଣିବା ପାଇଁ ମାର୍କେଟ ଯିବାକୁ ପଡ଼ିବ, କାରଣ ଅଫିସ୍ ଡ୍ରାଇଭର ଏତେ ବର୍ଷପରେ କାଲି ସଂଧ୍ୟାରେ ଗଲାବେଳେ କହିଗଲା ଯେ ତାର ସମୟ ହେବ ନାହିଁ। ଲଳିତା ଚତୁର୍ଥ ଶ୍ରେଣୀ କର୍ମଚାରୀଙ୍କର ଉପରେ ଗୋଟିଏ କଟୁ ମନ୍ତବ୍ୟ ଦେଇ ରୋଷେଇ ଘର ଭିତରକୁ ପଶିଗଲେ। ରମାନାଥ ମନେ ମନେ ଚିନ୍ତାକଲେ ଯେ ଏ କେତେ ବର୍ଷ ଭିତରେ ସେ ବାସ୍ତବତାଠାରୁ ବହୁ ଦୂରକୁ ଚାଲିଯାଇଛନ୍ତି। ସେରରୁ କିଲୋଗ୍ରାମ ହୋଇଛି। ଅଣିରୁ ନୂଆ ପଇସା ହୋଇଛି। ମାଇଲରୁ କିଲୋମିଟର ହୋଇଛି। ଏ ସବୁ ପରିବର୍ତ୍ତନଗୁଡ଼ା ତାଙ୍କୁ ଛୁଇଁ ଆଗେଇ ଯାଇଛନ୍ତି, କିନ୍ତୁ ସେ ଅମଲାତନ୍ତ୍ରର ଚକ୍ରବ୍ୟୁହରେ ନିଜକୁ ମୁକ୍ତ

କରିପାରି ନଥିଲେ। ଦାନାପାଣି ଦୁନିଆର ସେସବୁ ଧର୍ମ ଅବଲମ୍ବନ କରିଥିଲେ। ପ୍ରତିଦ୍ୱନ୍ଦ୍ୱିତା, ଇର୍ଷା, ହିଂସା, ପରଶ୍ରୀକାତରତା, ଚାଟୁତାରେ ନିଜର ପାରଙ୍ଗମ ଦେଖାଇଥିଲେ। ଶୀର୍ଷସ୍ଥାନରେ ପହଞ୍ଚିବା ପାଇଁ ତାଙ୍କର କିଲର ଇନ୍‌ଷ୍ଟିଙ୍କ୍ ଥିଲା। ଆଜି କିନ୍ତୁ ନିଜକୁ ଅସହାୟ ଓ ଅସଂପୂର୍ଣ୍ଣ ମନେକଲେ। ଶଶୀବାବୁଙ୍କ ଆଡ଼େ ଚାହିଁ କହିଲେ - ଏକା ସାଙ୍ଗରେ ପରିବା କିଣିବାକୁ ମାର୍କେଟ ଗଲେ ଭଲ ହେବ। ୱାକିଙ୍ଗ୍ ହୋଇଯିବ ଓ ସଂଗେ ସଂଗେ ମାର୍କେଟିଙ୍ଗ୍ ବି ହୋଇଯିବ।

ଶଶୀବାବୁ ଉତ୍ତର ଦେଲେ - ଆଜ୍ଞା ଖାଲି ପରିବା ନୁହେଁ, ଟେଲିଫୋନ, ବିଜୁଳି, ମ୍ୟୁନିସିପାଲିଟି ଟ୍ୟାକ୍ସ, କ୍ରେଡ଼ିଟ୍ କାର୍ଡ଼ ବିଲ୍‌ଗୁଡ଼ାକର ପଇଠ ମଧ୍ୟ କରିବାକୁ ପଡ଼ିବ।

ରମାନାଥ ଆଶ୍ଚର୍ଯ୍ୟ ହୋଇ କହିଲେ - ସତରେ ତ।

ଶଶୀବାବୁ ଏଥର ଉଠିଲେ ଏବଂ କହିଲେ - ବ୍ୟସ୍ତ ହୁଅନ୍ତୁ ନାହିଁ, କିଛି ଅସୁବିଧା ହେଲେ କହିବେ।

ରମାନାଥ ଶିଢ଼ି ପର୍ଯ୍ୟନ୍ତ ଆସି ଶଶୀବାବୁଙ୍କୁ ବିଦାୟ ଦେଲେ। ଘରେ କାମ କରୁଥିବା କୁନ୍ତଳା ପ୍ରଶ୍ନକଲା - ବାବୁ ଆଜି ଅଫିସ ଯିବ ନାହିଁକି ? ଡ୍ରାଇଭର ଆସିନି, ବୋଧହୁଏ ଦେହ ଖରାପ ଅଛି।

ରମାନାଥ କୁନ୍ତଳାକୁ କହିଲେ - ଆଜିଠାରୁ ଅଫିସ୍ ବନ୍ଦ। ଡ୍ରାଇଭର ଆଉ ଆସିବ ନାହିଁ।

କୁନ୍ତଳା ବୋକାଙ୍କ ପରି ରମାନାଥଙ୍କ ଆଡ଼େ ଚାହିଁଲା। ସେଟା ତାର ବୁଦ୍ଧିର ବାହାରେ ଥିଲା।

ରମାନାଥ ଧିରେ ଧିରେ ତଳକୁ ଓହ୍ଲାଇ ରାସ୍ତା ଉପରକୁ ଆସିଲେ। ହଠାତ୍ ଗୋଟିଏ ମଟର ସାଇକେଲ ତାଙ୍କ ପାଖ ଦେଇ ଚାଲିଗଲା। ମଟର ସାଇକେଲ ଚଢ଼ାଳି ଦୁହେଁ ତରୁଣ ତରୁଣୀ। କଥାରେ ମସଗୁଲ ଥିଲେ, ସମୟ ନଥିଲା ଓ ନଜର ନଥିଲା ଅନ୍ୟମାନଙ୍କ ଆଡ଼େ। ଧକ୍କାରୁ ବଞ୍ଚିଗଲେ ରମାନାଥ। ରାସ୍ତାପାର ହେବା ପୁର୍ବରୁ ଆଉ ଗୋଟିଏ ମାରୁତି ଗାଡ଼ି ହର୍ଣ୍ଣ ବଜାଇଲା ଓ କିଛି ଗାଳିଗୁଲଜ କଲା। ମାରୁତି ପରେ ଦୁଇଟା ଅଟୋ। ପଛେ ପଛେ ଗୋଟାଏ ଠେଲାଗାଡ଼ି ସିମେଣ୍ଟ ବସ୍ତା ସହ। ପରେ ଦୁଇଜଣ ସାଇକେଲ ଚଢ଼ାଳି ଗପସପରେ ନିମଗ୍ନ। ତା ପରେ ଗୋଟିଏ ଟ୍ରକ, ରିକ୍ସା ଏବଂ ଆଉଗୋଟେ ମାରୁତି। ସ୍ରୋତର ଶେଷ ନାହିଁ। ସମସ୍ତେ ଯେମିତି ରମାନାଥଙ୍କୁ ଚାହିଁ ପ୍ରଶ୍ନ କରୁଛନ୍ତି ଯେ, ଏ ପଶୁଟି ଚିଡ଼ିଆଖାନାର ଆବଦ୍ଧ କୋଠରୀରୁ ବାହାରି ଏଠି କଣ କରୁଛି ? ରମାନାଥଙ୍କର ସାହସ ହେଲା ନାହିଁ ରାସ୍ତା ପାର କରିବାକୁ। ଫେରି

ଆସିଲେ ନିଜ ଘରକୁ। ଲଳିତାଙ୍କୁ ଅନୁରୋଧ କଲେ ଟି.ଭି.ଟା ଚଳେଇ ଦେବାପାଇଁ। କିଛି ସମୟ ଦେଖିଲା ପରେ ମନ ଲାଗିଲା ନାହିଁ। ବନ୍ଦକରି ନିଜ ଷ୍ଟଡ଼ିରୁମ୍‌ରେ ପଶିଲେ। ଦେଖିଲେ ବହୁ ବହିରେ ଧୂଳି ଜମି ଯାଇଛି। ବହୁ ବହି ଯାହା ସେ ବିଦେଶ ଯାତ୍ରାବେଳେ କିଣି ଆଣିଥିଲେ; ସେମିତି ପଡ଼ିରହିଛି। ଦାନାପାଣିର ଜୀବନରେ ସେଗୁଡ଼ିକ ପଢ଼ିବାର ସମୟ ମଧ୍ୟ ନଥିଲା। ଗୋଟିଏ ବହି ଉପରେ ନଜର ପଡ଼ିଲା - 'ଆଲ କେମିଷ୍ଟ'। ସେଲ୍‌ଫରୁ ବାହାର କଲେ ଏବଂ ଚେଷ୍ଟାକଲେ କିଛି ସମୟ ପଢ଼ିବା ପାଇଁ। ମନ ଲାଗିଲା ନାହିଁ। ଅଭ୍ୟାସ ନାହିଁ। ଫେରି ଆସିଲେ ଶୋଇବା ଘରକୁ। ପଇଁତରା ମାରିଲେ ଟେରାସରେ। ଫୁଲଗଛରେ ପ୍ରଜାପତିଗୁଡ଼ା ଏପାଖରୁ ସେପାଖ ହେଉଥିଲେ। ଗୋଟିଏ ଭଦଭଦଳିଆ ପକ୍ଷୀ ଦୂର କୃଷ୍ଣଚୂଡ଼ା ଗଛରେ ବସିଥିଲା। ମନଟା କାନ୍ଦି ଉଠିଲା ରମାନାଥଙ୍କର। ଉଦାସୀନତାର ଗୋଟାଏ ତରଙ୍ଗ ତାଙ୍କ ଶରୀର ଓ ମନକୁ ଶୂନ୍ୟତାରେ ଭରିଦେଲା। ଭାବିଲେ ଏଟା ତ ଶେଷର ପ୍ରାରମ୍ଭ। ନାଟକର ଶେଷ ପରିଚ୍ଛେଦ। ତାଙ୍କ ଆଖି ସାମ୍ନାରେ ଭାସିଗଲା ଗୋଟିଏ ଦୃଶ୍ୟପଟ୍ଟ। ସେ ଏକ ନିର୍ଜନ ବେଳାଭୂମିରେ ଦଣ୍ଡାୟମାନ। ପଛରେ ବିସ୍ତୃତ ବାଲି। ଆଗରେ ସ୍ଥିର ସମୁଦ୍ର। ମଝିରେ ସେ ଛିଡ଼ା ହୋଇଛନ୍ତି ଏବଂ ସମୁଦ୍ରର ଛୋଟ ଛୋଟ ଲହଡ଼ିଗୁଡ଼ା ତାଙ୍କ ପାଦ ସ୍ପର୍ଶ କରୁଛନ୍ତି। ଚିହ୍ନଗୁଡ଼ା ଲିଭିଲିଭି ଯାଉଛି। ଅସ୍ଥିର ହୋଇପଡ଼ିଲେ ରମାନାଥ। ଘର ଭିତରକୁ ପଶି ଖୋଲିଲେ ରେଡ଼ିଓ। ଆଲୋଚନା ଚାଲିଥିଲା - କୃଷି ବିଷୟରେ। ଷ୍ଟେସନ ବଦଳାଇଲେ - ସେଥିରେ ଥିଲା ଆତଙ୍କବାଦୀଙ୍କର ଆଉ ଗୋଟେ ଆକ୍ରମଣ। ରେଡ଼ିଓଟା ବନ୍ଦ କରି ରମାନାଥ ମ୍ୟୁଜିକ୍ ସିଷ୍ଟମ୍‌ରେ କ୍ୟାସେଟ୍ ଲଗାଇଲେ। ଶାସ୍ତ୍ରୀୟ ସଂଗୀତ ମନକୁ ଛୁଇଁଲା ନାହିଁ। ଆଉ ଗୋଟେ କ୍ୟାସେଟ ବେହେଲା ବାଦନର, ଭଲ ଲାଗିଲା। କାରୁଣ୍ୟ ମଧ୍ୟରେ ଆନନ୍ଦ। ସେ ବି କିଛି ସମୟ ପରେ ଆଉ ଭଲ ଲାଗିଲା ନାହିଁ। ଫେରି ଆସି ଟିଭି ଦେଖିଲେ। ଚ୍ୟାନେଲଗୁଡ଼ା ବାରବାର ବଦଳାଇବାକୁ ଲାଗିଲେ - ସମ୍ବାଦ, ଚଳଚ୍ଚିତ୍ର, ସଂଗୀତ, ପ୍ରାଣୀ ଜୀବନ, ଖେଳକୁଦ - କିଛିଟାରେ ମନସ୍ଥିର ରହିଲା ନାହିଁ। ଶେଷରେ ପହଞ୍ଚିଲେ "ଫ୍ୟାସନ" ଟିଭିରେ। ବିଦେଶୀ ଲଳନା ଓ ଆଧୁନିକ ଡ଼ିଜାଇନରଙ୍କର ପୋଷାକ ଦର୍ଶକଙ୍କୁ ବିମୋହିତ କରୁଥିଲା। ସ୍ୱଳ୍ପବସ୍ତ୍ର ଯାହା ନାରୀର ଶରୀରର ରେଖାଙ୍କନକୁ ସାମାନ୍ୟ ଆବୃତ କରୁଥାଏ। ତାହା କରତାଳି ଦ୍ୱାରା ଗ୍ରାହକର ଗ୍ରହଣୀୟ ହୋଇଥାଏ। ରମାନାଥ ମୁଗ୍ଧ ହେଲେ। ଚ୍ୟାନେଲଟି ବିଷୟରେ ଶୁଣିଥିଲେ, କିନ୍ତୁ ଦେଖିବାକୁ ସୁଯୋଗ ପାଇନଥିଲେ। ଅନୁତାପ କଲେ, ଯେମିତି ବହୁକିଛି ହରାଇ ବସିଛନ୍ତି। ଅଗତ୍ୟା ଲଳିତା ଘର ଭିତରକୁ ପଶିଆସିଲେ ଏବଂ ଦେଖିଲେ ରମାନାଥ ନିମଗ୍ନ ଟି.ଭି.ରେ। ମନ୍ତବ୍ୟ ଦେଲେ- "ବୟସ ମନେ ଅଛିତ ? ଦିନକୁ ଦିନ କ'ଣ ଟୋକା ହେଉଛ ?

ରମାନାଥଙ୍କୁ କଥାଟା ବାଧିଲା। ତିରିଶ ବର୍ଷ ହେବ ସେ ସ୍ୱାଧୀନତା ହରାଇଛନ୍ତି। ସାନ ଝିଅ ଜନ୍ମ ହେବା ପରେ ଲଳିତା ଯେମିତି ତାଙ୍କୁ ଗୋଟାଏ ଅଦରକାରୀ ମଣିଷ ଭାବେ ଗଣିଛନ୍ତି। ଯାହାର କାମ ହେଉଛି ଖାଲି ପରିବାରର ରକ୍ଷଣାବେକ୍ଷଣ କରିବା, ସମସ୍ତଙ୍କର ଆଶା ଓ ଆକାଂକ୍ଷା ପୂରଣ କରିବା। ରମାନାଥ ମନେ ମନେ କ୍ଷୁବ୍ଧ ହେଲେ। କାହିଁକି ସେ ଏତେ ସହନଶୀଳ? କାହିଁକି ସେ ତାଙ୍କର ଆଶା ଓ ଆକାଂକ୍ଷା କେବେ ବ୍ୟକ୍ତ କରିପାରିଲେ ନାହିଁ? ସାରାଜୀବନ ଧଇଁସଇଁ ହେଲେ ଏ ପରିବାରଟା ପାଇଁ। ପ୍ରଥମଥର ପାଇଁ ସ୍ଥିର କଲେ ଲଳିତାଙ୍କର ମନ୍ତବ୍ୟ ସତ୍ତ୍ୱେ ସେ ଚ୍ୟାନେଲଟାକୁ ବଦଳାଇବେ ନାହିଁ।

ଲଳିତା ରମାନାଥଙ୍କର ଏଭଳି ବ୍ୟବହାରରେ ଆଶ୍ଚର୍ଯ୍ୟ ହେଲେ। ଭାବିଲେ ବାର୍ଦ୍ଧକ୍ୟର ପ୍ରଭାବ। ସାଙ୍ଗମାନଙ୍କଠାରୁ ଶୁଣିଛନ୍ତି, ପୁରୁଷର ଷାଠିଏ ବର୍ଷ ହେଲେ ମତିଭ୍ରମ ହୁଏ, ଚିଡ଼ିଚିଡ଼ା ହୁଅନ୍ତି, କିଛି କଥା ମନେ ରହେ ନାହିଁ। ଲୋକ ଚିହ୍ନିପାରନ୍ତି ନାହିଁ। ଅତି କମ୍ ବୟସର ଝିଅଙ୍କ ପ୍ରତି ଆକୃଷ୍ଟ ହୁଅନ୍ତି। ତଥାପି ବର୍ଷ ବର୍ଷ ଧରି ପୋଷା ମାନିଥିବା ଜୀବଟି ପ୍ରଥମଥର ପାଇଁ ଲାଙ୍ଗୁଡ଼ ପିଟି ନିଜର ସ୍ୱାତନ୍ତ୍ର୍ୟ ପ୍ରକାଶ କରୁଛି। ଲଳିତା କଡ଼େଇ କଡ଼େଇ ରମାନାଥଙ୍କ ଆଡ଼େ ଚାହିଁଲେ। ଭାବିଲେ କଥା କଣ? ତଥାପି ପଚାରିଲେ - ବଜାରକୁ ଯିବନାହିଁକି?

ରମାନାଥ ଆଚମ୍ୱିତ ହେଲେ, ଏକଥା ସେ କେବେ ଆଶା କରିନଥିଲେ। ଲଳିତା ମନେ ପକାଇଦେଲେ ଯେ ଆଉ ଡ୍ରାଇଭର ଓ ପିଅନ ନାହାନ୍ତି, ସବୁ ବୋଲକରା ନିତିଦିନିଆ କାମ କରିବାକୁ।

ରମାନାଥ ପ୍ରତିବାଦ କଲେ - ଏ ସବୁ ତାଙ୍କ ଦେଇ ହୋଇପାରିବ ନାହିଁ। ପରାମର୍ଶ ଦେଲେ ଲୋକ ରଖିବାକୁ ପଡ଼ିବ।

ଲଳିତା ଉତ୍ତର ଦେଲେ - ବିଶ୍ୱାସୀ ଲୋକ ପାଇବା କଷ୍ଟ।

ରମାନାଥ ଭାବିଲେ ଏ ଗୋଟାଏ ବିରାଟ ଷଡ଼ଯନ୍ତ୍ର ତାଙ୍କୁ ଟିକିଏ ଶାନ୍ତି ନ ଦେବାର। ସବୁ ଧୀରେ ଧୀରେ ଠିକ୍ ହୋଇଯିବ।

ଟି.ଭି.ର କାର୍ଯ୍ୟକ୍ରମ ଉଦ୍ଦୀପକ ଏବଂ ରମାନାଥଙ୍କ ପାଖେ ବର୍ତ୍ତମାନ ପାଇଁ ତାହାହିଁ ପ୍ରୟୋଜନ ଓ ସୁନ୍ଦର। ଅନ୍ୟସବୁ କଥାଗୁଡ଼ା ଅପେକ୍ଷା କରିପାରେ। ଲଳିତା ଏତାଦୃଶ୍ୟ ବ୍ୟବହାର ଦେଖି ଅବାକ୍ ହୋଇ ରୁମ୍ ବାହାରକୁ ଚାଲିଗଲେ। ରମାନାଥ ମଝିରେ ଆସୁଥିବା ବିଜ୍ଞାପନରେ ବିରକ୍ତି ଭାବ ପ୍ରକାଶ କରୁଥିଲେ। ମୁଖମଣ୍ଡଳରେ କିଭଳି ଗୋଟାଏ ପ୍ରତିବାଦର ଆଭାସ ଦେଖିବାକୁ ମିଳୁଥିଲା। କିଛି ସମୟ ପରେ ସଚେତନ ହେଲେ ଯେ ତାଙ୍କୁ ସମୟର ବିନିଯୋଗ ପାଇଁ କିଛି ଗୋଟାଏ ନିର୍ଦ୍ଦିଷ୍ଟ ରୁଟିନ୍ ପ୍ରସ୍ତୁତ କରିବାକୁ ପଡ଼ିବ।

ଚିନ୍ତାକଲେ ଯେ ଟିକେ ବୁଲିଆସିଲେ ମନଟା ହାଲ୍‌କା ହୋଇଯିବ। ଏହି ବିରକ୍ତିକର ବୋରିଙ୍ଗ ପରିସ୍ଥିତିରୁ କିଛିଟା ମୁକ୍ତି ମିଳିବ। ବାହାରିଲେ ଗେଟ୍ ଦେଇ ରାସ୍ତା ଉପରକୁ। ଦେଖାହେଲା ସ୍ୱପ୍ନା ସଙ୍ଗେ। ସ୍ୱପ୍ନା ତନୁପାତଳୀ ଝିଅଟିଏ, ପଡ଼ିଶାଘରେ ଥିବା ଏନ.ଜି.ଓ. ଅଫିସରେ କାମ କରେ। କଲେଜରୁ ସଦ୍ୟ ପାଶ୍‌କରି ଅଫିସରେ କିଛି ମାସ ହେବ କାମ କରୁଛି। କଲେଜରେ ଜୁନିଅର ଥିବା ହରପ୍ରସାଦଙ୍କର ଝିଅ। ମନେ ହେଉଛି ଗୋଡ଼ରେ ଗୋଟାଏ ସ୍ପ୍ରିଙ୍ଗ୍ ଲାଗିଛି। ଗୋଡ଼ ଦିଇଟା ମାଟିରେ କମ୍ ସମୟ ଥାଏ। ଏନ.ଜି.ଓ.ରେ କାମଟିଏ ପାଇଁ ହରପ୍ରସାଦ ବାବୁ ରମାନାଥଙ୍କୁ ଅନୁରୋଧ କରିଥିଲେ। ବିଶେଷ କିଛି ଅସୁବିଧା ହୋଇନଥିଲା। ଗୋଟିଏ ଫୋନ୍‌ରେ ସ୍ୱପ୍ନା ଚାକିରି ପାଇଥିଲା। ସ୍ୱପ୍ନା ରମାନାଥଙ୍କୁ ଦେଖି ନମସ୍କାର କଲା ଏବଂ ପଚାରିଲା - ଆପଣ ଆଜି ଛୁଟିରେ ?

ରମାନାଥ ଇଷତ୍ ହସିଲେ ଏବଂ ସଂକ୍ଷେପରେ କହିଲେ - ମୋର ଆଜିଠୁ ସବୁଦିନ ପାଇଁ ଛୁଟି... ମୁଁ ରିଟାୟାର୍ଡ଼। ସଂପୂର୍ଣ୍ଣ ମୁକ୍ତ। ସ୍ୱାଧୀନ।

ସ୍ୱପ୍ନା ଉତ୍ତର ଦେଲା - ଚମତ୍କାର କଥା। ତାହେଲେ ସମୟ ମିଳିବ ଅନ୍ୟମାନଙ୍କ ସଙ୍ଗେ ସମୟ କାଟିବାକୁ। ସତ କହିବାକୁ ଗଲେ ଆପଣଙ୍କୁ ଦେଖିଲେ ମନେ ହେଉନି ଆପଣ ରିଟାୟାର୍ଡ଼ କରିଛନ୍ତି। ଆପଣ ଆମ ଏନ.ଜି.ଓ. ଅଫିସ୍ ଆଡେ ଆସନ୍ତୁ, କିଛି ଆଇଡ଼ିଆ ଆପଣଙ୍କ ଅନୁଭୂତିରୁ ଆମକୁ ମିଳିବ।

ରମାନାଥ ଚିନ୍ତାକଲେ ସ୍ୱେଚ୍ଛାସେବୀ ଅନୁଷ୍ଠାନ ଗୁଡ଼ିକରେ ତାଙ୍କର ଅନୁଭୂତି କିଭଳି ସାହାଯ୍ୟ କରିପାରିବ ? ଉତ୍ତର ଦେଲେ - ସ୍ୱପ୍ନା, ମୁଁ କିଛି କାମ କରିବାକୁ ଚାହେଁ। ନିଜକୁ ବ୍ୟସ୍ତ ରଖିବାକୁ ଚାହେଁ। ନ ହେଲେ ସମୟ କଟିବ କେମିତି ?

ସ୍ୱପ୍ନା ହସି ହସି କହିଲା - ଆପଣ ସାରାଜୀବନ ଖଟି ଆସିଛନ୍ତି, ଏବେ ରିଲାକ୍ସ କରନ୍ତୁ। ଖାଲି ରିଲାକ୍ସ। ଯେଉଁଟା ଆପଣଙ୍କୁ ଆନନ୍ଦ ଦେବ। ତାପରେ ପଚାରିଲା - ଆପଣ 'ଡନ' ସିନେମା ଦେଖିଛନ୍ତି।

ରମାନାଥ ଉତ୍ତର ଦେଲେ - ନା।

ସ୍ୱପ୍ନା ପରାମର୍ଶ ଦେଲା, 'ଶୀଘ୍ର ଯାଇ ଦେଖିଆସନ୍ତୁ। ବଢ଼ିଆ ଫିଲ୍ମ। ନଚେତ୍ 'ଧୁମ୍' ଦେଖି ଆସନ୍ତୁ। ଜାଣିବେ। କେତେ ବୁଦ୍ଧିମାନ ଆଉ ଆତ୍ମ ବିଶ୍ୱାସରେ ଜଣେ ପରିସ୍ଥିତିକୁ ନିୟନ୍ତ୍ରଣରେ ରଖିପାରେ। ଚାହିଁଲେ ମୁଁ ଆପଣଙ୍କ ପାଇଁ ଟିକେଟ୍ କିଣିଆଣିବି।

ରମାନାଥ ଅବାକ୍ ହେଲେ, ଜଣେ ବ୍ୟକ୍ତି ଏତେ ଶୀଘ୍ର ଆପଣାର କରିପାରେ ଆଉ ସବୁକଥା ନିଃସଙ୍କୋଚରେ କହିପାରେ। ଏ କଥା ରମାନାଥଙ୍କୁ ଭଲ ଲାଗିଲା। ନାଚୁରାଲ ମନେ ହେଲା।

ସ୍ୱପ୍ନା କହିଲା - ମୁଁ କଣ କହୁଥିଲି କି, ଆପଣ ଯେତେବେଳେ ଚାହିଁବେ ମୋତେ କଣ୍ଟାକ୍ଟ କରିବେ କିଛି କାମ ଥିଲେ। ଗୋଟାଏ ମୋବାଇଲ୍ ନିଜ ପାଖରେ ରଖନ୍ତୁ। ଏଥର ସାମସଙ୍ଗ୍‌ର ନୂଆ ମଡ଼େଲ ବାହାରିଛି। ସେଥିରେ ସବୁକିଛି ଅଛି, କ୍ୟାମେରା, ମ୍ୟୁଜିକ୍, ରେର୍କଡ଼ିଂ - ଆପଣଙ୍କ ଫଟୋ ମଧ୍ୟ ରଖିହେବ। ମୁଁ ରେକର୍ଡ଼ କରି ରଖିଦେବି ମୋ ମୋବାଇଲରେ। ଏଟା ନିହାତି ଦରକାର। ଜରୁରୀ ସମୟରେ କଥାବାର୍ତ୍ତା ହୋଇ ପାରିବେ। ସାମସଙ୍ଗ୍‌ର ଏଇ ମଡେଲ ମୋବାଇଲଟା ନୂଆ ଷ୍ଟାଇଲର - ଚଉଡ଼ା। ହାତରେ ଧରିଲେ ପରସୋନାଲିଟି ଅଲଗା ହୋଇଯାଏ। ଆପଣ ଜାଣନ୍ତି ନାହିଁ, ଆପଣ ଏ ଏରିଆରେ ବେଷ୍ଟ ଡ୍ରେସଡ୍ ବ୍ୟକ୍ତି। ଆମ ଏନ୍.ଜି.ଓ.ରେ ସମସ୍ତଙ୍କ ମତ ସେଇଆ।

ରମାନାଥ ଏତେଗୁଡ଼ା କଥା ଏବଂ ପରାମର୍ଶ ଭିତରେ ନିଜକୁ ଖୋଜି ବୁଲୁଥିଲେ। ତାଙ୍କ ବ୍ୟକ୍ତିତ୍ୱର ଏତେ ଗୁଡ଼ା ଦିଗ ବିଷୟରେ ସେ ସଚେତନ ନଥିଲେ। ଜୀବନରେ ଯେ ରିଲାକ୍ସ କରିହୁଏ ସେକଥାଟା ତାଙ୍କର କ୍ଳାନ୍ତ ମୁହଁରେ ସତେଜ ପବନ ପରି ଧକ୍କା ଦେଲା। କହିଲେ - ସ୍ୱପ୍ନା ମୁଁ ଶୀଘ୍ର ଆସିବି ତମ ଏନ.ଜି.ଓ.କୁ। ଦେଖିବି, ସେଠାରେ କଣ ହେଉଛି ?

ସ୍ୱପ୍ନା ଉତ୍ତର ଦେଲା - ଯେତେବେଳେ ଚାହିଁବେ ଖାଲି ମତେ ଫୋନ କରିଦେବେ। ତାହଲେ ମୁଁ ଅଫିସରେ ଥିବି। ରିଟାୟାର୍ଡ ପରେ ଆପଣ ନିଜ ସ୍ୱାସ୍ଥ୍ୟକୁ ଠିକ୍ ରଖିବେ। ଜିମ୍‌କୁ ଯିବେ, ନଚେତ୍ କାହାକୁ ମଶାଜ୍ ପାଇଁ ଡକାଇବେ। ସହରଟାରେ କେହି ସେଭଳି ମିଳୁନାହାନ୍ତି। ତେଣୁ କାହାଠାରୁ ଶିଖିବାକୁ ପଡ଼ିବ। ଅନ୍ୟ ପ୍ରଦେଶରେ ଟୁରିଷ୍ଟମାନଙ୍କୁ ଆକର୍ଷଣ କରିବା ପାଇଁ ଏ ସବୁର ବନ୍ଦୋବସ୍ତ ରହିଛି। ମୁଁ ଭାବୁଛି ଶିଖିନେବି।"

ରମାନାଥ ଭାବିଲେ ସତରେ ତ ଏଭଳି ଗୋଟାଏ ବ୍ୟବସ୍ଥାର ପ୍ରୟୋଜନ ରହିଛି। ଏକଥା ସେ ଅଦ୍ୟାପି ଚିନ୍ତା କରିନଥିଲେ। ସ୍ୱପ୍ନା ଯେଭଳି ତାଙ୍କୁ ଜୀବନର ନୂତନ ଦିଗ ଦେଖାଉଛି, ଯାହା ପ୍ରୟୋଜନ ଓ ସୁନ୍ଦର।

ସ୍ୱପ୍ନା ପଚାରିଲା: 'ଆପଣଙ୍କ ଜନ୍ମଦିନ କେବେ ? ଏଥର ଏକାଠି ସେଲିବ୍ରେଟ୍ କରିବା। ସେଥିପାଇଁ ଗୋଟିଏ ଯୋଜନା କରିବାକୁ ପଡ଼ିବ। ମଜ୍ଜା ହେବ।' ଏତିକି କହି ସେ ହାଣ୍ଡସେକ୍ ପାଇଁ ହାତ ବଢ଼ାଇଲା। ରମାନାଥ ମଧ୍ୟ ହାତଟା ଆଗକୁ ବଢ଼ାଇଦେଲେ। ସ୍ୱପ୍ନା ଖୁବ୍ ଉଲ୍ଲସିତ ହୋଇ କହିଲା - ଆରେ, ଆପଣଙ୍କ ହାତ ତ ଖୁବ୍ କୋମଳ। ମୁଁ ଏମିତି ହାତ ଆଉ କାହା ପାଖରେ ଦେଖିନି। ଭେରି ଇଣ୍ଟରେଷ୍ଟିଙ୍ଗ୍।

ରମାନାଥ ପଚାରିଲେ - ବାପା କେମିତି ଅଛନ୍ତି ?

ସ୍ୱପ୍ନା କହିଲା - ଭଲ ଅଛନ୍ତି । ବେଳେବେଳେ ଆପଣଙ୍କ କଥା ହୁଅନ୍ତି । ବାପା ଏବେ ଖୁସିରେ ଅଛନ୍ତି । ସତ କହିବାକୁ ଗଲେ ଘରେ ସମସ୍ତେ ଖୁସ୍ । ବାଘ ଘରେ ନାହିଁ ମିରିଗମାନଙ୍କର ନାଟ ।

ରମାନାଥ ବୁଝିପାରିଲେ ନାହିଁ । ସ୍ୱପ୍ନା କଥାଟା ସରଳରେ ବୁଝାଇଦେଲା: ମା' ବାହାରକୁ ଯାଇଛନ୍ତି । ତେଣୁ ଆମେ ସମସ୍ତେ ଫ୍ରିଡମଟାକୁ ବୁଝି ପାରୁଛୁ । ଆପଣ ଆସନ୍ତୁ ବାପା ଖୁସିହେବେ ।

ରମାନାଥ କହିଲେ - ନିଶ୍ଚୟ ଯିବି, ହୁଏତ କାଲି ତୁମ ଅଫିସକୁ ଯାଇପାରେ ।

ସ୍ୱପ୍ନା ଆଖିରେ ଆଖି ମିଶାଇ ପଚାରିଲା - ତାହାଲେ କୁହନ୍ତୁ ସତରେ କେବେ ଦେଖାହେବ ।

ରମାନାଥ କହିଲେ ହୁଏତ ସକାଳେ ।

ସ୍ୱପ୍ନା କିଛି ସମୟ ଆକାଶକୁ ଚାହିଁ କହିଲା - ଠିକ୍ ଅଛି । ମୋର କାଲି ଗୋଟାଏ ଏନଗେଜ୍‌ମେଣ୍ଟ ଅଛି, ସେଟା କ୍ୟାନ୍‌ସଲ କରିଦେବି ଆପଣଙ୍କ ପାଇଁ ।

ରମାନାଥ ଭାବିଲେ ସେ ସବୁବେଳେ ନିଜର କାର୍ଯ୍ୟକ୍ରମକୁ କ୍ୟାନ୍‌ସଲ କରିଛନ୍ତି ପରିବାର ପାଇଁ କିମ୍ବା ଅନ୍ୟମାନଙ୍କ ପାଇଁ । ପ୍ରଥମଥର ପାଇଁ ଶୁଣିଲେ ଆଉ ଜଣେ ତାଙ୍କ ପାଇଁ କାର୍ଯ୍ୟକ୍ରମ କ୍ୟାନ୍‌ସଲ କରୁଛି । ଭଲ ଲାଗିଲା । ଅନ୍ୟର ତାଙ୍କ ପାଇଁ ଦରଦ ରହିଛି ।

ସ୍ୱପ୍ନା ସ୍କୁଟିରେ ଷ୍ଟାର୍ଟ କରୁ କରୁ କହିଲା - ତାହାଲେ କାଲି ଦେଖାହେବ ।

ସ୍ୱପ୍ନା ଯିବାପରେ ରମାନାଥ ନିଜକୁ ହାଲକା ମନେ କଲେ । କେଉଁ ଉଦ୍ଦେଶ୍ୟରେ ସେ ଘରୁ ବାହାରିଥିଲେ ଭୁଲିଗଲେ ମଧ୍ୟ ମନେହେଲା ବହୁକିଛି କରିବାକୁ ହେବ । ଏହି ସମୟରେ ଗେରୁଆବସ୍ତ୍ର ଧାରୀ ଗୋଟିଏ ବାବାଜୀ ରାସ୍ତାକଡ଼ ଦେଇ ତାଙ୍କ ଆଡ଼େ ଚାହିଁଚାହିଁ ଚାଲିଗଲା । ରମାନାଥ ମନେ ମନେ ଭାବିଲେ ଏଗୁଡ଼ାକ ସବୁ ଭଣ୍ଡ । ଏମାନେ ସବୁ ପଳାତକ । ସ୍ଥିର କଲେ ଘରକୁ ଫେରିବା ପାଇଁ ।

ଘରସାମ୍ନା ବଗିଚାଟା ଭାରି ସୁନ୍ଦର ଲାଗିଲା । କେତେପ୍ରକାର ଫୁଲ ଫୁଟିଛି । ବହୁ ରଙ୍ଗ ଓ ଚିତ୍ରିତ ପ୍ରଜାପତିଗୁଡ଼ା ଉଡ଼ି ବୁଲୁଛନ୍ତି । ପଥରର ମୂର୍ତ୍ତିଗୁଡ଼ାକ ଯେମିତି ରମାନାଥଙ୍କ ଆଡ଼େ ଚାହିଁଲେ । ଲାଗିଲା ସେମାନେ ଜୀବନ୍ତ ହେବାକୁ ଏକାନ୍ତ ଇଚ୍ଛୁକ । ରମାନାଥ ଲନ୍‌ରେ ଚାଲିବାକୁ ଆରମ୍ଭ କଲେ । ଚପଲଟାକୁ ଫିଙ୍ଗିଦେଇ ଖାଲି ପାଦରେ ଚାଲିବା ଅଭ୍ୟାସଟା ଭୁଲିଯାଇଥିଲେ । ନରମ ସବୁଜ ଘାସ ଉପରେ ଖାଲି ପାଦରେ ଗୋଟିଏ ନୂଆ ଅନୁଭୂତି ଆଣିଦେଉଥିଲା । ରମାନାଥ ଏଭଳି ଏକ ଅପୂର୍ବ ଅନୁଭୂତିକୁ

ଭୁଲି ଯାଇଥିଲେ । ମନ ମଧ୍ୟରେ ଉଙ୍କି ମାରୁଥିଲା ସ୍ୱପ୍ନାର କଥା । କେତେ ସହଜ ଓ ସରଳ ବଞ୍ଚିରହିବାର କଳା । ପୃଥିବୀର ସର୍ବୋତ୍ତମ କଳା ହେଉଛି ଜୀବନରେ ବଞ୍ଚି ରହିବାର କଳା । ସ୍ୱପ୍ନା ଯେମିତି ଚୁମ୍ବକରେ କହିଗଲା ସେ କଳାର ନିର୍ଯ୍ୟାସ । ଭାବିଲେ କିଛି କରିବାକୁ ହେବ ।

ମନଟା ଅସ୍ଥିର ହୋଇଗଲା ରମାନାଥଙ୍କର । ସବୁକିଛି ପ୍ରାପ୍ତି ପରେ ଗୋଟିଏ ବିରାଟ ଓ ଅସଫଳତାର ହତାଶା । ସେ ସବୁର କିଛି ପ୍ରଭାବ ଲଳିତା ଉପରେ ନଥିଲା । ରମାନାଥ ସ୍ଥିର କଲେ କାଲି ସ୍ୱପ୍ନାର ଏନ.ଜି.ଓ. ଅଫିସ ଯିବେ । କିଛିଟା ସମୟ ହୁଏତ କଟିପାଇପାରେ, ତା ଉପରେ ସମାଜସେବାଟା ମଧ୍ୟ ହୋଇପାରିବ । ସାରାଦିନଟା ଚିନ୍ତାରେ ବୁଡ଼ିରହିଲେ ରମାନାଥ । ସତରେ ତ ସେ ବହୁତ ଖଟିଛନ୍ତି ପରିବାର ପାଇଁ । ସାମଜସେବାଟା ଗୌଣ ହୋଇଯାଇଥିଲା ଏତେବର୍ଷ ଧରି । ରାତି ଯାକ ଛଟପଟ ହେଲେ ରମାନାଥ, ନିଦ ହେଲାନାହିଁ ।

ପରଦିନ ସକାଳୁ ଖବର କାଗଜରେ ଆଖି ପକାଇଲେ । ସେଇ ଚିରାଚରିତ ସମ୍ବାଦ, କିଛି ନୂତନତ୍ୱ ନାହିଁ । ସମ୍ବାଦଗୁଡ଼ା ଆଉ ମନକୁ ଛୁଉଁ ନାହାନ୍ତି । ସେ ହତ୍ୟା ହେଉ, ଦୁର୍ଘଟଣା ହେଉ କିମ୍ବା ଆତଙ୍କବାଦୀଙ୍କ ଆକ୍ରମଣ ହେଉ ଅଥବା ଅନାହାରରେ ଆତ୍ମହତ୍ୟା ହେଉ । ଏହି ସମୟରେ ଫୋନଟା ବାଜି ଉଠିଲା । ରମାନାଥ ଉଠାଇ ଶୁଣିଲେ ଗୋଟିଏ ନାରୀର ସ୍ୱର । ସ୍ୱରରୁ ଜଣାପଡୁଥିଲା ସେ ଅଳ୍ପବୟସ୍କା । ସେପଟରୁ ପରିଚୟ ଦେଲା ସ୍ୱପ୍ନା । କହିଲା - ମୁଁ କ'ଣ କହୁଥିଲିକି ସାର୍, ଆପଣ ଆଜି ଆସୁଛନ୍ତି ତ ଆମ ଏନ୍‌ଜିଓ ଅଫିସ ଆଡ଼େ ? ଚାରିଟା ବେଳେ ଆସିଲେ ଭଲ ହେବ ମୁଁ ଅଫିସରେ ଥିବି । କହିବେ ଯଦି ଆପଣଙ୍କୁ ଘରୁ ନେଇ ଆସିବି ।

ରମାନାଥ ସ୍ୱଭାବ ବଶତଃ କହିଲେ - ଦେଖେ ମୁଁ ଫ୍ରି ଅଛି କି ନାହିଁ । ସ୍ୱପ୍ନା ବିନା ବିଳମ୍ବରେ ହସି କହିଲା - ମାନେ ? ଆପଣ ତ ବର୍ତ୍ତମାନ ସମ୍ପୂର୍ଣ୍ଣ ଫ୍ରି । କାଲି କହିଥିଲି ଆପଣଙ୍କୁ, ବର୍ତ୍ତମାନ ରିଲାକ୍ସ କରିବାର ସମୟ । ବହୁ ପରିଶ୍ରମ କରିଛନ୍ତି । ପ୍ରତିଷ୍ଠା ସହ ପବ୍ଲିସିଟି ମଧ୍ୟ ପାଇଛନ୍ତି । ଆଉ କଣ ଦରକାର ?

ରମାନାଥ କହିଲେ - ହଁ ଯିବି, କିନ୍ତୁ ତୁମେ ଅଫିସରେ ଥିବ ତ ?

ସ୍ୱପ୍ନା ଜବାବ ଦେଲା - ନିଶ୍ଚିତ ଭାବେ ।

ସକାଳର ସବୁ ପର୍ବ କିଭଳି ଭାବେ ସମାପ୍ତ ହେଲା ସେ ବିଷୟରେ ରମାନାଥଙ୍କର କିଛି ଧ୍ୟାନ ନଥିଲା । ନିଜକୁ ପ୍ରସ୍ତୁତ କରୁଥିଲେ ସେହି ଅପରାହ୍ଣର କାର୍ଯ୍ୟକ୍ରମ କଳ୍ପନାରେ । କେଉଁ ପୋଷାକ ପିନ୍ଧିବେ କିମ୍ବା କେଉଁଠାରୁ କଥାର ଖିଅ ଆରମ୍ଭ କରିବେ ଅଥବା କାହାର ଉପସ୍ଥିତି ସେଠି ଥିବ ସେ ବିଷୟରେ ଭାବି ଭାବି

ରମାନାଥ ଏପଟ ସେପଟ ହେଉଥିଲେ। ସ୍ତ୍ରୀ ପ୍ରଶ୍ନକଲେ - ଆଜି ତୁମର କଣ ହୋଇଛି ? ସକାଳୁ ଏପଟ ସେପଟ ହେଉଛ। କିଛି ଗୋଟାଏ ମୁଣ୍ଡରେ ପଶିଛି ନିଶ୍ଚୟ।

ରମାନାଥ କିଛି ଉତ୍ତର ନଦେଇ ନୀରବରେ ରହିଲେ। କଣ ବା ଉତ୍ତର ଦେବେ ? ଲଳିତା କେବେ ବୁଝିବାକୁ ଚେଷ୍ଟା କରିନାହାନ୍ତି। ସେ ଯେ ଜଣେ ମଣିଷ, ରକ୍ତମାଂସରେ ଗଢ଼ା, ତାଙ୍କର ମଧ୍ୟ ଇଚ୍ଛା, ବାସନା, ଆକାଂକ୍ଷା ରହିଛି, ସେଟା ବୁଝିବାକୁ ଲଳିତାଙ୍କର ପ୍ରଚେଷ୍ଟା କେବେ ନଥିଲା। ପାରିବାରିକ ଦାୟିତ୍ୱ ଛଡ଼ା ଅନ୍ୟ କିଛି ଯେ ଥାଇପାରେ ଏକଥାଟା ଗ୍ରହଣ କରିବାକୁ ଲଳିତା ନାରାଜ।

ରମାନାଥ ଘର ଆଡ଼େ ମୁହଁ ବୁଲାଇଲେ। ଚାରିଆଡ଼େ ସଜାଇବା ଜିନିଷ - ପେଣ୍ଟିଙ୍ଗ, ଗାଲିଚା, ମୂର୍ତ୍ତି। କିନ୍ତୁ ସବୁଗୁଡ଼ାରେ ଅଳନ୍ଧୁ ଲାଗିଲାଣି। ଚାରିଆଡ଼େ ଅସ୍ତବ୍ୟସ୍ତ ହୋଇ ପଡ଼ିରହିଛି। ସଜାଡ଼ିବାକୁ କିମ୍ବା ଦେଖିବାର ସମୟ ଏତେବର୍ଷ ଧରି ନଥିଲା। ଦୁଃଖ ଲାଗିଲା ଯେ କେତେ ପରିଶ୍ରମ କରି ଏବଂ ଅର୍ଥ ବ୍ୟୟ କରି ଯେଉଁ ଜିନିଷଗୁଡ଼ା ରମାନାଥ ସାରା ଜୀବନରେ ସାଉଁଟିଥିଲେ ସେଗୁଡ଼ାକ ନିରୀକ୍ଷଣ କରିବାର ସମୟ ମଧ୍ୟ ପାଇନଥିଲେ। ଲାଗିଲା ଯେମିତି ସବୁଗୁଡ଼ା ନିଜର ସାମାଜିକ ସ୍ଥିତି ଓ ମର୍ଯ୍ୟାଦା ପାଇଁ କରିଥିଲେ ଦେଖାଇବାର ପ୍ରତିଦ୍ୱନ୍ଦିତା ଓ ପ୍ରବଳ ଆଗ୍ରହ ଭିତରେ। ସେଗୁଡ଼ାକ ବର୍ତ୍ତମାନ ନିରର୍ଥକ ଲାଗୁଛି। ମନେ ମନେ ଭାବିଲେ ଯେ ନିଜେ ସଜାଡ଼ି ଦେଇ ସଫା କରିଦେଲେ ସୁନ୍ଦର ଦେଖାଯାଆନ୍ତା। ଯଦି କେହି ଘରକୁ ଆଗନ୍ତୁକ ଆସନ୍ତି ତେବେ ଉପଭୋଗ କରିପାରନ୍ତେ, ପ୍ରଶଂସା କରନ୍ତେ। ଯଦି ସ୍ୱପ୍ନା କେବେ ଘରକୁ ଆସେ, ତେବେ ନିଶ୍ଚିତ ଭାବେ ତାଙ୍କର ଟେଷ୍ଟ ଏବଂ ସୌଖୀନ ମିଜାଜର ଆଭାସ ପାଆନ୍ତା। ସ୍ୱପ୍ନାର ବୟସ କମ୍ ହେଲେ ମଧ୍ୟ ତୀକ୍ଷ୍ଣ ଚରିତ୍ର ଓ ସ୍ଥିତି ପଠନର କ୍ଷମତା ରହିଛି। ଭଲ ପରାମର୍ଶ ଦେଇପାରେ ଓ ପ୍ରାକ୍ଟିକାଲ ମଧ୍ୟ। କଥାଟା ଠିକ୍ ମନକୁ ଛୁଇଁଛି - ରିଲାକ୍ସ କରିବାର ଟାଇମ୍।

ଠିକ୍ ଚାରିଟାବେଳେ ରମାନାଥ ଟସର ପଞ୍ଜାବୀ ଓ ପାଇଜାମା ପିନ୍ଧି ଆଇନା ସାମ୍ନାରେ ଛିଡ଼ାହେଲେ। ମୁଣ୍ଡବାଳଗୁଡ଼ାକ ସଜାଡ଼ିନେଲେ। ମନେକଲେ ଯେ ବୟସଟା ବେଶିକିଛି ଲୁଚିଯାଇଛି। ଖାଲି ସ୍ୱପ୍ନା ନୁହେଁ ଅନ୍ୟମାନେ ମଧ୍ୟ ସେଇ ମନ୍ତବ୍ୟ ଦେଇଛନ୍ତି। ମନଟା ସତେଜ ରହିଛି। ଶରୀରଟା ଶୀଥିଳ ହୋଇଗଲେ ମଧ୍ୟ। ଲଳିତାକୁ କହି ରମାନାଥ ପାଖଘରେ ଥିବା ଏନ.ଜି.ଓ. ଅଫିସ ଆଡ଼େ ମୁହଁ ବୁଲେଇଲେ। ଦେଖିଲେ ଗେଟ୍‌ଟି ଖୋଲା। ରମାନାଥ ଚାଲିଲେ ଅଫିସ ଆଡ଼େ। ଦୁଇପଟେ ଫୁଲର ଗଛ- ଡାଳିଆ, ଜିନିଆ ଏବଂ କିଛି ଗୋଲାପ। ଗୋଟିଏ କୋଣରେ ତୁଳସୀ ବଣ। ଆଉ ଗୋଟେ ପଟେ ଲନ୍ ଓ ଚାରିପଟେ ଗେଣ୍ଡୁଫୁଲ।

ଅଫିସ୍ ଝରକାରୁ ରମାନାଥଙ୍କୁ ଦେଖି ସ୍ୱପ୍ନା ଦୌଡ଼ିଆସିଲା । ଆବେଗରେ ରହିଁଲା ରମାନାଥଙ୍କ ଆଡ଼େ, ଯେଭଳି ନିରବରେ କହୁଛି ତାଙ୍କୁ କୁଣ୍ଢାଇ ନିଜର ସ୍ନେହ ପ୍ରକାଶ କରନ୍ତୁ । ରମାନାଥ ଏଥିପାଇଁ ପ୍ରସ୍ତୁତ ନଥିଲେ । ସାମାନ୍ୟ ବିଚଳିତ ହୋଇ ସ୍ୱପ୍ନାକୁ କୁଣ୍ଢାଇ ଧରିଲେ । ତାର ଶରୀରର ଉଷ୍ମତା ତାଙ୍କୁ ଭଲ ଲାଗିଲା ।

ତାପରେ ସ୍ୱପ୍ନା ରମାନାଥଙ୍କୁ ନେଇ ଅଫିସ୍ ଭିତରେ ପହଞ୍ଚିଲା । ଛୋଟ ଲାଇବ୍ରେରୀ, ବୋର୍ଡ଼ରୁମ୍ ଏବଂ କମ୍ପ୍ୟୁଟର ରୁମ୍ । ପଚାରିଲା, 'ଆପଣ ଆମ କାର୍ଯ୍ୟକ୍ରମ ବିଷୟରେ ନିଶ୍ଚୟ ଜାଣିଥିବେ । ଆମେ ଆଦିବାସୀ ଅଞ୍ଚଳରେ କାମ କରୁଛୁ । ନାରୀ କଲ୍ୟାଣ ଓ ଭିନ୍ନକ୍ଷମ ଲୋକଙ୍କ ପାଇଁ ମଧ୍ୟ କିଛି ପ୍ରୋଜେକ୍ଟ ରହିଛି । ଆମର କାର୍ଯ୍ୟକ୍ରମ ଓ ଅନୁଷ୍ଠାନ ଆନ୍ତର୍ଜାତିକ ସ୍ତରର ।' ତାପରେ ଟିକେ ସମୟ ରହି କହିଲା ଛାଡ଼ନ୍ତୁ ସେ ସବୁ କଥା, 'ଡ଼ନ୍' ଦେଖିଲେ କି ନାହିଁ କୁହନ୍ତୁ । ଶାହାରୁଖ୍ ଖାଁ କେମିତି ଲାଗିଲା ? ଭାରି ହ୍ୟାଣ୍ଡସମ୍ ।

ରମାନାଥ କଣ ଉତ୍ତର ଦେବେ ବୁଝିପାରିଲେ ନାହିଁ । କହିଲେ - ସମୟ ନଥିଲା ।

ସ୍ୱପ୍ନା ପ୍ରଶ୍ନ କଲା - ମାନେ ? ଆପଣଙ୍କର ସମୟ ନାହିଁ କଥାଟା ବୁଝିହେଉନି । ମତେ କହିଥିଲେ ମୁଁ ଟିକେଟ୍ କିଣି ଆଣିଥାଆନ୍ତି । କାଲି ମୁଁ ଫ୍ରି ଥିଲି । ସାଙ୍ଗରେ ବି ଯାଇପାରିଥାନ୍ତି ।

ରମାନାଥ ଭାବିଲେ, ସ୍ୱପ୍ନାର ସାହାଯ୍ୟ ନେଇଥିଲେ ବୋଧହୁଏ ଭଲ ହୋଇଥାନ୍ତା । ତାପରେ ସେ କମ୍ପୁଟରରେ କେତେ ଗୁଡ଼ିଏ ପ୍ରୋଗ୍ରାମ ଦେଖାଇଲା - ପ୍ରାଚୁର୍ଯ୍ୟ ମଧ୍ୟରେ ଦାରିଦ୍ର୍ୟ; ନିରାଶା ମଧ୍ୟରେ ଆଶା ଏବଂ ଶେଷରେ ଗୋଟାଏ ଫଟୋ, ଯେଉଁଥିରେ ପ୍ରକାଶ ପାଇଛି ଅସଂଖ୍ୟ ଅଳ୍ପବୟସ୍କ ପିଲାଙ୍କର ସମବେତ ଆଗ୍ରହ ଓ ଆନନ୍ଦ ଫୁଆରା । ସବୁଗୁଡ଼ିକ ଏକତ୍ରୀତ ଭାବେ ଫଟୋଟିରେ ଆବଦ୍ଧ । ଶେଷରେ କହିଲା, ଏ ଚାକିରୀରେ ବେଶ ବୁଲିବାକୁ ସୁଯୋଗ ମିଳେ ।

ତା'ପରେ ସ୍ୱପ୍ନା ରମାନାଥ ବାବୁଙ୍କୁ ବୋର୍ଡ଼ ରୁମ୍‌କୁ ନିମନ୍ତ୍ରଣ କଲା । ତାର ସହକର୍ମୀମାନେ ସାଥିରେ ଗଲେ । ଟେବୁଲ ଉପରେ ଗୋଟିଏ ବଡ଼ କେକ୍ ଏବଂ ଚା'ର କପ୍ ପ୍ଲେଟ । ସହକର୍ମୀମାନେ ସ୍ୱପ୍ନାକୁ କେକ୍ କାଟିବା ପାଇଁ ଅନୁରୋଧ କଲେ, ତାପରେ ସ୍ୱପ୍ନାକୁ ଅଭିବାଦନ ଦେଲେ । କେକ୍‌ଟିକୁ କାଟୁକାଟୁ ସ୍ୱପ୍ନା ରମାନାଥଙ୍କ ଆଡ଼େ ଚାହିଁ କହିଲା - ମୁଁ ଆପଣଙ୍କୁ କହିବାକୁ ଭୁଲିଯାଇଛି, ଆଜି ସକାଳେ ମୋର ଗୋଟିଏ ନୂଆ ଆପଏଣ୍ଟମେଣ୍ଟ ମିଳିଛି ବାଙ୍ଗାଲୋରରେ, ଗୋଟାଏ ମଲ୍‌ଟି-ନ୍ୟାସ୍‌ନାଲ କଂପାନୀରେ ।

ସହକର୍ମୀମାନେ ସମବେତ ସ୍ୱରରେ କହିଲେ - ଲକ୍ଷି।

ରମାନାଥ ଏ ପରିସ୍ଥିତି ପାଇଁ ପ୍ରସ୍ତୁତ ନଥିଲେ; ତଥାପି ଅଭିବାଦନ ଜଣାଇଲେ।

ସ୍ୱପ୍ନା କହିଲା, ଯୋଗାଯୋଗ ରଖିବି, ବାଙ୍ଗାଲୋର ଆସିଲେ ମୋ ପାଖରେ ରହିବେ। ତା ପରେ କଥାବାର୍ତ୍ତା ଚାଲିଲା। 'ଡନ୍' ଓ 'ଧୁମ୍' ସିନେମା। ରମାନାଥଙ୍କର ବୁଝିବାର ବାହାରେ ଥିଲା। କିଛି ସମୟ ପରେ ପଚାରିଲେ କେବେ ବାଙ୍ଗାଲୋର ଯିବ ?

ସ୍ୱପ୍ନା ଉତ୍ତର ଦେଲା - ଅର୍ଜେଣ୍ଟ, ହୁଏତ କାଲି ଫ୍ଲାଇଟ୍‌ରେ ଯାଇପାରେ। ମତେ ଶୀଘ୍ର ଜଏନ୍ କରିବାକୁ ପଡ଼ିବ। ସୁଯୋଗଟା ଛାଡ଼ି ପାରିବିନି। ଭଲ କ୍ୟାରିୟର ପ୍ରସ୍‌ପେକ୍ଟ ଅଛି। ଅବଶ୍ୟ ବାପା ଚାହୁଁନାହାନ୍ତି ମୁଁ ଯାଏ ବୋଲି। କିନ୍ତୁ ଏ ସୁଯୋଗ ଛାଡ଼ିବା କଥା ନୁହେଁ।

ରମାନାଥ ବୁଝିବାକୁ ଚେଷ୍ଟା କଲେ ଆଭିମୁଖ୍ୟଟାକୁ। ତାଙ୍କ ପୀଢ଼ିରେ ସବୁକଥାକୁ ଚିନ୍ତା କରିବାକୁ ପଡୁଥିଲା। ଏଭଳିକି କେଉଁଠାରେ ହସିବାକୁ ପଡ଼ିବ, କେତେ ହସିବାକୁ ପଡ଼ିବ ସବୁକୁ ଚିନ୍ତା କରିବାକୁ ପଡୁଥିଲା। କିନ୍ତୁ ବର୍ତ୍ତମାନ ସେଥିପାଇଁ ସେସବୁର ଆବଶ୍ୟକତା ନାହିଁ। ରମାନାଥ କହିଲେ - ଏବେ ମୁଁ ଯାଏ। ତୁମ୍ଭମାନଙ୍କର ବହୁ କାମ କରିବାର ଅଛି।

ରମାନାଥ ସମସ୍ତଙ୍କଠାରୁ ବିଦାୟ ନେଇ ଫେରିଲେ। ସ୍ୱପ୍ନା ଗେଟ୍ ପର୍ଯ୍ୟନ୍ତ ଆସି ଛାଡ଼ିଦେଲା। ରମାନାଥ ହ୍ୟାଣ୍ଡସେକ୍ କଲେ। ସ୍ୱପ୍ନାର ଉଷ୍ଣତା ସ୍ପର୍ଶରୁ କିଛି ମିଳିଲା। ସ୍ୱପ୍ନା ପୁଣିଥରେ କହିଲା - ଆପଣଙ୍କ ହାତଟା କେତେ ନରମ। ଏମିତି ହାତ ମୁଁ କାହାର ଦେଖିନାହିଁ। ମନଟା ମଧ୍ୟ ଆପଣଙ୍କର ବୋଧେ ନରମ।

କିଛି ନକହି ରମାନାଥ ଘରଆଡ଼େ ମୁହାଁଇଲେ। ପଛପଟେ ରହିଗଲା ଏନ.ଜି.ଓ ଅଫିସ। ଗେଟ ପାଖରେ ସ୍ୱପ୍ନା ଚାହିଁରହିଥିଲା ରମାନାଥଙ୍କ ଆଡ଼େ। ସାମ୍ନାରେ ନିଜ ଘର। ଆକାଶରେ ଚଢ଼େଇମାନେ ଉଡୁଥିଲେ। ବୋଧହୁଏ ନୀଡକୁ ଫେରୁଥିଲେ ସେମାନେ।

ରମାନାଥ ଘର ଭିତରକୁ ଯିବା ପୂର୍ବରୁ କିଛି ସମୟ ପାଇଁ ଆକାଶକୁ ଚାହିଁଲେ।

■■

(ରଚନା କାଳ - ୨୦୦୭)

ମଲ୍ଟିପ୍ଲ ଚଏସ୍

ସମୟ – ଗୋଧୂଳି

ସ୍ଥାନ - ପାର୍କ

ପରିବେଶ – ବେଳାଭୂମି, ବତୀଖୁଣ୍ଟ ଓ ସିମେଣ୍ଟ ଚେୟାର

ଚରିତ୍ର – ନାରୀ ଓ ପୁରୁଷ

(୧) ନାରୀ ; ବୟସ ପଚିଶ କିମ୍ବା ଛବିଶ କିନ୍ତୁ ବାହ୍ୟରୂପ କିଶୋରୀ ଭଳି। ଯୌନ ଉଦ୍ଦୀପକ ଶରୀର।

(୨) ପୁରୁଷ : ବୟସ ଚାଳିଶ ପାଖାପାଖି। ଲାଗେ ପଇଁତିରିଶ। ପରିଚ୍ଛନ୍ନ ,ସ୍ଫର୍ତ୍ତିଶୀଳ।

ପୁରୁଷଟି ଅତି ସନ୍ତର୍ପଣରେ ପକେଟରୁ କାଗଜଟିଏ ବାହାର କରି ଭୀତ ଚକ୍ଷୁରେ ନାରୀଟି ଆଡେ ଚାହିଁଲା। ନାରୀଟି କିନ୍ତୁ ନିର୍ଭୟ। ମୁହଁରେ ଆଶଙ୍କାର କୌଣସି ଆଭାସ ନାହିଁ। ସବୁ ପରିସ୍ଥିତି ଓ ପ୍ରଶ୍ନର ଉତ୍ତର ରହିଛି ଯେଭଳି ତା ପାଖରେ।

ପୁରୁଷଟି ପ୍ରଶ୍ନ କଲା –

ମତେ ଭଲପାଅ – ଘୃଣାକର - ନା କୌଣସି ଫିଲିଂ ନାହିଁ ?

ନାରୀଟି ଉତ୍ତର ଦେଲା - ଅପ୍ରାସଙ୍ଗିକ।

ତୁମର କଣ ଧାରଣା, ମୋର ଭଲପାଇବା ଅକୃତ୍ରିମ – ଛଳନା - ଅଭିନୟ ?

- ଅକୃତ୍ରିମ

ମୁଁ ଅକପଟ - ଅସାଧୁ... ?

- ଅକପଟ

ମୁଁ ଯୌନପିପାସୁ - ନର୍‌ମାଲ -ଅନିଚ୍ଛୁକ ପୁରୁଷ ?

- ଯୌନପିପାସୁ

ମୁଁ ବିପରୀତଲିଙ୍ଗ ଯୌନ ଆକର୍ଷଣ ପ୍ରବୃତ୍ତିରେ ପ୍ରଭାବିତ ? ନା ମୁଁ ନାରୀ ସୁଲଭ ପ୍ରବୃତ୍ତିର ପୁରୁଷ ?

- ସବୁ

ମୁଁ ଅସାଧାରଣ ବା ସ୍ୱାଭାବିକ ?

- ସ୍ୱାଭାବିକ

ତୁମେ କଣ ଭାବୁଛ ଆମର ସଂର୍ପକ ଆଣିବ ଜୀବନର ସ୍ଥିରତା – କିଛି ପ୍ରଭାବିତ କରିବନି

– କିଛି ପ୍ରଭାବିତ କରିବନି

ମୋର ତୁମକୁ ଭଲପାଇବା - ପ୍ରର୍ଦଶନମୂଳକ – ଗୁପ୍ତ

- ପ୍ରର୍ଦଶନ ମୂଳକ

ମୋର ଭଲପାଇବା ଆମ ସଂର୍ପକକୁ କରିବ ଜଟିଳ – ସରଳ – ନା ତମପାଇଁ କିଛି ଯାଏ ଆସେନା

– କିଛି ଯାଏ ଆସେନା

ମୁଁ ଜଣେ ବନ୍ଧୁ – ହିତାକାଂକ୍ଷୀ ?

- ବନ୍ଧୁ

ମୁଁ ସାହାଯ୍ୟକାରୀ –ଉଦ୍ଦେଶ୍ୟ ପ୍ରଣୋଦିତ - ମତଲବୀ ?

- ସାହାଯ୍ୟକାରୀ

ମୁଁ ସ୍ପଷ୍ଟବାଦୀ – ନାଁ ସବୁବେଳେ ସତର୍କ ?

-ସର୍ତକ, ବିଚାରଶୀଳ

ମୁଁ ନିଶ୍ଚିତ ଭାବେ ବିଶ୍ୱାସଯୋଗ୍ୟ - ଅବିଶ୍ୱସନୀୟ – ବିପଜ୍ଜନକ ?

- ବିଶ୍ୱାସଯୋଗ୍ୟ

ବଦାନ୍ୟ – କୃପଣ - ଯତ୍ନବାନ ?

- ବଦାନ୍ୟ

ଅହଂକାରୀ – ବିଜ୍ଞ – ବାହ୍ୟ ଆଡମ୍ବରୀ ?

- ବିଜ୍ଞ ଓ ଅହଂକାରୀ

ବହୁତ ଜାଣିଥିବା ପୁରୁଷ - ଅଜ୍ଞାନୀ –ଜିଦ୍‌ଖୋର ?

- ଜିଦ୍‌ଖୋର

ଉପକାରୀ - ସ୍ୱାର୍ଥପର ?

- ଉପକାରୀ

ମୁଁ ସରଳ - ଅବାଟିଆ/ବେଢଙ୍ଗିଆ – ମିଶ୍ରିତ ଚରିତ୍ର ?

- ମିଶ୍ରିତ ଚରିତ୍ର

ମୁଁ ପ୍ରଲୁବ୍ଧକାରୀ, ଆକର୍ଷଣୀୟ ବ୍ୟକ୍ତିତ୍ୱ – ବିରକ୍ତିକର – ଚଲ୍‌ତା ହଏ ?

- ପ୍ରଲୁବ୍ଧକାରୀ

ମୁଁ ବନ୍ଧୁତ୍ୱପୂର୍ଣ୍ଣ – ଶତ୍ରୁସଦୃଶ - ଅସ୍ଥିରଚିତ୍ତ ?

- ଅସ୍ଥିରଚିତ୍ତ

ମୁଁ ବିଚାରଶୀଳ - ନିଷ୍ଠୁର ଓ ସୁବିଧାବାଦୀ ?

- ବିଚାରଶୀଳ

ମୁଁ ସହାନୁଭୂତିଶୀଳ - ଦାୟିତ୍ୱହୀନ ?

- ସହାନୁଭୂତିଶୀଳ

ମୁଁ ରୁଚିପୂର୍ଣ୍ଣ - ଅମାର୍ଜିତ ?

- ରୁଚିପୂର୍ଣ୍ଣ

ମତେ କିଭଳି ଭାବେ ଗ୍ରହଣ କରିବ - ପିତା, ଭ୍ରାତା, ବନ୍ଧୁ, ସ୍ୱାମୀ ?

- ବନ୍ଧୁ

ପୁରୁଷଟି ଦୂରକୁ ଚାହିଁଲା । ପରେ ଦୀର୍ଘଶ୍ୱାସ । ତାପରେ ଦୁହେଁ ହାତ ମିଳାଇଲେ । ନାରୀଟି ହସି କହିଲା 'ଏ ସଂପର୍କର ପୂର୍ଣ୍ଣଚ୍ଛେଦ ନପଡୁ ଏମିତି ଭଲ ।' ଅଫିସର ସହକର୍ମୀ ହିସାବରେ କିଛିବର୍ଷର ସମ୍ପର୍କର ଭିନ୍ନ ମୋଡ଼ ନେଲା ।

ପୁରୁଷଟି ବୟସ ବ୍ୟବଧାନର ବ୍ୟଥା ଅନୁଭବ କଲା । ଦୁହେଁ ଫେରିଲେ । ସେତେବେଳେ ବତୀଖୁଣ୍ଟରେ ଲାଇଟ ଜଳୁଥିଲା । ନିକଟରେ କଲ୍ ସେଣ୍ଟରର ଦିନ ସିଫ୍ଟ ଶେଷ । ତରୁଣ, ତରୁଣୀମାନେ କୋଳାହଳରେ ରାସ୍ତା ଉପରକୁ ଆସୁଥିଲେ ।

■■

ଜଣେ ବନ୍ଧୁ ଏଇଭଳି ଗୋଟିଏ ଚରିତ୍ରର କଥା କହିବା ପରେ
(ରଚନା କାଳ - ୧୯୬୦)

ଘରବାହୁଡା

ନଗେନ୍ଦ୍ର ପଟ୍ଟନାୟକ ଏମ୍.ଏସ୍.ସି., ପିଏଚ୍‌ଡି, ଡି.ଏସ୍.ସି.। ଯେତେବେଳେ ନିପଟ ମଫସଲ ଗାଁ ସ୍କୁଲରୁ ପାଶ୍ କରି ଉଚ୍ଚ ଶିକ୍ଷା ପାଇଁ ଦୂରକୁ ଯାଇଥିଲେ ଭାବିନଥିଲେ ଯେ ଏକ ବିଚିତ୍ର ପ୍ରେରଣାରେ ବିକଶିତ ହେବ ଜୀବନ ବୃକ୍ଷ। ଅନ୍ୟମାନଙ୍କ ଭଳି ସେ ମଧ୍ୟ ବଂଚିବାକୁ ଚାହିଁଥିଲେ, ଉପଭୋଗ କରିବାକୁ ଚାହିଁଥିଲେ, ଓ ନିଜର ଅସ୍ତିତ୍ୱକୁ ନ୍ୟାର୍ଯ୍ୟ ଭାବେ ପ୍ରକାଶିତ କରିବାକୁ ଚାହିଁଥିଲେ। ତେବେ ବିଦ୍ୟାଅର୍ଜନ କରିଥିଲେ ମାନସିକ ସଂସ୍କୃତି ପାଇଁ; ଚାକିରିର ଲାଳସାରେ ନୁହେଁ।

ଗାଁ ରୁ ସହର ପାଇଁ ଅତିକ୍ରମ କରିବାକୁ ପଡିଥିଲା ଚଲାରାସ୍ତା। ସାମନାରେ ଗାଁ ମହନି ବାହୁଙ୍ଗାରେ ଟିଣ ଟ୍ରଙ୍କ ଦୁଇଟି ଦୁଇପଟେ ଧରି ଆଗେ ଆଗେ ଚାଲିଥିଲା। ଟିଣ ଟ୍ରଙ୍କ ଗୁଡିକ ଅଙ୍କିତ ହୋଇଥିଲା ବାଦାମି ଓ ଉପରେ ଧଳା ଓ ନୀଳ ରଂଗର ଫୁଲରେ। ଟ୍ରଙ୍କ ଭିତରେ ଥିଲା ଖଦି ପ୍ୟାଣ୍ଟ, ନୀଳ ସାର୍ଟ, ଖୋର୍ଦ୍ଧା ପାଟିଲା ଗାମୁଛା ଓ ନେଳିଆ ଲୁଂଗି, କଂସାଥାଳୀ, ଗିନା ଓ ଗିଲାସ, କିଛି ଆରିସା ପିଠା ବାଟ ପାଇଁ। ଦୁଇକୋଶ ଚାଲିବା ପରେ ପହଞ୍ଚିଲେ ଷ୍ଟେସନରେ। ଷ୍ଟେସନରୁ ରେଲଗାଡିଟା ହୁତ ହୁତ ଧୁଆଁ ଛାଡି ପ୍ଲାଟଫର୍ମରେ ପହଞ୍ଚିଥିଲା ଉଦୁଉଦିଆ ଦୁଇ ପହରେ। ନଗେନ୍ଦ୍ର ଛାଡି ଆସିଥିଲେ ଆମ୍ବ ତୋଟା, ତାଳଗଛ, ଗୋପୀନାଥ ମନ୍ଦିର ଓ ପରିବାରର ସ୍ମୃତିସ୍ତମ୍ଭଭରା ମଶାଣି।

ପଚାଶ ବର୍ଷ ବିଦେଶରେ ରହି ଗାଁକୁ ଫେରିବା ପରେ ଦେଖିଲେ ରାଜ୍ୟର ରାଜଧାନୀରେ ବିମାନ ଅବତରଣ କରିବାର ସୁବିଧା ରହିଛି। ଦେଶର ବିଭିନ୍ନ ପ୍ରାନ୍ତକୁ ଯୋଗାଯୋଗ ରହିଛି। ଗାଁ ପାଖରେ ଯାଇଛି ଚାରିଲେନ୍ ବାଲା ରାସ୍ତା। ରାଜପଥରୁ ଲମ୍ବି ଯାଇଛି ଗାଁକୁ ପିଚୁରାସ୍ତା। ରାସ୍ତା ଦୁଇ କଡ଼ରେ ଛୋଟ ଛୋଟ ଦୋକାନ। ରାଜପଥରୁ ନରଣପୁରକୁ ଯିବା ପାଇଁ ଅଟୋର ସୁବିଧା। ନଗେନ୍ଦ୍ରଙ୍କର ମନେ ପଡ଼ିଗଲା ପଚାଶ ବର୍ଷ ତଳର କଥା। ସେ ସବୁର ବହୁକିଛି ପରିବର୍ତ୍ତନ ଆସିଛି। ଛପର ଘର

ଗୁଡିକ ଉଭାଇ ଯାଇଛନ୍ତି, ତା ବଦଳରେ ଇଟାକାନ୍ଥ ଓ ଆଜବେଷ୍ଟ ଘର। ଭାଗବତ ଟୁଙ୍ଗିଟା ରକ୍ଷଣାବେକ୍ଷଣ ଅଭାବରୁ ଧ୍ୱଂସ ପ୍ରାୟ। ଗାଁ ମନ୍ଦିରର ଜାଗୁଲେଇ ବାହାରେ ପୂଜା ପାଉଛନ୍ତି। ମନ୍ଦିରର ମରାମତି ଅଭାବରୁ। ନଇବନ୍ଧ ଆଉରି ଉଚ୍ଚା ହୋଇଛି। ପୋଖରି ହୁଡାରେ ଗଛ ଗୁଡିକ ନାହିଁ। ପଥର ପାହାଚ ଗୁଡା ପୋତି ହୋଇ ଆସିଲାଣି।

ଗାଡ଼ି ପହଁଚିଲା ଗାଁ ସ୍କୁଲ ପାଖରେ। ସ୍କୁଲ ସାମନାରେ ଗୋଟିଏ ସିମେଣ୍ଟ ଗେଟ୍। ତାହା ଉପରେ ଲେଖାଯାଇଛି ପରିଡା ଉଚ୍ଚ ବିଦ୍ୟାଳୟ – ସ୍ଥାପନ ୧୯୪୭। ତଳେ ଝୁଲୁଛି ଗୋଟିଏ ବ୍ୟାନର - ବାର୍ଷିକ ଉତ୍ସବ – ମୁଖ୍ୟ ଅତିଥି ଡକ୍ଟର ନଗେନ୍ଦ୍ର ପଟ୍ଟନାୟକ। ଦୁଇଧାଡିରେ ଲୋକ ଛିଡା ହୋଇଛନ୍ତି ନଗେନ୍ଦ୍ରଙ୍କୁ ଦେଖିବା ପାଇଁ। ଗାଁର ଗର୍ବ। ଗାଁର ପ୍ରଥମ ବ୍ୟକ୍ତି ସାତ ସମୁଦ୍ର ପାରି ହୋଇ ବିଦେଶକୁ ଯାଇ ଅଚଂଳର ଯଶ ବଢ଼ାଇଛନ୍ତି। ଜ୍ଞାତି କୁଟୁମ୍ବଙ୍କର ସମ୍ମାନ ବୃଦ୍ଧି ହୋଇଛି। ନଗେନ୍ଦ୍ରଙ୍କ ଆଖି ଛଳଛଳ ହୋଇଗଲା। ଏତେ ସ୍ନେହ ଶ୍ରଦ୍ଧା ଯେ ତାଙ୍କର ପ୍ରାପ୍ୟ ସେ ବିଷୟରେ ବାରବାର ମନରେ ପ୍ରଶ୍ନ ଉଙ୍କି ମାରିଲା। ନଗେନ୍ଦ୍ର ଚିହ୍ନିପାରିଲେ କିଛି ଲୋକଙ୍କୁ - ପିଉସି, ଦଦେଇ, ନବ କକା, ଛୋଟା, ଟୁକୁଲି ଯାହାଙ୍କ ସଂଗେ ବାଗୁଡି ଖେଳୁଥିଲେ। ଦୂରରେ ଛିଡା ହୋଇ ଜୁହାର ହେଲା କାଂଚନ ପାଲୁଣି। ନଗେନ୍ଦ୍ର ଶଙ୍କୋଚରେ ଘୁଂଚିଗଲେ। ଏପରି ଭୂମିଷ୍ଠ ପ୍ରଣାମ ନଥିଲା ବିଦେଶରେ। ସ୍କୁଲର ହେଡ୍‌ମାଷ୍ଟେ ଆଗେ ଆଗେ ରାସ୍ତା ସଫା କରି ଲୋକମାନଙ୍କୁ ହଟାଇବାକୁ ଲାଗିଲେ ନଗେନ୍ଦ୍ରଙ୍କୁ ମଂଚ ଉପରକୁ ନେବା ପାଇଁ। ମଂଚ ଉପରେ ପଡିଥିଲା ଛ'ଟି ଚୌକି – ହେଡମାଷ୍ଟର, ପଞ୍ଚାୟତ ଚେୟାରମ୍ୟାନ, ବିଧାୟକ, ବିଡିଓ, ଜିଲ୍ଲାପରିଷଦ ଚେୟାରମ୍ୟନ ଓ ମୁଖ୍ୟ ଅତିଥିଙ୍କ ପାଇଁ। ହେଡ୍‌ମାଷ୍ଟ୍ରେ ତାଙ୍କ ଅଭିଭାଷଣରେ ନରଣପୁର ହାଇସ୍କୁଲ ଇତିହାସରେ ସେଦିନ ଏକ ବିରଳ ମୁହୂର୍ତ୍ତ ବୋଲି ବର୍ଣ୍ଣନା କରି ମୁଖ୍ୟ ଅତିଥିଙ୍କୁ ଧନ୍ୟବାଦ ଜଣାଇ କହିଲେ ଯେ ତାଙ୍କ ଭଳି ମେଧାବୀ, ବନ୍ଧୁବତ୍ସଳ, ପରୋପକାରୀ, ଆନ୍ତର୍ଜାତୀୟ ସ୍ତରରେ ଖ୍ୟାତି ସମ୍ପନ୍ନ ହୋଇଥିବା ବ୍ୟକ୍ତି କେବଳ ନରଣପୁର ନୁହେଁ ଦେଶର ଗୌରବ। ନରଣପୁର ଅଂଚଳର ସମସ୍ତେ ତାଙ୍କ ପାଇଁ ଗର୍ବିତ। ଦେଶ ବିଦେଶରେ ଖ୍ୟାତି ଅର୍ଜନ କରି ସାରା ବିଶ୍ୱରେ ନରଣପୁର ଭଳି ଏକ ଅଖ୍ୟାତ ପଲ୍ଲୀକୁ ପରିଚିତ କରାଇ ପାରିଛନ୍ତି। ତାଙ୍କର ପଦ ସ୍ପର୍ଶରେ ନରଣପୁର ମାଟି ଧନ୍ୟ। ଜଣେ ପୁରାତନ ଛାତ୍ର ହିସାବରେ ସ୍କୁଲର ଛାତ୍ର ଗୌରବ ସମ୍ମାନ ଗ୍ରହଣ କରିବାକୁ ସମ୍ମତି ଦେଇଥିବାରୁ ଛାତ୍ର, ଶିକ୍ଷକ, ଅଭିଭାବକ ତାଙ୍କ ପାଖରେ ଚିର କୃତଜ୍ଞ। ଏତିକି କହି ସେ ବିଧାୟକଙ୍କୁ ଅନୁରୋଧ କଲେ ଉତ୍ତରୀୟ ସହିତ ମାନପତ୍ର ପ୍ରଦାନ କରିବା ପାଇଁ। କରତାଳିରେ ଖଣ୍ଡ ମଣ୍ଡଳ କମ୍ପି ଉଠିଲା। ନଗେନ୍ଦ୍ର ଚେୟାରରୁ ଉଠିଲେ ଟେବୁଲ ସାମନାକୁ ଯିବା ପାଇଁ ମାନପତ୍ର ଗ୍ରହଣ

କରିବାକୁ। ଠେଲାପେଲା ହେଲା ତାଂଙ୍କ ପାଖରେ ଛିଡା ହେବାପାଇଁ - ଫଟ ଉଠା ପର୍ବ ଚାଲିଲା। ମାନପତ୍ର ପଢ଼ାହେଲା ଯାହାକୁ ନଗେନ୍ଦ୍ର ମନଧ୍ୟାନ ଦେଇ ଶୁଣିବାକୁ ଲାଗିଲେ - "ବିଚକ୍ଷଣ, ବୈଜ୍ଞାନିକ, ବାଗ୍ମୀ, ସୁସାହିତ୍ୟିକ, ପ୍ରବୀଣ ଶିକ୍ଷାବିତ, ଗବେଷକ ଶ୍ରୀଯୁକ୍ତ ନଗେନ୍ଦ୍ର ପଟ୍ଟନାୟକଙ୍କୁ ଛାତ୍ର ଗୌରବ ସମ୍ମାନ -୨୦୦୦" ମାନପତ୍ରରେ ଲେଖାଥିଲା।

ମହାଶୟ,

ଆପଣ ବିଦ୍ୟାଳୟର ଛାତ୍ର ଥିଲା ବେଳେ ନିଜର ମେଧା, ନିର୍ମଳ ଓ ଉଦାହରଣୀୟ ଆଚରଣ, ନିର୍ଭୀକତା, ବିଚକ୍ଷଣ ବାଗ୍ମିତା ଯୋଗୁ ସେଦିନ ଜଣେ ଉତ୍ତମ ଛାତ୍ରର ପରିଚୟ ଦେଇ ସମସ୍ତଙ୍କର ପ୍ରିୟପାତ୍ର ହୋଇ ପାରିଥିଲେ। ତର୍କ ଓ ପ୍ରବନ୍ଧ ପ୍ରତିଯୋଗିତାରେ ବିଦ୍ୟାଳୟର ପ୍ରତିନିଧିତ୍ୱ କରି ଆପଣ ନିଜର ଦକ୍ଷତାର ପରିଚୟ ଦେଇଥିଲେ ଏବଂ ଏହି ଅନୁଷ୍ଠାନର ଗୌରବ ବୃଦ୍ଧିରେ ସହାୟକ ହୋଇପାରିଛନ୍ତି।

ପରବର୍ତ୍ତୀ କାଳରେ ରେଭେନ୍ସା ମହାବିଦ୍ୟାଳୟ, ଉତ୍କଳ ବିଶ୍ୱ ବିଦ୍ୟାଳୟରେ ସ୍ନାତକୋତ୍ତର ଶିକ୍ଷା ଶେଷ କରି ଅଧ୍ୟାପନାରେ ନିୟୋଜିତ ଓ ଗବେଷଣାରେ ନିଜକୁ ଉତ୍ସର୍ଗୀକୃତ କରିଥିଲେ। ଛାତ୍ର ଛାତ୍ରୀଙ୍କର ପ୍ରିୟପାତ୍ର ହେବା ସଂଗେ ସଂଗେ ନିଜର ପ୍ରଚଣ୍ଡ ସାଂଗଠନିକ ଦକ୍ଷତା ଓ ରଚନାତ୍ମକ କାର୍ଯ୍ୟାବଳୀ ପ୍ରତି ଗଭୀର ଅନୁରାଗର ପରିଚୟ ଦେଇଛନ୍ତି।

ନିଜର ମେଧାଶକ୍ତି ଓ ଅଭିନବ ମୌଳିକ ଗବେଷଣା ସନ୍ଦର୍ଭ ଜରିଆରେ ଖ୍ୟାତି ଲାଭ କରି ସୁଦୂର ଆମେରିକାର ହାର୍ଭାର୍ଡ ବିଶ୍ୱବିଦ୍ୟାଳୟ ବିଭିନ୍ନ ପରୀକ୍ଷାରେ କୃତିତ୍ୱର ସହିତ ଉତ୍ତୀର୍ଣ୍ଣ ହୋଇ ନିଜର ସ୍ୱତନ୍ତ୍ର ସ୍ଥାନ ପ୍ରତିଷ୍ଠା କରିପାରିଛନ୍ତି। ଆପଣ ଦେଶ ବିଦେଶରେ ବିଭିନ୍ନ ଶିକ୍ଷା ଅନୁଷ୍ଠାନ ଦ୍ୱାରା ସମ୍ମାନିତ ହୋଇ ପ୍ରଶଂସିତ ହୋଇଛନ୍ତି।

ଆମ ଅନୁଷ୍ଠାନର ଜଣେ ପୁରାତନ ଛାତ୍ର ଭାବେ ଆପଣଙ୍କ ସଫଳତା ଓ ପ୍ରତିଷ୍ଠା ଏଇ ବିଦ୍ୟାମନ୍ଦିରକୁ କରିଛି ଗୌରବାନ୍ୱିତ। ବିଦ୍ୟାଳୟର ବାର୍ଷିକ ଉତ୍ସବ ଉପଲକ୍ଷେ ଆଜି ଆପଣଙ୍କୁ ଛାତ୍ର ଗୌରବ ସମ୍ମାନରେ ସମ୍ମାନିତ କରିବା ସହିତ ଆପଣଙ୍କର ଦୀର୍ଘ ନିରାମୟ ଜୀବନ କାମନା କରୁଛୁ।

ଆପଣଙ୍କର ଶୁଭାକାଂକ୍ଷୀ

ସଂପାଦକ ସଭାପତି

ମହେନ୍ଦ୍ର ପରିଡା ବିଦ୍ୟାଳୟ, ନରଣପୁର

ତା ୯.୧୧.୨୦୦୦

ମାନପତ୍ରଟି ପଢ଼ା ହେଉଥିଲା ବେଳେ ନଗେନ୍ଦ୍ର ସାମନା ଧାଡିରେ ଦେଖିଲେ ଝାପସା ମୁହଁ ସବୁ। ମନେହେଲା ସେମାନଙ୍କୁ କେବେ ଜୀବନ ଯାତ୍ରାରେ ଭେଟିଥିଲେ। ଠିକ ମନେ ପଡୁନାହିଁ କିଏ, କେଉଁଠି, କେତେବେଳେ? ଉତ୍ତରୀୟ ଓ ମାନପତ୍ର ପ୍ରଦାନ ପରେ ପାଳି ପଡ଼ିଲା ନଗେନ୍ଦ୍ରଙ୍କ ଅଭିଭାଷଣର। ମାଇକ୍ ପାଖରେ ଛିଡା ହୋଇ ନଗେନ୍ଦ୍ର ଚାରିଦିଗକୁ ଚାହିଁଲେ - ତାଳଗଛର ବରଡା ଗୁଡା ଝୁଲୁଛି। ପାଖ ବରଗଛ ଡାଳରେ କେତେଟା ଟୋକା ବସିଛନ୍ତି ବକ୍ତୃତା ଶୁଣିବା ପାଇଁ। ନଗେନ୍ଦ୍ର ସଂକ୍ଷେପରେ କହିଲେ – ସେ ଗାଁକୁ ଭୁଲିନାହାଁନ୍ତି । ଗାଁର ପାଣି ପବନରେ ବଢ଼ିଛନ୍ତି। ବିଦେଶରେ ବହୁବର୍ଷ ରହି ବେଶଭୂଷାରେ ବଦଳିଗଲେ ମଧ୍ୟ ତାଂଙ୍କ ଅନ୍ତର ଆତ୍ମା ଏଇ ଗାଁ ମାଟିର। ଗାଁର ଉନ୍ନତି ପାଇଁ ସେ ଯତ୍‌କିଞ୍ଚିତ ସାହାଯ୍ୟ କରିବାକୁ ପ୍ରସ୍ତୁତ। ଏତେଦିନ ଧରି ଗାଁକୁ ଫେରି ନଥିବାରୁ ଦୁଃଖ ପ୍ରକାଶ କରି ବାହାର ଦୁନିଆର ପରିବର୍ତ୍ତନର ପ୍ରଚଣ୍ଡ ସ୍ରୋତରେ ନିଜର ଅସ୍ତିତ୍ୱକୁ କାଏମ ରଖି ସାମିଲ ହେବାର ପଥ ଆବିଷ୍କାର କରିବାକୁ ଗାଁବାସୀଙ୍କୁ ନିବେଦନ କଲେ। ଆମେରିକାର ଜୀବନଶୈଳୀ, ଆକାଂକ୍ଷା, ବ୍ୟକ୍ତିଗତ ସ୍ୱାଧିନତାର ଉଦାହରଣ ଦେଇ ଚମତ୍କୃତ କରାଇଲେ ଶ୍ରୋତା ବୃନ୍ଦଙ୍କୁ। ଗାଁର ଗୌରବଙ୍କ ଭାଷଣର ଅଧା ଇଂରାଜୀ ଭାଷା ଓ କଥା ଥିଲା କ୍ଷମଣୀୟ। ବକ୍ତୃତା ଶେଷ ହେଲା। ଉତ୍ସବର ଅନ୍ତ ପରେ ମଂଚ ଉପରୁ ନଗେନ୍ଦ୍ର ତଳକୁ ଓହ୍ଲାଇଲେ। ଜଣେ ବୃଦ୍ଧ ତାଙ୍କୁ ଆସି ଅତି ପାଖରୁ ଦେଖିଲା ଏବଂ କହିଲା - ନଗ ଚିହ୍ନି ପାରୁଛ? ମୁଁ ଭରତ ମାଷ୍ଟ୍ରେ। ନଗେନ୍ଦ୍ରଙ୍କ ମନେ ପଡିଲା ବହୁବର୍ଷ ତଳର ସୌର୍ଯ୍ୟ, ପ୍ରଶାନ୍ତ, ସୁନ୍ଦର ଚେହେରା, କଳା ମଚମଚ କୁଞ୍ଚୁକୁଞ୍ଚିଆ ବାଳ, ଲମ୍ବା କଲିଥିବା ମଣିଷ ଯାହାଙ୍କୁ ସମସ୍ତେ ଡାକୁ ଥିଲେ ଭରତ ମାଷ୍ଟ୍ରେ। ରାଜି ସାହି ସାମନାରେ ଛୋଟ କୁଡିଆ ଘରେ ରହୁଥିଲେ; ବଢ଼େଇ ଘର ପାଖରେ । ନଗେନ୍ଦ୍ର ହାତ ଯୋଡି ଜୁହାର ହେଲେ। ଭରତ ମାଷ୍ଟ୍ରେ କହିଲେ – ତୁମେ ସବୁ ବଡ ହୋଇଗଲ। ଗାଁ କଥା ପଚାରିଲ ନାହିଁ । ଗାଁର ଶୀରି ଚାଲିଗଲା। ବାପଗୋସାପଙ୍କ କୀର୍ତ୍ତିକୁ ଭୁଲିଗଲ। ପାଖକୁ ଆସି ପଚାରିଲେ - ବାବୁ କହିଲ, ତୁମ ଦରମା କେତେ? ନଗେନ୍ଦ୍ର କଣ ବା ଉତ୍ତର ଦେବେ ବୁଝିପାରିଲାନି କହିଲେ – ମାଷ୍ଟ୍ରେ ସେଠି ଦରମା ଅନ୍ୟ ପ୍ରକାରର ଦିଆଯାଏ। ଆମ ଦେଶର ପହିଲାରେ ଦରମା ମିଳିବା ପ୍ରଥା ଠାରୁ ସେଟା ପୃଥକ। ନିଜର ପର୍‌ଫର୍‌ମାନ୍ସ ଉପରେ ନିର୍ଭର କରେ। ଦାୟିତ୍ୱ ସଂଗେ ଉତ୍ତର ଦାୟିତ୍ୱ ମଧ୍ୟ ଥାଏ। ଦରମା ଦକ୍ଷତା ଉପରେ ନିର୍ଭର କରେ। ଭରତ ମାଷ୍ଟ୍ରେ ନଛୋଡ଼ବନ୍ଧା। କହିଲେ ତଥାପି - ଦଶହଜାର, କୋଡିଏ ହଜାର, ତିରିଶ ହଜାର ଟଙ୍କା – କିଛି ତ ଥିବ? ନଗେନ୍ଦ୍ର ଜବାବ ଦେଲେ - ସେଠାରେ ଦରମା ଟଙ୍କାରେ ମିଳେ ନାହିଁ - ମିଳେ ଡଲାରରେ। ଭରତ ମାଷ୍ଟ୍ରେଙ୍କ ପାଖରେ

ଡଲାର ଓ ଟଙ୍କାର ତଫାତ୍ ଜଣା ନଥିଲା। ପଚାରିଲେ ସେ ଡଲାରଟା କଣ ? ଦରମା କଣ ପଚାଶ ହଜାର ଟଙ୍କା ହେବ ? ନଗେନ୍ଦ୍ର ନିରୁତ୍ତର ରହିବାକୁ ଉଚିତ୍ ମନେକଲେ। ଭରତ ମାଷ୍ଟ୍ରେ ପଚାରିଲେ ଆମ ଦେଶର ପନିପରିବା ମିଳେ? ନଗେନ୍ଦ୍ର ଜବାବ ଦେଲେ – ସବୁ କିଛି ମିଳେ ?

ତମେ ଛୋଟବେଳେ ଭେଣ୍ଡି ଖାଇବାକୁ ଭଲ ପାଉଥିଲ ? ଭେଣ୍ଡି ମିଳେ? କିଲୋ କେତେ ?

କୋଡ଼ିଏ ଡଲାର ପ୍ରାୟ ଦେଢ଼ ହଜାର ଟଙ୍କା ? ଭରତ ମାଷ୍ଟ୍ରେ କହିଲେ ବାବୁ ବଡ ମହରଗ ଯାଗା। ଗଲାବେଳକୁ ହାଟରୁ କିଲେ ଭେଣ୍ଡି ସାଥିରେ ନେଇଯିବ।

ନଗେନ୍ଦ୍ର ହସିଲେ । ଯିବାକୁ ଉଦ୍ୟମ କରି ହେଡମାଷ୍ଟ୍ରେଙ୍କୁ କହିଲେ – ଗାଁ ମଶାଣିକୁ ଟିକିଏ ଯିବା। ମଶାଣି ପାଖକୁ ଗଲାବେଳେ ଲକ୍ଷ୍ୟ କଲେ ପାଖରେ ଥିବା ଆଗର ଆମ୍ବ ତୋଟାଟା ଆଉ ନାହିଁ। ନଈବଢିରେ ମଶାଣୀରେ ଅଧା ସାମାଧି ମାଟିରେ ଲୀନ ହୋଇଯାଇଛି। ଭାଗ୍ୟକୁ ବାପା ବଉଙ୍କ ସାମାଧି ଦିଇଟି ରହିଯାଇଛି। ନଗେନ୍ଦ୍ର ମୁଣ୍ଡିଆ ମାରି ଫେରିଲେ ଗାଁ ଗୋପୀନାଥ ମନ୍ଦିରକୁ। ବାରଣ୍ଡାରେ ବସିଥିଲେ ଦୁର୍ଗା ଦାଦା। ସେ ଥିଲେ ସମସ୍ତଙ୍କର ଦାଦା। ଜେଜେ ବାପା, ବାପା ଓ ନଗେନ୍ଦ୍ରଙ୍କ ପିଢୀର ସମସ୍ତେ ଡ଼ାକନ୍ତି ତାଂକୁ ଦୁର୍ଗା ଦାଦା। ସବୁ ପିଲାଙ୍କର ଖଡି ସେ ଛୁଆଇଁଛନ୍ତି; ବିଦ୍ୟାରମ୍ଭ କରିଛନ୍ତି। ହେଡମାଷ୍ଟ୍ରେ ଚିହ୍ନାଇଦେଲେ ନଗେନ୍ଦ୍ରଙ୍କୁ। ଦୁର୍ଗାଦାଦା ଗାମୁଛାରେ ମୁହଁ ପୋଛୁ ପୋଛୁ କହିଲେ ଆରେ ନଗ କଥା କୁହନା। ଏତିକି ଦୁଷ୍ଟ ଥିଲା। ମୋ ପାଖରୁ ବହୁ ମାଡ ଖାଇଛି। ଥରେ ଦିଥର ବେତମାଡ଼ରେ ପିଠିରେ ଦାଗ ପଡିଯାଇଥିଲା। ଅଝଟିଆଟା ଥିଲା। ଏତିକି କହି ନଗେନ୍ଦ୍ରଙ୍କୁ ମଠ ଭିତରକୁ ନେଇଗଲେ ? ଗୋପୀନାଥ ମନ୍ଦିର କାନ୍ଥ ଫାଟ ହୋଇ ଆଁ। ମଝିରେ ବରଗଛ ଗୁଡ଼ା ଉଠିଛି। ଦୁର୍ଗା ମାଷ୍ଟ୍ରେ ପାଖକୁ ଆସି ଶୁଣାଇଲେ - ନଗ ପ୍ରତିଦିନ ଆଗଭଳି ଭୋଗ ଲାଗି ପାରୁନାହିଁ। ତୋ ବାପ ଗୋସାପଙ୍କ ମାନ ଇଜତ ରଖ। ମନ୍ଦିର ରେ କିଛି ଟଙ୍କା ଖର୍ଚ୍ଚ କରି ମରାମତି କରେଇଦେ। ଭୋଗ ରାଗ ପାଇଁ କିଛି ବନ୍ଦୋବସ୍ତ କରି ଦେଇଯାଅ। ନଗେନ୍ଦ୍ର ମନ୍ଦିରରେ ଥିବା ତାଙ୍କ ପରିବାରର ଜନ୍ତୀ କଥା ପଚାରିଲେ ଯେଉଁଥିରେ ପରିବାରର ସମସ୍ତ ସୂଚନା ଥିଲା। ଦୁର୍ଗା ମାଷ୍ଟ୍ରେ ତଳକୁ ଋହିଁ ଦୀର୍ଘ ଶ୍ୱାସ ଛାଡ଼ି କହିଲେ - ସେଟା ଚୋରି ହୋଇ ଯାଇଛି। ସେଥିରେ ତୁମ ବଂଶର ୧୫୦ ବର୍ଷର ଇତିହାସ ଲେଖା ଥିଲା। ଚ୍ଚୋରି ହୋଇଗଲା ? ପ୍ରଶ୍ନ କଲା ନଗେନ୍ଦ୍ର। ଦୁର୍ଗା ମାଷ୍ଟ୍ରେ ହସି କହିଲେ ଆରେ କଳିଯୁଗ। ସବୁ କିଛି ଖାଲି ହୋଇଯିବ। ନଗେନ୍ଦ୍ରର ମନେ ପଡିଲା ଠାକୁରଙ୍କ ବିମାନ ଯେଁଉଥିରେ ଦୋଳ ପୂର୍ଣ୍ଣିମାରେ ଗୋପୀନାଥ ସାରା ଗାଁରେ ଭୋଗ ଖାଇବାକୁ ଯାଉଥିଲେ। ବିମାନଟି ମନ୍ଦିରର ଗୋଟିଏ

କୋଣରେ ପଡିଥିଲା ଭଂଗା ଅବସ୍ଥାରେ । ଦୁର୍ଗା ମାଷ୍ଟ୍ରେ ତା ଉପରୁ ଅଳନ୍ଧୁ ଝାଡି କହିଲେ ଗୋପୀନାଥ ଜୀଉ ଆଉ ଦୋଳରେ ଭୋଗ ପାଉନାହାଁନ୍ତି । ବିମାନଟି ଗତ ଛ'ବର୍ଷ ହେବ ଭାଂଗି ପଡି ରହିଛି । କାହାକୁ ଫୁରୁସତ୍ ନାହିଁ । ନଗେନ୍ଦ୍ର ଗୋପୀନାଥ ଜୀଉଙ୍କୁ ଜୁହାର ହୋଇ ମନ୍ଦିରରୁ ବାହାରକୁ ଫେରି ଆସିଲେ । ଗାଡିରେ ବସି ଫେରିବା ପଥରେ ନିଜ ଘର ଆଡେ ଗାଡି ବୁଲେଇବା ପାଇଁ ଡ୍ରାଇଭରକୁ କହିଲେ । ଦେଖିଲେ ଘର ସାମନାରେ ଚାନ୍ଦିନୀଟା ପୋତି ହୋଇଯାଇଛି । କାମିନୀ ଗଛରେ କିଛିଟା ଫୁଲ ଫୁଟିଛି । ଚଉପାଢ଼ୀଟାର କାନ୍ଥ ସବୁ ଭୁଷୁଡି ପଡିଛି । କଚେରୀ ଘରଟାରେ ଛପର ବହୁ ବର୍ଷ ଧରି ପଡିନାହିଁ । ଗୋଟାଏ ଘର ଛାତ କଡ଼ିଟା ପୋକ ଖାଇ ଛାତ ଗଳି ପଡିବା ଉପରେ । ତଳେ ଶିଶୁ କାଠ ପଲଙ୍କଟା ଛାତି ମେଲାଇ ଶେଷ ନିଶ୍ୱାସ ଛାଡୁଥିଲା । ବୋଉର ପାନ ବଟୁଆ ସେମିତି ପଡିଛି । ଖୋଲା ଆଲମାରୀଟାରେ ତାର କିଛି ଶାଢୀ ଓ ଗୋଟେ ଦୁଇଟା ଫଟୋ ରହିଛି । ଲାଗିଲା କିଏ ଜଣେ ଧକ୍କା ଦେଇ ତାଙ୍କୁ ବାହାର କରିଦେଲା ଘରୁ । ଦେଖିଲା ବଡବାପ ପୁଅ ବୁନା ଛିଡାହୋଇଛି । ଲମ୍ୱା ଦଣ୍ଡବତ କଲା । ନଗେନ୍ଦ୍ର ପଚାରିଲେ - କିରେ । ଘରର ଅବସ୍ଥା ଏମିତି କଣ ? ବୁନା ନିଃସଙ୍କୋଚରେ ଉତ୍ତର ଦେଲା - ତମେ ତ ଦେଖିଲ ନାହିଁ । ଜମିରେ ତ ଧାନ ଫସଲ ଆଉ ହେଉନାହିଁ । କେବେ ବନ୍ୟା ତ କେବେ ମରୁଡି । ଜମିଗୁଡାରେ ବାଲି ଚରିଯାଉଛି । ଭାଗଚାଷୀ ଆଉ ଫସଲ କାଟି ଘରେ ଥୋଇ ଦେଇଯାଉ ନାହାନ୍ତି । ଖଜଣା ଟିକସ ଆଦି ରହିଛି । ଘର ଠିକ୍ ଠାକ୍ କରିବା ପାଇଁ ତ କିଛି ଟଙ୍କା ପଠାଅ ।

ନଗେନ୍ଦ୍ର ଠିକ୍ ବୁଝିପାରିଲେ ନାହିଁ କଥାଟାର ମର୍ମ । ରାଗ ଓ କ୍ରୋଧରେ ତାଙ୍କ ଶରୀରରେ କମ୍ପନ ସୃଷ୍ଟି ହେଲା ।

ଡ୍ରାଇଭରକୁ କହିଲେ – ଶୀଘ୍ର ଚାଲ ଭୁବନେଶ୍ୱର ।

(ରଚନା କାଳ - ୨୦୦୩)

ଏମିତି ବି ହୁଏ

ସେଦିନ ବର୍ଷା ହେଉଥିଲା। ସି.ଆର.ପି. ଛକରେ। ବୋଧହୁଏ ସାରା ସହରରେ।

ଯୁବକଟି ନୂଆପଲ୍ଲୀରୁ ସେଆର ଅଟୋରେ ବସିବାକୁ ଗଲାବେଳେ ଖାଲି ଗୋଟିଏ ମାତ୍ର ସିଟ୍ ଖାଲିଥିଲା। ଅଟୋବାଲା ଆଗରୁ ଦୁଇଜଣ ଯାତ୍ରୀଙ୍କୁ ବସାଇ ସାରିଥିଲା। ଯୁବକଟି ନିରୁପାୟ ହୋଇ ବାଧ ହେଲା ଯୁବତୀ ଯାତ୍ରୀଙ୍କ ପାଖରେ ବସିବା ପାଇଁ।

ବାଣୀବିହାର ଛକରେ ଯାତ୍ରୀମାନେ ଓହ୍ଲାଇ ଗଲାପରେ ଯୁବକଟି ପଇସା ଦେଇ ରାସ୍ତା ପାର ହୋଇ ଦେଖିଲା ସେଇ ସହ ଅଟୋଯାତ୍ରୀ ଯୁବତୀଟି ଛତାରେ ବର୍ଷା ଦାଉରୁ ନିଜକୁ ବଂଚେଇବାରେ ଅସମର୍ଥ ଓ ଅସହାୟତାରେ ଆଗକୁ ବଢ଼ିବାକୁ ଚେଷ୍ଟା କରୁଛି। କିଛି ଦୂର ଗଲାପରେ ଦୁହେଁ ଗୋଟିଏ ରାସ୍ତାରେ ମୋଡ଼ିଲେ ଓ ଦୁହିଁଙ୍କ ଭିତରେ ଦୂରତ୍ୱ ବଢ଼ିଲା। କାରଣ ଯୁବତୀଟି ଆଶଙ୍କାରେ ଦ୍ରୁତ ଗତିରେ ଚାଲିବାକୁ ଆରମ୍ଭ କଲା। ମନରେ ଶଙ୍କା ଟୋକାଟା କିଛି ଗୋଟାଏ ମତଲବରେ ପିଛା କରୁଛି – ଲାଇନ୍ ମାରିବାର ଇଛା ନେଇ।

ଦୁହେଁ ପହଁଚିଲେ ନିର୍ଦ୍ଦିଷ୍ଟ ଗୋଟିଏ କୋଠା ସାମନାରେ – ସେଟା ଥିଲା ଗୋଟିଏ କମ୍ପ୍ୟୁଟର ଇନ୍‌ଷ୍ଟିଚ୍ୟୁଟ ଟ୍ରେନିଂ ସେଣ୍ଟର। କ୍ଲାସ ଭିତରେ ପଶି ଯୁବତୀଟି ଯେତେବେଳେ ଚାରିଆଡ଼କୁ ଚାହିଁଲା, ଦେଖିଲା ପଛସିଟ୍‌ରେ ବସିଛି ସେଇ ଯୁବକଟି। କ୍ଲାସ ଶେଷରେ ଘର ବାହୁଡ଼ା ପ୍ରସ୍ତୁତି ସମୟରେ ଯୁବକଟି ଆସି ନିଜର ପରିଚୟ ଦେଲା – 'ମୁଁ ଶିବ ଶଙ୍କର'।

'ମୁଁ ସୁଜାତା'।

ଦୁହେଁ ଏକାଠି ଫେରିଲେ। ସେତେବେଳକୁ ଦୂରତ୍ୱଟା ବହୁ ପରିମାଣରେ କମିଯାଇଥିଲା।

ଶଙ୍କର କହିଲା ସେ ନୂଆପଲ୍ଲୀର ଏନ୍-ଟୁ ରେ ରୁହେ। ଉତ୍ତରରେ ସୁଜାତା ଜଣାଇଲା ସେ ନୂଆପଲ୍ଲୀରେ ଭି.ଆଇ.ପି. କଲୋନିର ବାସିନ୍ଦା। ଦୁହିଁଙ୍କର ବାପା ସରକାରୀ କର୍ମଚାରୀ ଓ ଦୁହିଁଙ୍କର ସ୍ୱାବଲମ୍ବନ ହେବାର ପ୍ରବଳ ଆକାଂକ୍ଷା ଓ ସୁଜାତାର ପ୍ରବାସୀ ଭାରତୀୟ ହେବାର ସ୍ୱପ୍ନ। ଶିବଶଙ୍କର ସାଙ୍ଗମାନଙ୍କ ସାଥିରେ ପ୍ରତିଦିନ ଗୁଲିଖଟିରୁ ନିସ୍ତାର ପାଇଁ ଆଗକୁ ବଢ଼ିବାର ଯୋଜନାରେ ବ୍ୟସ୍ତ।

ତା' ପରଦିନ ଠିକ୍ ସେଇ ସମୟରେ; ଠିକ୍ ସେଇ ସ୍ଥାନରେ ଦୁହେଁ ଅଟୋ ଧରିଲେ। ଲାଇନ୍ ମାରିବାର ଆଗ୍ରହ କିଛି ଆଶଙ୍କାର ଅବସାନ ହୋଇ ସାରିଥିଲା। ପ୍ରଥମ ଦିନର ଅଟୋରେ ଶରୀର ସ୍ପର୍ଶରେ ଶୀହରଣ ଶିବଶଙ୍କରକୁ ଭଲ ଲାଗିଥିଲା। ସୁଜାତା ମଧ୍ୟ ଶିବଶଙ୍କର ଦେହର ଗୋଟିଏ ଅଦ୍ଭୁତ ଆକର୍ଷଣୀୟ ସୁଗନ୍ଧ ପାଇଥିଲା। ପ୍ରତିଦିନ ଅଟୋ ଧରିବା ଓ ଏକା ସଂଗରେ ଘରକୁ ଫେରିବା ଭିତରେ କଥା ଅନେକ - ସାହାରୁଖ୍ ଖାନ୍ 'ଡନ୍'ରେ ଅଭିନୟ ଠାରୁ ଆରମ୍ଭ କରି ସଚିନ ତେନ୍ଦୁଲକରଙ୍କ ଶତକ; କଟ୍ରୀନା କୈଫ୍‌ର ସୌନ୍ଦର୍ଯ୍ୟ ଠାରୁ କରୀନା କପୁରଙ୍କ ବୃଦ୍ଧ ସୈଫ ଅଲ୍ଲୀ ସହିତ ରୋମାନ୍ସ କେଁଉଟା ବାଦ ପଡିଲାନି। ରାଜନୀତି ଓ ଦୁର୍ନୀତି ସେ ଆଲୋଚନା ପରିସରରେ ନଥିଲା। ମଝିରେ ମଝିରେ କମ୍ପ୍ୟୁଟର ଇନ୍‌ଷ୍ଟିଚ୍ୟୁଟ୍ ପାଖରେ ଥିବା ଚା ଦୋକାନରେ କିଛି ସମୟ ଆଡ୍ଡା ମାରିବା ମଧ୍ୟ ଥିଲା ମଜାଦାର।

ଟାଇମ୍ ପାସ କରିବା ସହପାଠୀଙ୍କ ସହ ମଧ୍ୟ ଥିଲା ଆଉ ଏକ ଚମତ୍କାର ମୁହୂର୍ତ୍ତ। ଅନ୍ୟ ସମୟରେ କେବଳ ସେମାନଙ୍କର ଉପସ୍ଥିତି ଆହୁରି ନିବିଡ କରୁଥିଲା ଦୁହିଁଙ୍କୁ। ଘନିଷ୍ଠତା ବଢୁଥିଲା ଆପେ ଆପେ। ଜଣଙ୍କର ଶାରୀରିକ ଅନୁପସ୍ଥିତ ହେଉଥିଲା ଯନ୍ତ୍ରଣାଦାୟକ ଓ ଅସହ୍ୟ। କିଛିଦିନ ପରେ ପରିବାର ସଦସ୍ୟଙ୍କର ପୁରୁଣା କାଳିଆ ଚିନ୍ତାଧାରା ଓ ଶୃଙ୍ଖଳା ନାମରେ ବ୍ୟକ୍ତି ସ୍ୱାଧିନତାର ଦମନ ମଧ୍ୟ ସମାଲୋଚନାର କେନ୍ଦ୍ର ହୋଇ ପଡିଲା ଦୁହିଁଙ୍କ ମଧ୍ୟରେ।

ଥରେ ସୁଜାତା ନିଜ ସ୍ୱାଧୀନତା ସାବ୍ୟସ୍ତ କରିବା ପାଇଁ ଶିବଶଙ୍କର ସଂଗେ ପୁରୀ ବୁଲିବାକୁ ଗଲା ଓ ବିଳମ୍ବ ରାତିରେ ଫେରିବା ପରେ ଘରର ସମସ୍ତଙ୍କ ଭର୍ତ୍ସନାର ପାତ୍ର ହେଲା। ପରିଣାମ ସ୍ୱରୂପ ଭାଇ ସନତ୍ ସୁଜାତାଙ୍କୁ ସ୍କୁଟରରେ ଘରୁ ଇନ୍‌ଷ୍ଟିଚ୍ୟୁଟ ଓ ଇନ୍‌ଷ୍ଟିଚ୍ୟୁଟରୁ ଘରକୁ ନେବା ଆଣିବାର ଦାୟିତ୍ୱ ନେଲା। ଯଦିଓ ନୂଆ ଆରେଞ୍ଜମେଣ୍ଟ ବିଶେଷ କିଛି ଫରକ୍ ଆଣିନଥିଲା ଦୁହିଁଙ୍କ ସଂର୍ପକରେ। ହଠାତ୍ ଦିନେ ସୁଜାତା ଇନ୍‌ଷ୍ଟିଚ୍ୟୁଟ ଆସିବା ବନ୍ଦ କରିଦେଲା। ଶିବଶଙ୍କର ବହୁ ଚେଷ୍ଟାକଲା ଜାଣିବା ପାଇଁ। ଅସଲ କାରଣ କଣ? ମୋବାଇଲରେ ଉତ୍ତର ମିଳିଲା - 'ସୁଇଚ୍ ଅଫ୍' କିମ୍ବା 'ଆଉଟ୍ ଅଫ୍ ରିଚ୍', ଅର୍ଥାତ ମୋବାଇଲ ସେବା ପରିଧିର ବାହାରେ। ଇନ୍‌ଷ୍ଟିଚ୍ୟୁଟର ଅଫିସ୍‌ରେ

ପଚରା ଉଚୁରା କଲେ କିଛି ସଠିକ୍ ଉତ୍ତର ମିଳିଲା ନାହିଁ। ଅନ୍ୟ ସହପାଠୀନି ଓ ସୁଜାତାର ବଂଧୁମାନଙ୍କୁ ପଚାରିବାରେ କେହି କିଛି କହି ପାରିଲେ ନାହିଁ କିମ୍ୱା କାହାର ଉଦ୍‌ବିଗ୍ନ ନଥିଲା। କେବଳ ଶିବଶଙ୍କର ମନରେ ଥିଲା ଅଶାନ୍ତ ଝଡ ଓ ଅନିଶ୍ଚିତତାର ଘୂର୍ଣ୍ଣିବାତ୍ୟା। ନିଜକୁ ସମ୍ଭାଳି ନ ପାରି ବିଳମ୍ୱିତ ରାତିରେ ପଇଁତରା ମାରିଲା ସୁଜାତା ଘର ସାମନାରେ – ସବୁ ନୀରବ - ଅନ୍ଧକାର। ଫେରିବା ପଥରେ ପଂହଚିଲା ସାଇବର କାଫେରେ –ଇଣ୍ଟରନେଟ୍‌ରେ ସର୍ଭେ କରି କିଛିକ୍ଷଣ ପରେ ପାଇଲା ଇ-ମେଲ୍ ଠିକଣା। ଜଣାଶୁଣା ଠିକଣାରେ ମନେଥିଲା ତାର 'ସୁଜାତା ୫୧୨ ଆଟ୍ ୟାହୁ ଡଟ୍ ଇନ'। ବହୁ ଚିନ୍ତାକରି ମେଲ୍‌ରେ ପଠାଇଲା ମେସେଜ୍ -

ନିରୁଦ୍ଦିଷ୍ଟ

ମୃଗନୟନୀ ଗୌରବର୍ଣ୍ଣ, ତନୁପାତଳୀ, ଉଚ୍ଚତା ୫ଫୁଟ ୩ଇଞ୍ଚ, ବୟସ ୨୫ (କିନ୍ତୁ ଲାଗେ ୧୮/୧୯ ବର୍ଷ) ବ୍ଲୁ ଜିନ୍ ଓ ଗୋଲାପି ଟପ୍ ପିନ୍ଧି, ସ୍କୁଟିରେ ଯାଉଥିବା ଅବସ୍ଥାରେ ଶେଷଥର ପାଇଁ ନୂଆପଲ୍ଲୀରେ ଭି.ଆଇ.ପି. କଲୋନୀରେ ଦେଖିବାକୁ ମିଳିଥିଲା ଗତ ମାର୍ଚ୍ଚ ପହିଲାରେ। ଓଡିଆ ସହିତ ହିନ୍ଦୀ ଓ ଇଂରାଜୀରେ କଥା କହିପାରେ। କୌଣସି ସହୃଦୟ ବ୍ୟକ୍ତି ଯୁବତୀଟି ବିଷୟରେ ସୂଚନା ଦେଲେ ପୁରସ୍କୃତ ହେବେ। ଯୋଗାଯୋଗ - ନୂଆପଲ୍ଲୀ ପୋଲିସ୍ ଷ୍ଟେସନ ଅଥବା ମୋବାଇଲ ନମ୍ୱର ୯୪୩୭୦୧୨୨୦୬।

ସାଇବର କାଫେ ବେଂଚରେ ପଡିଥିବା ଦୈନିକ ଖବର କାଗଜରେ ଆଜି ଆପଣଙ୍କ ଭାଗ୍ୟ ଉପରେ ଆଖି ଲେଉଟାଇଲା। ସିଂହ ରାଶିରେ ଉଲ୍ଲେଖି ଥିଲା - "ସତର୍କତା ଅବଲମ୍ୱନ କଲେ ବିପଦ ଟଳିଯିବ। ପାରିବାରିକ ଜୀବନରେ ସ୍ୱାର୍ଥପରତା ବୃଦ୍ଧି ପାଇପାରେ। ଅର୍ଥପ୍ରାପ୍ତିର ସୁଯୋଗ ଜୁଟିବ। ସୁସମ୍ୱାଦ ପାଇ ଖୁସି ହେବେ। ଦାମ୍ପତ୍ୟ ଜୀବନରେ ସୁଖ ଅନୁଭବ ହେବ। ବିଦ୍ୟାର୍ଥୀ ପଢାରେ ମନଦେବେ। ମାନସିକ ଶାନ୍ତି ମିଳିବ।

ପ୍ରତିଦିନ ସାଇବର କାଫେରେ ଶିବଶଙ୍କର ନିଜ ଇନ୍‌ବକ୍ସରେ କ୍ଲିକ୍ କରେ ଓ ଦେଖେ ସାଙ୍ଗ ସାଥୀ ପଠାଇଥିବା ବହୁ ଇ-ମେଲ। ଶେଷରେ ଥାଏ କିଛି ବ୍ୟଙ୍ଗ କିମ୍ୱା ବନ୍ଧୁତ୍ୱ ଉପରେ ବିଭିନ୍ନ ଟିପ୍ପଣୀ, ପ୍ରେମ ଜନିତ ଉକ୍ତି - ଫଟୋ ସମ୍ୱଳିତ କାହାଣୀ - ଅଦ୍ଭୁତ ପୃଥିବୀ – ବିଜ୍ଞାନ ଓ ଇଂଜିନୟରିଂର ସଫଳତା, ଭାରତୀୟ ମାନଙ୍କର ବିଶ୍ୱକୁ ଅବଦାନ ଓ ଧାର୍ମିକ ମେଲ୍ ସହିତ ଚେତାବନୀ ଯେ ୨୧ଜଣ ପରିଚିତଙ୍କୁ ତତ୍‌କ୍ଷଣିତ ମେଲ୍ କପି ପଠାଇବା ପାଇଁ ନଚେତ୍ ଦୁର୍ଯୋଗକୁ ଆମନ୍ତ୍ରଣ

କରିବାର ସମ୍ଭାବନା । କିନ୍ତୁ ସେଗୁଡିକର କୌଣସି ମାନେ ନଥିଲା ଶିବଶଙ୍କର ପାଖରେ । ନିରାଶ ହୋଇ ପୁଣିଥରେ ଇମେଲ୍ ପଠାଇଲା ନିର୍ଦ୍ଦିଷ୍ଟ ଇମେଲ ଆଇଡିରେ ସୁଜାତା ପାଖକୁ -

"ହେ ଡନ୍" (ସାହାରୁଖ ଖାଁ ଅଭିନୀତ ଚଳଚ୍ଚିତ୍ର) ଭଳି ତୁମ ପାଖରେ ପହଂଚିବା କେବଳ କଷ୍ଟ ସାଧ୍ୟ ନୁହେଁ ମନେହୁଏ ଅସମ୍ଭବ । ସୁବିଧା ଓ ସମୟ ଥିଲେ ଯୋଗାଯୋଗ କର - ତୁମର ଦର୍ଶନାଭିଳାଷୀ ଗୁଣମୁଗ୍ଧ

- ଶିବଶଙ୍କର ।

ହରିୟାଣାର ଗୁରଗାଓଁ ମଲ୍‌ରେ ଘୁରୁଥିବାବେଳେ ସୁଜାତା ପରିବାରର ଅନ୍ୟମାନଙ୍କ ଠାରୁ ଦୂରରେ ଆସି ଗୋଟିଏ ସାଇବର କାଫେରେ ପଂହଚି ଇଣ୍ଟରନେଟ୍‌ରେ ଚାକିରି ଓ ଭବିଷ୍ୟତ ଯୋଜନା ପାଇଁ ବିଭିନ୍ନ ୱେବ୍ ସାଇଟ୍ ଖୋଲି ଦେଖୁଥିବାବେଳେ ସୁରାକ୍ ପାଇଲା ଇନ୍‌ବକ୍ସରେ କିଛି ନୂତନ ମେଲ୍ । କିଛି ପୁରୁଣା ଓ ଗୋଟିଏ ସଦ୍ୟ – ଗତକାଲିର । ସେଥିରେ ଥିଲା ଗୋଟିଏ ଶିବଶଙ୍କର ଦାସଙ୍କ ପାଖରୁ । ବିଷୟ ବସ୍ତୁ ଥିଲା 'ହେ ଡନ୍ ....' । ମେଲ୍‌ଟି ପଢିଲା ପରେ ସୁଜାତା ହସ ସମ୍ଭାଳି ପାରିଲା ନାହିଁ । ଶିବଶଙ୍କର ଠାରୁ ଆସିଥିବା ପୁରୁଣା ମେଲ ଟି କ୍ଲିକ୍ କରି ଖୋଲିଲା – ଲେଖାଥିଲା - 'ନିରୁଦ୍ଦିଷ୍ଟ.....' ।

ପରିବାରର କେହି ସଦସ୍ୟ ସାଇବର କାଫେର ପଂହଚିବା ପୂର୍ବରୁ ସୁଜାତା ଇ-ମେଲ୍‌ରେ ଗୋଟିଏ ଛୋଟ ଉତ୍ତର ପଠାଇଲା ।

'ହେ ମୋଗାମ୍ବୋ' – ମୁଁ ତୁମକୁ ମିସ୍ କରୁଛି । ଅନୁପସ୍ଥିତିର ଅନୁଭବ ନିଆରା । ତୁମେ କେମିତି ଅଛ ମୋଗାମ୍ବୋ ! ଅନ୍ୟସାଥୀ ରୀନା, ନୀନା, ଅନୀତା ପ୍ରଭୃତିଙ୍କ ଖବର କଣ ? ଡନ୍ ଓ ମୋଗାମ୍ବୋଙ୍କ ସଂଗେ କେବେ ଭେଟ ହେବ ଜଣାନାହିଁ । ଭଲପାଇବା ସବୁଦିନ ପାଇଁ ତୁମର ।

- ସୁଜାତା

'ଇ-ମେଲ'ଟି ପଢିଲା ପରେ ଶିବଶଙ୍କର ବିଶ୍ୱାସ କରିପାରିଲା ନାହିଁ ମେଲ୍‌ଟି ବାସ୍ତବ । ବାରବାର କମ୍ପ୍ୟୁଟରକୁ ରିଷ୍ଟାର୍ଟ କରି, ଇନ୍‌ବକ୍ସରେ କ୍ଲିକ୍ କରି ପଢିବାକୁ ଲାଗିଲା ସୁଜାତା ପାଖରୁ ଆସିଥିବା ଚିଠିଟି । ହେ ମୋଗାମ୍ବୋ ସମ୍ବୋଧନରେ ନିଜକୁ ଆପଣେଇବାର ସମର୍ଥ ହୋଇଥିଲା ସୁଜାତା । ଶିବଶଙ୍କର ମନେକଲା ଦୁହିଁଙ୍କ ଭିତରେ ଥିବା ବ୍ୟାବହାରିକ ପାହାଡଟା ମହମ ଭଳି ତରଳିଯାଇ ଉଭାନ ହୋଇ ଯାଇଛି । ବନ୍ଧୁତ୍ୱର ଗୁଢ ରହସ୍ୟଟିକୁ ଶିବଶଙ୍କର ବୁଝିବାକୁ ଚେଷ୍ଟାକଲା । ଜଣେ ନାରୀ ପାଖରେ ଜଣେ ବଂଧୁ ଭାବରେ ଗ୍ରହଣୀୟତାର ବାସ୍ତବତା ତା ଦେହକୁ ହାଲ୍କା କରିଦେଲା । ମନେ ହେଉଥିଲା ସେ ମାଟିର

ବହୁ ଉପରେ ଉଡିପାରୁଛି ଓ ପାହାଡ, ଜଂଗଲ, ଘର, ରାସ୍ତା ଓ ମଣିଷମାନେ ସବୁ ଛୋଟ ଦେଖା ଯାଉଛନ୍ତି। ଅଗତ୍ୟା ଲେଖିବସିଲା 'ଇ-ମେଲ୍'ଟିଏ ସୁଜାତା ପାଖକୁ –

"ମାଟ୍ରିମୋନିଆଲ"

ବୟସ ୨୫ – ଉଚ୍ଚତା ୫ଫୁଟ ୩ ଇଞ୍ଚ - ଶରୀର ଆକୃତି - ୩୩-୨୪-୩୪। ଖଣ୍ଡାୟତ। ବି.ଏ ଅର୍ନସ ଓ ବ୍ୟାଙ୍କ ମ୍ୟାନେଜର ପଦବୀ ପାଇଁ ମନୋନୀତ - କନ୍ୟା ପାଇଁ ପାତ୍ର ଆବଶ୍ୟକ। କନ୍ୟାଟି ରାଜଧାନୀ ସହରର ଗଳି ଉପଗଳି ସହିତ ପରିଚିତ ଥିବ। ଲୁଗା ଓ ଗହଣା କିଣିବାକୁ ପସନ୍ଦ କରନ୍ତି। ଘର ବାହାରେ ବେଶୀ ସମୟ କାଟିବାକୁ ପ୍ରାଧାନ୍ୟ ଦିଅନ୍ତି। ପାତ୍ର ଘର ବାହାରେ ସମୟ କାଟିବାକୁ ଭଲ ପାଉଥିବା ଓ ସଂଗୀତ ପ୍ରତି ଅନୁରାଗ ରହୁଥିବା ଏବଂ ସଂଚୟରେ ବିଶ୍ୱାସ କରୁନଥିବା ପ୍ରାର୍ଥୀ ଯୋଗାଯୋଗ କରନ୍ତୁ। ମୋବାଇଲ - ୯୪୩୭୦୧୨୨୦୬।

ରାତିସାରା ଶିବଶଙ୍କର ବିଛଣାରେ ଛଟପଟ ହେଲା।? ମନେ ପଡିଲା 'ମୋଗାମ୍ବୋ' ସମ୍ବୋଧନ। ସୁଜାତାର ସେନ୍ସ ଅଫ୍ ହ୍ୟୁମର ଅଛି। ସେ ତାକୁ ସମ୍ବୋଧନ କରିଥିଲା ଡନ୍, ତାର ଉତ୍ତରରେ ହିନ୍ଦୀ ଚଳଚିତ୍ରର ଖଳନାୟକ ମୋଗାମ୍ବୋ ଚରିତ୍ରକୁ ମନେ ପକାଇ ସୁଜାତା ସମ୍ବୋଧନ କରିଛି। ସକାଳୁ ସକାଳୁ ଘରପାଖ ସାଇବର କେଫ୍‌କୁ ଗଲା ଶିବଶଙ୍କର। ଇଣ୍ଟର ନେଟ୍ ଖୋଲି ଦେଖେ ଗତକାଲିଠାରୁ କୌଣସି ନୂତନ ମେଲ ଇନ୍‌ବକ୍ସରେ ନାହିଁ। ବାରବାର ଇନ୍‌ବକ୍ସ ଖୋଜି ଖୋଜି ଚାଲିଲା ଶିବଶଙ୍କର କାଳେ...? ସେଦିନ ସଂଧ୍ୟାରେ ମଧ୍ୟ ଖୋଜା ଚାଲିଲା ଅପେକ୍ଷିତ ଇମେଲଟିକୁ। ନିରାଶ ହେଲା ଶିବଶଙ୍କର। ପ୍ରତିଦିନ ସକାଳ ଓ ସଂଧ୍ୟାରେ ଶିବଶଙ୍କର ନିୟମିତ ଭାବେ ସାଇବର କାଫେରେ ପହଂଚି ଇଣ୍ଟର ନେଟ୍ ଖୋଜେ। ଇନ୍‌ବକ୍ସରେ କ୍ଲିକ୍ କରି ତାର ଆଖି ଦୁଇଟା କେନ୍ଦ୍ରୀଭୁତ ହୁଏ। ଦେଖିବା ପାଇଁ ସୁଜାତା ୮୧୨ ଆଟ୍ ୟାହୁ ଡଟ୍ କମ୍। କମ୍ପୁଟର ସ୍କ୍ରିନ୍‌ରେ ସବୁ କିଛି ଦେଖାଯାଏ କେବଳ ସୁଜାତା ମେଲ୍ ବିନା।

ନିରାଶ ଓ ବିଫଳତାର ସୀମାରେ ପହଂଚି ଶିବଶଙ୍କର ଦିନେ ଅଭିମାନ ଓ ବ୍ୟଙ୍ଗୋକ୍ତିରେ ଲେଖିଲା ଓ କ୍ଲିକ୍ କରି ପଠାଇଲା ମେସେଜ୍‌ଟିଏ। ଉତ୍ତର ଆସିଲା ଆପଣଙ୍କ ମେଲଟି ସଫଳତାର ସହିତ ସୁଜାତା ୮୧୨ ଆଟ୍ ଡଟ୍ କମ୍ ପାଖରେ ପହଞ୍ଚାଇ ଦିଆଯାଇଛି। ସେଥିରେ ଲେଖାଥିଲା -

"ମିସିଂ"

"ବହୁ ଯୁବକଙ୍କୁ ମାନସିକ ଆଘାତ ଦେଇଥିବା, ପ୍ରତିଶ୍ରୁତି ଦେଇ ପାଳନ ନକରିଥିବା, ପ୍ରେମର ଅଭିନୟ କରି ସଂଖ୍ୟାଧିକ ଲୋକଙ୍କୁ ନିରାଶ କରିଥିବା, ହାଟ୍

ବ୍ରେକ୍ କରାଇଥିବା, ଛଳନା ଓ ପ୍ରତାରଣାରେ ଶୀକାର କରାଇଥିବା, କଥାରେ ମୁଗ୍ଧ କରାଇ ଠକାଇଥିବା ଭୁବନେଶ୍ୱରରେ ବାସ କରୁଥିବା ୨୫ ବର୍ଷର ଯୁବତୀ ଓ ତାର ଗ୍ୟାଙ୍ଗ ବିଷୟରେ ପୋଲିସ୍‌କୁ ସୂଚନା ଦେବା ବ୍ୟକ୍ତିଙ୍କୁ ଉପଯୁକ୍ତ ପୁରସ୍କାର ଦିଆଯିବ। ଯୁବତୀଟି ୨୦ବର୍ଷ ସହୀଦ ନଗରରେ ରହିବା ପରେ ସ୍ଥାନାନ୍ତର କରି ଅନ୍ୟତ୍ର ନିଜର ଆଡ୍ଡା ଜମାଇଛି। କିଛିଦିନ ପରେ ନ'ନମ୍ବର କଲୋନିରେ ଦେଖିବାକୁ ମିଳିଥିଲା। ଯୁବତୀର ବିଶେଷ ଲକ୍ଷଣ ହେଲା - ପୁରୁଷମାନଙ୍କୁ କଥାରେ ମୁଗ୍ଧ କରି ନିଜର ଅକ୍ତିଆରରେ ରଖି ନିଜ ସ୍ୱାର୍ଥ ପାଇଁ ଉପଯୋଗ କରିବା। ଗତ ତିନିବର୍ଷ ଭିତରେ ବହୁ ସହକର୍ମୀଙ୍କ ସହିତ ଅଭିନୟ କରି ବହୁ ପରିବାରର ଶାନ୍ତି ନଷ୍ଟ କରି ନିଜର ଆସ୍ଥାନ ଜମାଇ ପାରିଛି। ପୋଲିସ୍ ଆଖିରେ ଧୂଳି ଦେଇ ଏ ପର୍ଯ୍ୟନ୍ତ ନିର୍ବିଘ୍ନରେ ସହର ତଥା ନିଜ ରୂପ ଓ ଚପଳତାରେ ମନ୍ତ୍ରମୁଗୁଧ୍ କରି ନିଜର ଆଧିପତ୍ୟ ବିସ୍ତାର କରି ଚାଲିଛି। ଏତଦ୍ୱାରା ଜନସାଧାରଣଙ୍କ ସତର୍କ କରାଯାଉଛି ଯେ ଏହି ବହୁରୂପୀ ତରୁଣୀକୁ ଯଥା ସମ୍ଭବ ସତର୍କତା ଅବଲମ୍ବନ କରିବା ସହ ଦେଖିବା ମାତ୍ରେ ପୋଲିସ୍‌କୁ ସୂଚନା ଦିଅନ୍ତୁ।"

ପ୍ରାୟ ଦୁଇ ସପ୍ତାହ ଶିବଶଙ୍କର ସାଇବର କାଫେରେ ସମୟ କଟାଇଥିଲା ସକାଳେ, ଦୁଇପହରେ, ସଂଧ୍ୟାରେ - ଆଶା ଓ ଆବେଗର ସହିତ କିଛି ଗୋଟିଏ ଉତ୍ତର ପାଇବା ପାଇଁ ସୁଜାତା ପାଖରୁ। ସୁଜାତା କେବେ ଏତେ ନିଷ୍ଠୁର ହୋଇପାରେନା। ସେ ବୋଧହୁଏ ବନ୍ଦୀହୋଇ ରହିଛି ପରିବାରର ତତ୍ତ୍ୱାବଧାନରେ। କେହି ଚାହାନ୍ତି ନାହିଁ ସେମାନଙ୍କର ବନ୍ଧୁତ୍ୱ।

ସପ୍ତାହ ପରେ କ୍ଲାସ ଭିତରକୁ ପଶି ଦେଖିଲା ସମସ୍ତେ ଚଳ ଚଂଚଳ। ସମସ୍ତଙ୍କ ହାତରେ ଖଣ୍ଡିଏ କରି ନିମନ୍ତ୍ରଣ ପତ୍ର। ସମସ୍ତେ ଫୁସ୍ ଫୁସ୍ ହୋଇ କଥା ହେଉଛନ୍ତି । କେତେକ ତା'ଆଡେ ଚାହିଁଲେ। ସୁଜାତାର ସାଂଗ ପୂଜା ଶିବଶଙ୍କରକୁ ଦେଖାଇଲା ଗୋଟିଏ ବିବାହ ନିମନ୍ତ୍ରଣ କାର୍ଡ। ସୁଜାତା ପାଖରୁ ଆସିଛି ସୁଜାତାର ବିବାହ କାର୍ଡ।

କ୍ଲାସ୍‌ରେ ତିରିଶ ଜଣ ଛାତ୍ର ଛାତ୍ରୀ ଥିଲେ। କିନ୍ତୁ ମିଳିଥିବା ନିମନ୍ତ୍ରଣ କାର୍ଡର ସଂଖ୍ୟା ଥିଲା ଅଣତିରିଶ। ଲିଷ୍ଟରେ ଯେଉଁ ଜଣଙ୍କର ନାମ ବାଦ୍ ପଡିଥିଲା ସେ ଥିଲା ଶିବଶଙ୍କର ବାରିକ୍।

(ରଚନା କାଳ - ୨୦୧୦)

ଆଦ୍ୟାଶାର ଜନ୍ମଦିନ

ଆଦ୍ୟାଶାର ଜନ୍ମଦିନ। ବହୁଦିନ ଧରି ଭିନ୍ନ ଭିନ୍ନ ଯୋଜନା ମନ ଭିତରେ ଜମି ରହୁଥିଲେ ଓ ବରଫ ଭଳି ମିଳେଇ ଯାଉଥିଲେ। ତା ଯାଗାରେ ନୂଆ ନୂଆ ସ୍ୱପ୍ନ ପୁଣି ଜମାଟ ବାନ୍ଧୁଥିଲେ - କେଉଁଠି ହେବ? କିଏ କିଏ ଆସିବେ? ମେନୁ କଣ ହେବ? ସହର ବାହାରେ ହେବ ନା ଘରେ ହେବ? ରେଷ୍ଟୁରାଣ୍ଟରେ ହେଲେ କେଉଁ ରେସ୍ତୋରାଁ? ଇଟାଲୀୟ, ଫ୍ରେଞ୍ଚ, ସ୍ପାନିଶ୍, ଇଣ୍ଡିଆନ୍? ଡ୍ରେସ୍ କଣ ହେବ? ସାଲ୍ୱାର କୁର୍ତ୍ତା, ନା କୁର୍ତ୍ତୀ, ଜିନ୍ ଓ ଟପ୍ ପିନ୍ଧିଲେ ଠିକ୍ ହେବ କି ନାହିଁ। ସେଦିନ ସାଙ୍ଗମାନଙ୍କ ପାଇଁ ଡ୍ରେସ୍‌ର ରଙ୍ଗ କଣ ହେବ? ମନିଷାର ଲାଲ ରଙ୍ଗ ପସନ୍ଦ ନୁହେଁ। ଲୀନା ବ୍ଲୁ ରଙ୍ଗ ପିନ୍ଧିବାକୁ ଭଲ ପାଏ। ବାହାରେ ସେଲିବ୍ରେଟ୍ କଲେ ସାନଭଉଣୀ ସୀମା ଓ ସାନଭାଇ ବିଜୟର ଝାମେଲାରୁ ମୁକ୍ତ ରହିହେବ। ବାହାରେ କଲେ ବାବା ଆଉ ମା ଠିକ୍ ଖାପ୍ ଖୁଆଇ ପାରିବେ ନାହିଁ। ଆଦ୍ୟାଶାର ଜନ୍ମଦିନ ପ୍ରସ୍ତୁତି କେବଳ ସେତିକିରେ ଶେଷ ହେଲା ନାହିଁ। ନିଜ ଡାଏରୀରେ ଦିନଟିକୁ ଲେଖି ରଖିବାକୁ ଅନୁରୋଧ କଲା ସାଙ୍ଗମାନଙ୍କୁ। ପ୍ରଶ୍ନ ଉଠିଲା କେତେଜଣଙ୍କର - ଛୁଟିଦିନରେ ନା ଅନ୍ୟଦିନରେ ପାଳନ ହେବ। ଆମେରିକାରେ ତ ସବୁ ଭାରତୀୟ ପୂଜା ପର୍ବ ଛୁଟି ଦିନରେ ପାଳନ କରାଯାଏ। କାରଣ ଅନ୍ୟ ଦିନରେ ସମସ୍ତେ କାମକୁ ଯାଆନ୍ତି। ଜନ୍ମଦିନ ମଧ୍ୟ ସମସ୍ତଙ୍କ ସୁବିଧା ଦେଖି ଧାର୍ଯ୍ୟ କରାଯାଏ। ଶେଷରେ ଠିକ୍ ହେଲା ଆଦ୍ୟାଶାର ଜନ୍ମଦିନ ମାର୍ଚ୍ଚମାସ ପ୍ରଥମରେ ପାଳିଲେ ମଧ୍ୟ ଚଳିବ।

ନାନୀ ଆଂଜିକୁ ଆଗୁଆ ସତର୍କ କରିଦିଆଗଲା। ସେ ସେମିତି ନିଶ୍ଚିତ ଭାବେ ଉପସ୍ଥିତ ରହିବ। ଶେଷରେ ସ୍ଥିର ହେଲା ଜନ୍ମଦିନଟା ବାହାରେ କୌଣସି ଭାରତୀୟ ରେଷ୍ଟୁରାଣ୍ଟରେ ପାଳିବେ। ୪୩ ନମ୍ବର ଷ୍ଟ୍ରୀଟ୍‌ର 'ଜୁନୁନ୍'। ଅଭିଭାବକମାନେ ପିଲାମାନଙ୍କୁ ଫୋନ୍ ପାଇଲା ପରେ ନେଇଯାଇ ସେଠାରେ ପହଞ୍ଚିବାର ବନ୍ଦୋବସ୍ତ

କରିବେ। ଘର ଲୋକଙ୍କ ସହିତ ଲଞ୍ଚରେ ଜନ୍ମଦିନ ପାଳନ କରାଯାଏ। ଯେଉଁ କେକ୍ କଟାହେବ ତାର ସେକେଣ୍ଡ ଏଭେନ୍ୟୁର 'ଟୁ ଲିଟ୍‌ଲ ରେଡ୍ ହେନ୍'ରେ ବରାଦ ଦିଆଯିବ। ବିଜୟ ଓ ସୀମା ମଧ୍ୟ କଥାଟିକୁ ଲୁଚାଇ, ଗୁପ୍ତଭାବରେ ଚିନ୍ତାକଲେ ଆଦ୍ୟାଶାକୁ କଣ ଗିଫ୍ଟ ଦିଆଯାଇପାରେ ? କଥାଟିର ସୁରାକ୍ ଯେମିତି କେହି ନ ପାଆନ୍ତି। ନା ବାପା ନା ମା। ଜନ୍ମଦିନର ମାସେ ଆଗରୁ ଆଦ୍ୟାଶାର ବାପା ମା ରାତିରେ ଶୋଇବା ପୂର୍ବରୁ ସେ ବିଷୟରେ ମଧ୍ୟ ଚିନ୍ତା କରିବାକୁ ଲାଗିଲେ। ଆଦ୍ୟାଶା ବଡ଼ଝିଅ, ତାକୁ ତେରବର୍ଷ ହେବ। ନୂଆ ଜୀବନ ନେଇ ପୃଥିବୀକୁ ପଦାର୍ପଣ କରିବ। ତେଣୁ ସତର୍କତା ଓ ସାବଧାନତାରେ ରହିବାକୁ ପଡ଼ିବ। କିନ୍ତୁ କେଉଁ ଉପହାର ଦିଆଯିବ ଯାହା ପାଇଲେ ଆଦ୍ୟାଶା ଖୁସି ହେବ ସେଥିପାଇଁ ବହୁ ଆଲୋଚନା ଚାଲିଲା। କଥା କଟାକଟି ହେଲା। ଶେଷରେ ଠିକ୍ ହେଲା ଗୋଟିଏ ଆଇପ୍ୟାଡ୍ ଆଦ୍ୟାଶାର ଜନ୍ମଦିନରେ ଦିଆଗଲେ ଭଲ ହେବ। ଝିଅ ମାକୁ ଛଅମାସ ତଳେ ଖବରକାଗଜରେ ଗୋଟିଏ ବିଜ୍ଞାପନ ଦେଖାଇ କହିଥିଲା – "ଏ ଆଇପ୍ୟାଡ୍‌ରେ ସବୁ କିଛି ଅଛି ଓ ତାର ଦୁଇ ସାଙ୍ଗମାନଙ୍କ ପାଖରେ ଅଛି।"

ତିନି ସପ୍ତାହ ଆଗରୁ ଆଦ୍ୟାଶା ସମସ୍ତଙ୍କୁ ଇ-ମେଲ୍ ନିମନ୍ତ୍ରଣ କାର୍ଡ ପଠାଇଲା। ସେଥିରେ ସ୍ଥାନ, ସମୟ ଓ ତାରିଖ ସୂଚନା ସହ ଅନୁରୋଧ ଥିଲା ପ୍ରତ୍ୟେକଙ୍କୁ ନିଜର ସମ୍ମତି ଜଣାଇବା ପାଇଁ। ଉତ୍ତର ମଧ୍ୟ ମିଳିଗଲା କେବଳ ଦୁଇଜଣ କେଲି ଓ ମୋନିକାଙ୍କୁ ଛାଡ଼ିଦେଲେ। ଅନ୍ୟମାନେ ନିଶ୍ଚିତ ଯୋଗ ଦେବେ ବୋଲି ଉତ୍ତର ଦେଲେ। ସେତିକିରେ କଥା ଶେଷ ହେଲା ନାହିଁ। ପ୍ରତିଦିନ ରାତିରେ ଜନ୍ମଦିନର ବିସ୍ତୃତ ବ୍ଲୁ ପ୍ରିଣ୍ଟ ପ୍ରସ୍ତୁତ ହେଲା। ସମସ୍ତଙ୍କର ଡ୍ରେସ୍‌ର ମୁଖ୍ୟ ରଙ୍ଗ କଣ ହେବ ମଧ୍ୟ ସ୍ଥିର ହୋଇଗଲା। କିନ୍ତୁ କଥାଟା ଗୁପ୍ତ ରଖାଗଲା। ଅସମାପିତ ଆଲୋଚନା ସ୍କୁଲରେ ମଧ୍ୟ ଚାଲିଲା। ସମସ୍ତେ ଇଚ୍ଛୁକ ଭାବେ ଚାହିଁ ରହିଥିଲେ ଆଦ୍ୟାଶାର ଜନ୍ମଦିନକୁ।

ଜନ୍ମଦିନର ବହୁଦିନ ପୂର୍ବରୁ ଦିନେ ସ୍କୁଲରୁ ଫେରି ଡ୍ରଇଁରୁମ୍‌ରେ ସୋଫା ଉପରେ ଗଡ଼ିପଡ଼ି ଗତ ରାତିରେ ଅଧା ପଢ଼ିଥିବା ଉପନ୍ୟାସର ପୃଷ୍ଠା ଓଲଟାଇ ପଢ଼ିବାକୁ ଆରମ୍ଭ କରିବା ବେଳେ ଆଦ୍ୟାଶା ଟିଭିରେ ଚାଲୁଥିବା ସମ୍ବାଦରେ ଶୁଣିବାକୁ ପାଇଲା ବହୁଦୂର ଚୀନ୍‌ରେ ଥଣ୍ଡା, ଶର୍ଦ୍ଦି, କାଶ ଇତ୍ୟାଦିରେ ବହୁଲୋକ ପୀଡ଼ିତ। ଆଦ୍ୟାଶା ସେ ଖବରଟିକୁ ଖାତିର ନକରି ଉପନ୍ୟାସଟିକୁ ପଢ଼ିବାକୁ ଲାଗିଲା। ଏଭଳି ଇନ୍‌ଫ୍ଲୁଏଞ୍ଜା, ଶର୍ଦ୍ଦି, କାଶ ଆମେରିକାରେ ବି ହୁଏ ଋତୁ ପରିବର୍ତ୍ତନ ବେଳେ। ଗୋଟିଏ ମାମୁଲି କଥା। ଦୁଇଦିନ ପରେ ବାପା ଅଫିସ୍‌ରୁ ଫେରି ନିଜ ବ୍ରିଫ୍‌କେଶ୍, ଡ୍ରଇଁରୁମ୍‌ରେ ରଖିଲାବେଳେ କହିଲେ ଯେ ଚୀନରେ ଗୋଟିଏ ନୂଆ ଭୂତାଣୁ ବା ଭାଇରସ୍‌ରେ ବହୁଲୋକ ସଂକ୍ରମିତ। ତେଣୁ

ସେଠାରେ ଗୋଟିଏ ସହରରେ ଲୋକମାନଙ୍କୁ ଘର ଭିତରେ ରହିବାକୁ କୁହାଯାଇଛି। ଆଦ୍ୟାଶା, ବିଜୟ ଓ ସୀମା ଭାବିଲେ ଏମିତି ବି ଶୀତଦିନେ ନ୍ୟୁୟର୍କରେ କେବେ କେବେ ଲୋକମାନଙ୍କୁ ଘର ଭିତରେ ରହିବାକୁ କୁହାଯାଏ। ବେଳେବେଳେ ବେଶୀ ବରଫ ପଡ଼ିଲେ ଆପେ ଆପେ ଲୋକେ ବାହାରକୁ ଯିବା ବନ୍ଦ କରିଦିଅନ୍ତି। ତା ପରଦିନ ଥିଲା ଛୁଟି - ଆଦ୍ୟାଶାର କାହିଁକି କେଜାଣି ଆଗ୍ରହ ହେଲା ଟିଭି ଦେଖିବା ପାଇଁ। ଖୋଲିଲା ମାତ୍ରେ ଦେଖିଲା ନ୍ୟୁଜ୍ ଯେଉଁଥିରେ ଦେଖାଯାଉଛି ଚୀନ୍‌ର ସେଇ ସହର ଉହାନ୍। ସେଠି ରାସ୍ତାଘାଟରେ କେହି ଚଲାବୁଲା କରୁନାହାନ୍ତି। ଦୋକାନ ବଜାର ବନ୍ଦ। ଗାଡ଼ି ଚଳାଚଳରେ କଟକଣା ଲାଗିଛି। ଟିଭିରେ ଦେଖାଗଲା ସେଠିକାର ଆପାର୍ଟମେଣ୍ଟ ଗୁଡ଼ିକରେ ରୋବର୍ଟ ପ୍ରତିଘରେ ଔଷଧ, ଖାଇବା ପିଇବା ପହଞ୍ଚାଉଛି। ହସ୍‌ପିଟାଲରେ ଚିକିତ୍ସା ପାଇଁ ଡାକ୍ତର, ନର୍ସ ଅନ୍ତରୀକ୍ଷ ଯାତ୍ରୀଙ୍କ ଭଳି ଡ୍ରେସ୍ ପିନ୍ଧି ଚିକିତ୍ସା କରୁଛନ୍ତି। ଆଦ୍ୟାଶାକୁ ଏଗୁଡ଼ିକ ଅବାକ୍ ଲାଗିଲା। ଯେତେବେଳେ ସାଙ୍ଗସାଥୀଙ୍କୁ ଏକଥା କହିଲା ସେମାନେ କାହାଣୀ ଶୁଣିଲା ପରି ଚାହିଁ ରହିଲେ। ତେବେ ତା ଉପରେ ଗୁରୁତ୍ୱ ନଦେଇ ଜନ୍ମଦିନର ଆୟୋଜନରେ ଆହୁରି ବହୁ କିଛି ନୂଆ ଜିନିଷର ଟିକିନିଖି ପ୍ରସ୍ତୁତି ଆଦ୍ୟାଶାର ସାଙ୍ଗମାନେ ଦେଲେ। ସନ୍ଧ୍ୟାରେ ବାପା ଆସି କହିଲେ ତାଙ୍କ ଅଫିସ୍‌ରେ ଆଜି କେବଳ ଉହାନ୍, ଚୀନ ଓ ଭୂତାଣୁର ଚର୍ଚ୍ଚା ଚାଲିଥିଲା। ଉହାନ୍‌ରେ ବର୍ତ୍ତମାନ ଲକ୍‌ଡାଉନ୍ ଘୋଷଣା। ବିମାନ ଚଳାଚଳ, ଟ୍ରେନ ଚଳାଚଳ, ବସ ଚଳାଚଳ ସମ୍ପୂର୍ଣ୍ଣ ଭାବେ ବନ୍ଦ। କେହି ସହର ଭିତରକୁ ଆସିପାରିବେ ନାହିଁ କି ସେଠାର କେହି ସହର ବାହାରକୁ ଯାଇପାରିବେ ନାହିଁ। ଆହୁରି କହିଲେ ହଜାର ହଜାର ସଂଖ୍ୟାରେ ଲୋକ ସଂକ୍ରମିତ ଓ ପ୍ରାୟ ତିନି ହଜାରରୁ ଅଧିକ ମୃତ। ଚୀନ୍ ବାହାରକୁ ମଧ୍ୟ ବିମାନ ଚଳାଚଳ ସ୍ଥଗିତ ରଖାଯାଇଛି। ଖବରଟି ବିଷଦ୍ ଭାବରେ ଜାଣିବା ପାଇଁ ଆଦ୍ୟାଶାର ବାପା ମା ପ୍ରାୟ ପ୍ରତିଦିନ ରାତିରେ ଟିଭି ଦେଖିବାକୁ ଲାଗିଲେ ଓ ଆଲୋଚନା କଲେ ନିଜ ଭିତରେ ଓ ପରିବାରରେ। ଦୁଇଦିନ ପରେ ଟିଭି ସମ୍ବାଦରେ କୁହାଗଲା ସମଗ୍ର ୟୁରୋପରେ ସେ ଭୂତାଣୁର ପ୍ରଭାବରେ ହଜାର ହଜାର ଲୋକ ପୀଡ଼ିତ। ଇଟାଲୀରେ ମୃତକଙ୍କ ସଂଖ୍ୟା ହୁହୁ ହୋଇ ବଢ଼ିଚାଲିଛି, ସ୍ପେନ୍‌ରେ ସେଇ ଅବସ୍ଥା, ଫ୍ରାନ୍‌ସରେ କିଛି ଭିନ୍ନତା ନାହିଁ। ଇଂଲଣ୍ଡର ପ୍ରଧାନମନ୍ତ୍ରୀ ଆକ୍ରାନ୍ତିତ। ପରଦିନ ସକାଳ ସମ୍ବାଦରେ ଜଣାଗଲା ୟୁରୋପ୍‌ରେ ପ୍ରାୟ ପ୍ରତ୍ୟେକ ରାଷ୍ଟ୍ରରେ ଲକ୍‌ଡାଉନ୍ ଘୋଷଣା କରାଯାଇଛି। ଜଳପଥ, ରାଜପଥ, ବିମାନ ଚଳାଚଳ ବନ୍ଦ। ଏତେ ସଂଖ୍ୟାରେ ମୃତ୍ୟୁ ହେଉଛି ଯେ ସତ୍କାର କରିବାକୁ ନିଜେ ସରକାର ବାଧ୍ୟ ହେଉଛନ୍ତି। ଡାକ୍ତରଖାନାରେ ରୋଗୀଙ୍କ ପାଇଁ ଜାଗା ଅଭାବରେ ରାସ୍ତାରେ, ପାର୍କରେ ତମ୍ବୁ ପକାଇ ଲୋକଙ୍କୁ ଚିକିତ୍ସା

କରାଯାଉଛି। ଆଦ୍ୟାଶା ଦେଖିଲା ଏସବୁ ଖବର ପରେ ବାପା, ମା ନିରନ୍ତର ମୋବାଇଲ୍‌ରେ ନ୍ୟୁଜ୍ ଦେଖୁଛନ୍ତି ଶେଷ ଖବର ଜାଣିବା ପାଇଁ। ଦିନେ ସକାଳୁ ଉଠି ସ୍କୁଲ ପାଇଁ ଆଦ୍ୟାଶା ପ୍ରସ୍ତୁତ ହେଉଥିବା ବେଳେ ମା କହିଲେ କାଲି ରାତିରେ ଘୋଷଣା କରାଯାଇଛି ଯେ ନ୍ୟୁୟର୍କର ସବୁ ସ୍କୁଲ ସେପ୍ଟେମ୍ବର ପର୍ଯ୍ୟନ୍ତ ବନ୍ଦ। ଆଦ୍ୟାଶା ବିଶ୍ୱାସ କରିପାରିଲା ନାହିଁ ଯେ ତାକୁ ସ୍କୁଲ ଯିବାକୁ ପଡ଼ିବ ନାହିଁ ଓ ସାଙ୍ଗମାନଙ୍କୁ ଦେଖିବା ସମ୍ଭବ ହେବ କେବଳ ଲ୍ୟାପ୍‌ଟପ୍‌ରେ। ବିଜୟ ଓ ସୀମା କଥାଟାକୁ ଗୁରୁତ୍ୱ ଦେଲେ ନାହିଁ। ବାପା ମା ସେଦିନ ଲଞ୍ଚ୍ ପରେ ଫେରିଆସି କହିଲେ ସେମାନଙ୍କୁ ମଧ୍ୟ ଆଉ ଅଫିସ ଯିବାକୁ ପଡ଼ିବ ନାହିଁ। ସେମାନେ ଘରୁ କମ୍ପ୍ୟୁଟର ସାହାଯ୍ୟରେ କାମ କରିବେ। ଆଦ୍ୟାଶା, ବିଜୟ ଓ ସୀମାଙ୍କ ପାଖରେ କଥାଟା ଥିଲା ଅବାସ୍ତବ। ବାପା, ମା ଯେ ଛୁଟିଦିନ ଛଡ଼ା ଅନ୍ୟ ଦିନରେ ଘରେ ରହିବେ ଓ ତାଙ୍କୁ ଅଫିସ ଯିବାକୁ ପଡ଼ିବ ନାହିଁ କଥାଟା କିମିତି ଅଡୁଆ ଲାଗିଲା। ପରଦିନ ନାନୀ ଆଂଜି ମଧ୍ୟ ଆସିପାରିଲା ନାହିଁ, କାରଣ ଟ୍ରେନ୍, ମେଟ୍ରୋ ଚଳାଚଳ ବନ୍ଦ ହୋଇଗଲା। ସମସ୍ତେ ଘରେ ଟିଭି ଦେଖି ଜାଣିଲେ ଯେ ନ୍ୟୁୟର୍କରେ ଲକ୍‌ଡାଉନ୍। କଥାଟାର ସତ୍ୟତା ଜାଣିବା ପାଇଁ ଆଦ୍ୟାଶା ଡ୍ରଇଁରୁମ୍‌ର ବିସ୍ତୃତ କାଚ ଝରକା ଭିତରୁ ଲେକ୍ସିଂଟନ ଆଭେନ୍ୟୁକୁ ଚାହିଁଲା। ଅତର ଦୋକାନ, ସାବାନ, ଭେରାଇଟି, କଫି ହାଉସ୍, ଚିକେନ୍ କର୍ଣ୍ଣର, ହଟ୍, ପିଜା ସବୁ ବନ୍ଦ। ଗୋଟିଏ ବୋଲି ଗାଡ଼ି, ଟ୍ୟାକ୍ସି, ବସ୍ ରାସ୍ତାରେ ନାହିଁ। ଲୋକ ଚଳାଚଳ ମଧ୍ୟ ନାହିଁ କହିଲେ ଚଳେ। ରାସ୍ତାଟି ଜନଶୂନ୍ୟ ନୀରବ। କେବଳ ଭିସିଏସ୍ ଔଷଧ ଦୋକାନଟି ଖୋଲା। ପର ରବିବାର ଆଦ୍ୟାଶା ଯେତେବେଳେ ବାପାଙ୍କୁ କହିଲା ତାର ପ୍ରିୟ ସେଣ୍ଟ୍ରାଲ ପାର୍କକୁ ନେବାପାଇଁ, ଉତ୍ତର ପାଇଲା ସେଣ୍ଟ୍ରାଲ ପାର୍କ ଜନସାଧାରଣଙ୍କ ପାଇଁ ନିଷେଧ। ସେଠାରେ ରୋଗୀଙ୍କ ପାଇଁ ଏକ ବିରାଟ ହସ୍‌ପିଟାଲ ଖୋଲାଯାଇଛି କରୋନା ରୋଗୀଙ୍କ ପାଇଁ। ଆଦ୍ୟାଶାର ଆଖିରୁ ଲୁହ ଝରିପଡ଼ିଲା। ଆଗରୁ ବାପା କେବେ ତାକୁ ସେଣ୍ଟ୍ରାଲ ପାର୍କ ଯିବାପାଇଁ ମନା କରିନଥିଲେ। ସନ୍ଧ୍ୟା ଟିଭିରେ ଖବର ଜଣାଗଲା କରୋନା ହେତୁ ଆମେରିକାରେ ଲକ୍ଷାଧିକ ଲୋକ ମରିବାର ଆଶଙ୍କା ରହିଛି। ଆଦ୍ୟାଶା ଆଶଙ୍କାରେ ମା ଆଡ଼େ ଚାହିଁ ପଚାରିଲା - ମା ଏ କେତେଦିନ ଚାଲିବ? ଉତ୍ତର ଥିଲା - ଅନିଶ୍ଚିତ ଏବଂ ଆହୁରି ତା'ଆଡ଼େ ଚାହିଁ କହିଲେ - ଏ ରୋଗର କାରଣ ଜଣାନାହିଁ, ଏଥିପାଇଁ କୌଣସି ଔଷଧ କିମ୍ବା ଟୀକା ଏ ପର୍ଯ୍ୟନ୍ତ ବାହାରି ନାହିଁ। ଆଦ୍ୟାଶା ଶଙ୍କିଯାଇ ମା ପାଖକୁ ଆହୁରି ନିକଟକୁ ଯାଇ କୁଣ୍ଢାଇ ଧରିଲା। ସେତିକିବେଳେ ତାର ମୋବାଇଲ ବାଜିଲା ଓ ସ୍କ୍ରିନ୍‌ରେ ଦେଖିଲା ତାର ସାଙ୍ଗ କେଲିର ଫୋନ୍। ସେପଟରୁ କେଲିର କାନ୍ଦିବାର ଶବ୍ଦ ଶୁଣାଗଲା। ଆଦ୍ୟାଶାର

ପ୍ରଶ୍ନର ଉତ୍ତରରେ କେଲି କହିଲା ତାର ଜେଜେବାପା କରୋନାରେ ଆକ୍ରାନ୍ତ ହୋଇ ହସ୍‌ପିଟାଲ୍‌ରେ ଚିକିତ୍ସିତ ହେଉଥିବାବେଳେ ଗତକାଲି ତାଙ୍କର ମୃତ୍ୟୁ ଘଟିଛି। ଖବରଟି ପାଇ ଆଦ୍ୟାଶା ଦୁଃଖିତ ହେଲା – ଆତଙ୍କିତ ମଧ୍ୟ। ରାତିର ଡିନର୍ ଟେବୁଲ୍‌ରେ ସମସ୍ତେ ବସି ଖାଇଲାବେଳେ କାହାରି ମୁହଁରୁ କଥା ବାହାରୁ ନଥିଲା। ସମସ୍ତେ ନିଜେ ନିଜେ ଚିନ୍ତାରେ ବୁଡ଼ି ରହୁଥିଲେ। ସୀମା ଯେ ସବୁବେଳେ ଚବର ଚବର ହୁଏ; ଏଣୁ ତେଣୁ କଥା କୁହେ ସେଦିନ କାହିଁକି ଚୁପ୍‌ଚାପ୍ ହୋଇ ଖାଉଥିଲା ଡିନର୍। କିଛି ସମୟ ପରେ ବହୁ ସାହସ ସଞ୍ଚୟ କରି ଆଦ୍ୟାଶା କଥାଟା ଉଠାଇଲା ଯାହା ତା ମନକୁ ଉଦ୍‌ବେଳିତ କରୁଥିଲା – ତିନିଦିନ ପରେ ମୋ ଜନ୍ମଦିନର କଣ ହେବ ? ଘୁଂଚେଇ ଦେବି ? ବାପା ଉତ୍ତର ଦେଲେ ଘୁଂଚେଇବୁ କାହିଁକି ? ସବୁତ ଅନିଶ୍ଚିତ, କେତେଦିନ ଘୁଂଚେଇବୁ ? ବରଂ ଏଥର ଘରେ ସେଲିବ୍ରେଟ୍ କରିବା। ସୀମା ଓ ବିଜୟ ତାଳି ମାରିଲେ। ଆଦ୍ୟାଶାର କିଛି କହିବାର ନଥିଲା, ଯିବା ଆସିବା ତ ବନ୍ଦ। ତେବେ ସବୁ ପ୍ରୋଗ୍ରାମ ପଣ୍ଡ ହେବାପରେ ଆଦ୍ୟାଶାର ଜନ୍ମଦିନ ପାଳିବାର କୌଣସି ମୂଲ୍ୟ ରହିଲା ନାହିଁ।

ପରେ ନିଜ ରୁମ୍‌କୁ ଯାଇ ଆଦ୍ୟାଶା ବିଛଣା ଉପରେ ମୁହଁକୁ ତକିଆରେ ମାଡ଼ି କଇଁ କଇଁ କାନ୍ଦିଲା। ତାର କେତେଦିନର ପ୍ରସ୍ତୁତି, କେତେ ଯୋଜନା, ସବୁ ସ୍ୱପ୍ନ ଚୁରମାର୍ ହୋଇଗଲା। ପଢ଼ା ଟେବୁଲ୍ ପାଖକୁ ଯାଇ ସବୁ ନିମନ୍ତ୍ରିତ ସାଂଗମାନଙ୍କୁ ଲାପ୍‌ଟପ୍‌ରେ ଜଣାଇଲା ଯେ ତାର ଜନ୍ମଦିନ ବାତିଲ୍। ଲକ୍‌ଡାଉନ୍ ହେତୁ ପରଦିନ ସକାଳେ କେକ୍ ସପ୍‌କୁ ଫୋନ କରି ଜଣାଇଲା ବରାଦ କେକ୍‌ଟିକୁ କ୍ୟାନ୍‌ସେଲ୍ କରିବା ପାଇଁ। ବ୍ରେକ୍‌ଫାଷ୍ଟ ଟେବୁଲ୍‌ରେ ସମସ୍ତେ ବସି ସ୍ଥିର କଲେ ଗତବର୍ଷ ଅଜା ଇଣ୍ଡିଆରୁ ଆଣିଥିବା ସାଲ୍‌ୱାର କମିଜ୍ ଜନ୍ମଦିନରେ ଆଦ୍ୟାଶା ପିନ୍ଧିବ। କେକ୍‌ଟିକୁ ଘରେ ମା ତିଆରି କରିବେ ଓ ସୀମା ସାହାଯ୍ୟ କରିବ। ସେଦିନ ସନ୍ଧ୍ୟାର ମେନୁ ସ୍ଥିର କରିବେ ବାପା। ହେବ ଇଣ୍ଡିଆନ୍ ତେବେ ସେଥିରେ ରହିବ ଆଦ୍ୟାଶାର ପସନ୍ଦ ମଟନ୍ ଓ ଆଳୁ। ଘର ପରିଷ୍କାର କରିବେ ଆଦ୍ୟାଶା, ସୀମା ଓ ବିଜୟ। ଡାଇନିଙ୍ଗ୍ ଟେବୁଲ୍ ସଜାଇବେ ଆଦ୍ୟାଶା ଓ ସୀମା। ରାତିରେ ସମସ୍ତେ ଶୋଇଲା ପରେ ସୀମା ଗୋଟିଏ ଡ୍ରଇଂ ପେପର ଆଣି ଆଙ୍କିଲା ଜନ୍ମଦିନର କାର୍ଡ। ରଙ୍ଗତୁଳୀରେ ଅଙ୍କାଥିଲା ଗୋଟିଏ ଗୋଲାପ ଫୁଲ ଆଉ ଗୋଟିଏ କେକ୍‌ର ଛବି। ପାଖରେ ଥିଲା ଦୁଇଟି ରେଖାଙ୍କିତ ମଣିଷ ଜଣେ ପୁରୁଷ ଓ ଅନ୍ୟ ଜଣେ ସ୍ତ୍ରୀ। ହାତ ଧରାଧରି ହୋଇ ତିନୋଟି ପିଲା। ଦୁଇଟି ଝିଅ ଓ ଗୋଟିଏ ପୁଅ। ପୁଅଟିର ମୁଣ୍ଡବାଳ ଝାମ୍ପୁରା। ଝିଅ ଦୁଇଟିଙ୍କର ବେଣୀ। ସୀମାର ବୁଦ୍ଧିରୁ ବାହାରିଥିବା ସେଇ ଘର ଓ ପରିବାର ଚିତ୍ର ସହ ଜନ୍ମଦିନର ଶୁଭେଚ୍ଛା ଆଦ୍ୟାଶାକୁ ଜନ୍ମଦିନ ସକାଳେ ଖୁବ୍ ଭଲ ଲାଗିଲା ଓ ଆଖିରୁ ଲୁହ ଗଡ଼ିଗଲା।

ସନ୍ଧ୍ୟାରେ ସବୁ ସଜଡ଼ା ହେବା ପରେ ଡାଇନିଂ ଟେବୁଲ୍‌ରେ ଯେତେବେଳେ କେକ୍ ରଖାଗଲା। ତାର ସୁଗନ୍ଧରେ ବିଜୟ ବ୍ୟସ୍ତ ହୋଇ ପଡ଼ିଲା ଓ ପଚାରିଲା କେବେ କେକ୍ କଟା ହେବ? ବାପା ଉତ୍ତର ଦେଲେ ଅପେକ୍ଷା କର। ଏବଂ ରଙ୍ଗବେରଙ୍ଗରେ ବନ୍ଧା ହୋଇଥିବା ଗୋଟିଏ ପ୍ୟାକେଟ୍ ବଢ଼ାଇ ଦେଲେ ଆଦ୍ୟାଶାକୁ। ଖୋଲି ଦେଖିଲା – ତାର ମନ ପସନ୍ଦର ଆଇପ୍ୟାଡ୍। ବାପା ଆଦ୍ୟାଶାକୁ କହିଲେ ଦେଖ ସବୁ ସେଟ୍ କରାଯାଇଛି ତୁ ଜୁମ୍‌ରେ ସାଙ୍ଗମାନଙ୍କୁ ପାଇପାରିଲେ ଭଲ ହେବ। ଆଦ୍ୟାଶା ସଙ୍ଗେ ସଙ୍ଗେ ଆଇପ୍ୟାଡ୍ ଖୋଲି ସବୁ ସାଙ୍ଗମାନଙ୍କୁ ନିର୍ଦ୍ଦିଷ୍ଟ ସମୟ ଦେଲା ଘଣ୍ଟାଏ ପରେ। ଠିକ୍ ସମୟରେ ସବୁ ସାଙ୍ଗମାନେ ସ୍କ୍ରିନ୍‌ରେ ଆସିଲେ। ମା କେକ୍‌ଟିକୁ ଟେବୁଲ୍‌ରେ ସଜାଇ ରଖିଲେ। ମହମବତୀଟିଏ ଜଳି ଉଠିଲା। 'ହାପି ବାର୍ଥ ଡେ'ର ଗୀତରେ ଜନ୍ମଦିନ ପାଳନ ହେଲା। – ଘରେ ପରିବାରଙ୍କ ସହ ନାଇନ୍ 'ସି' ଆପାର୍ଟମେଣ୍ଟ ଲୁସିଡ଼ା ବିଲ୍‌ଡିଂ, ନ୍ୟୁୟର୍କ ସହରରେ।

■ ■

(ରଚନା କାଳ – ୨୦୨୧)

ବିଦାୟ ଦିନ

ସେ ଆଜି ଚାଲିଯିବେ। ହୁଏତ କାଲି ବି ଯାଇ ପାରନ୍ତି। କିଛିଦିନ ପର୍ଯ୍ୟନ୍ତ ମଧ୍ୟ ରହିପାରନ୍ତି। କାରଣ ଏପର୍ଯ୍ୟନ୍ତ କୌଣସି ଚିଠି ପାଇନାହାନ୍ତି। ତେବେ ତାଙ୍କୁ ଆଜି ବିଦାୟ ଦିଆଯିବ। ଆନୁଷ୍ଠାନିକ ଭାବେ। ଆସନ୍ତା କାଲିଠାରୁ ଆମର ଏଇ ପରିଚିତ ଅନୁଷ୍ଠାନରୁ ସେ ଦୂରେଇ ଯିବେ। ଆମ ପରିବାରର ହାଜିରା ତାଲିକାରୁ ନାମଟି ନିଶ୍ଚିହ୍ନ ହୋଇଯିବ। ଏ ଅନୁଷ୍ଠାନ ପର୍ବର ଏକ ସ୍ୱାତନ୍ତ୍ର୍ୟତା ରହିଛି। ଏଭଳିଆ ପର୍ବ ଉପରୁ ମୋର ବିଶ୍ୱାସ ବହୁଦିନରୁ ଚାଲିଯାଇଛି ଖାଲି ଅଭିନୟ କରୁ - ଦୁଃଖ ଓ ଲୁହର ମୁଖା ପିନ୍ଧି।

ମନେ ପଡୁଛି ତାଙ୍କ ସଂଗେ ପ୍ରଥମ ସାକ୍ଷାତ। କେଉଁ ଏକ ସମୁଦ୍ରର ବେଳାଭୂମିରେ ମୁଁ ପ୍ରଥମେ ତାଙ୍କୁ ଭେଟିଥିଲି। ନିର୍ମଳ ଆକାଶ। ତଳେ ସାଗରର ନୀଳ ଜଳରାଶି। ବିଶାଳତାର ଓ ଉଦାରତାର ପ୍ରତିନିଧି ପରି। ରୋମ୍‌ର ସିଜର୍‌ଙ୍କ ପରି ସେ ଆସିଲେ- ନିଜର ଜ୍ୱଳନ୍ତ, ଜୀବନ୍ତ ଚାହାଣୀରେ ସେ ମତେ ପରାଜିତ କଲେ। ଅବଶ୍ୟ ତାଙ୍କର ବିଜୟ ହିଂସା ପ୍ରଣୋଦିତ ତରବାରୀରେ ନୁହେଁ - ତାଠାରୁ ଆହୁରୀ ଶକ୍ତିଶାଳୀ ଅସ୍ତ୍ର ଦ୍ୱାରା - ହୃଦୟ। ଏ ହୃଦୟଟା ଗୋଟାଏ ନିରବଚ୍ଛିନ୍ନ ଭାବ- ଯାହାକୁ ସ୍ପର୍ଶ କରିହୁଏନା, ଦେଖି ହୁଏନା ଅଥଚ ଅନୁଭବ କରିହୁଏ।

କିଛିଦିନ ପରେ ମୁଁ ତାଙ୍କୁ ଭେଟିଲି ଏଇ ଅନୁଷ୍ଠାନର ଜଣେ ସଭ୍ୟ ହିସାବରେ। ବେଳାଭୂମିର ସେଇ ବ୍ୟକ୍ତିତ୍ୱଟି ଯେମିତି ଅନୁଷ୍ଠାନର ଏଇ ବ୍ୟକ୍ତିତ୍ୱର ଗାମ୍ଭୀର୍ଯ୍ୟର ଆଢୁଆଳରେ ଲୁଚି ଯାଇଥିଲା। ପୂର୍ବ ବ୍ୟକ୍ତିତ୍ୱର ଅନ୍ୟ ଗୋଟିଏ ରୂପ ଦେଖିଲି। ବିଶ୍ଳେଷଣ କରିବାର ପ୍ରବଳ ଆଗ୍ରହ ଥିଲେ ମଧ୍ୟ ମୁଁ ଭୟ ପାଇଲି। ବିଶ୍ଳେଷଣ ସିଦ୍ଧାନ୍ତର ସମ୍ଭାବନା ବାରବାର ନିରୁତ୍ସାହିତ କରୁଥିଲା। ଅନୁଷ୍ଠାନରେ ସେ ହେଲେ ମୋର ପଥ ପ୍ରଦର୍ଶକ।

ଏ ବିଦାୟ ଉତ୍ସବର କି ଅପୂର୍ବ ନୀରବତା ! ଏ ନୀରବତା ଏମିତି ନିରବଚ୍ଛିନ୍ନ ଭାବେ ରହନ୍ତା କି ?

ପାରାଟିଏ ପଥଭ୍ରାନ୍ତ ହୋଇ ପଶିଆସିଛି । ଆକାଶରେ ଉଡ଼ି ଉଡ଼ି ପଥଭ୍ରାନ୍ତ ହୋଇଛି । ସୀମାବଦ୍ଧ ଘରେ ତାର ସୀମିତ ଏ ଡ଼େଣା ନେଇ ଆଶ୍ରୟ ଖୋଜୁଛି । ତାଙ୍କର ମଧ୍ୟ ସେଇ ଅବସ୍ଥା ଏ ଜୀବନର ସୁବିସ୍ତୃତ ଦିଗନ୍ତ ଯେମିତି ସଂକୁଚିତ ହୋଇ ଆସୁଛି ଆଗାମୀ ଜୀବନର ଆଗମନରେ । ଆସନ୍ତା ଜୀବନର ଦିଗ୍‌ବଳୟ କେତେ ସୀମିତ । ତଥାପି ସେ ଜୀବନ ପ୍ରତି ଏକ ଆଶ୍ଚର୍ଯ୍ୟ ଆକର୍ଷଣ ରହିଛି । ବିଶେଷ କରି ତରୁଣ ଓ ତରୁଣୀଙ୍କର । ସେ କିନ୍ତୁ ଥରେ ସେ ଜୀବନ ପଥ ଅତିକ୍ରମ କରିପାରନ୍ତି ସେ କପୋତଟି ଭଳି ବ୍ୟାକୁଳ ହୋଇପାରନ୍ତି ପୁରାତନକୁ ଫେରିଯିବା ପାଇଁ । କିନ୍ତୁ କେହି ଫେରି ପାରିନାହାନ୍ତି । ଫେରିବା ପାଇଁ ଯେଉଁ ପ୍ରତିବଦ୍ଧତା, ସାହସ, ମନୋବଳ ଓ ଅନାଗତ ଭବିଷ୍ୟତ ଆଶଙ୍କା ପାଇଁ ପ୍ରସ୍ତୁତ କେତେଜଣଙ୍କର ରହିଛି ! ସେ ଜୀବନ ଅନ୍ଧାରର । ସେ ଆଲୋକ ଭ୍ରମପୂର୍ଣ୍ଣ । ଗୋଟିଏ ପକ୍ଷର ସମାଜ ଓ ପରିବାରର ବାଧକତା ଅନ୍ୟପକ୍ଷର ସ୍ୱାଧୀନ ଇଚ୍ଛାର ଶ୍ୱାସରୁଦ୍ଧ କରୁଛି ।

ପ୍ରୀତି ସାମନାରେ ବସି ଲୁଗା କାନିରେ ଆଖି ପୋଛୁଛି । କାନ୍ଦି ପାରୁଥାଏ, ହସି ବି ପାରୁଥାଏ । କାରଣ ଏ ବିଦାୟ ହସ ଓ କାନ୍ଦର । ସୁଖ ଓ ଦୁଃଖର । ପ୍ରୀତି ଓ ପ୍ରାଣର । ଗତ କେତୋଟି ବର୍ଷର ନିତିଦିନିଆ ଜୀବନର ଅଭୁଲା ସ୍ମୃତି ଗୁଡ଼ା ବାରବାର ଉଙ୍କି ମାରୁଛନ୍ତି । ଯେଉଁ କଥା ଗୁଡ଼ାକ ଭୁଲିଯିବାକୁ ଚେଷ୍ଟା କରି ମଧ୍ୟ ଭୁଲି ହୁଏନା । କହିବାକୁ ଇଚ୍ଛା ହେଲେ ମଧ୍ୟ କହି ହୁଏନା । ସେଗୁଡ଼ାକୁ ଏକାନ୍ତ ଏକାକୀ ଲାଗିଲାବେଳେ ଭାବିବାକୁ ଭଲ ଲାଗେ । ସେମିତିଆ ଭାବନାରେ ଢ଼େଉ ମନର ତୁଠରେ ବାରବାର ପିଟି ହୁଏ । ପିକ୍‌ନିକ୍‌ରେ ତାଙ୍କର ଫଟୋ ଉଠା, ପାହାଡ଼ ଚଢ଼ା, ମିଠା କଥା, ଓ ଶେଷରେ ଗୀତ ଏବେ ବି ଜୀବନ୍ତ ହୋଇ ରହିବେ ସ୍ମୃତିରେ । ଓଃ ଏ ସବୁର କିଛି ମାନେ ହୁଏନା । ସମୟ ଓ ଦୂରତାରେ ବହୁ କିଛି ଭୁଲିହୋଇ ଯାଇପାରେ । ତାହାହିଁ ହୁଏତ ଘଟିବ ପ୍ରୀତି ଜୀବନରେ । ଏଇତ କେତୋଟି ଦିନ ପାଇଁ ଆମେ ମିଳିଥିଲେ ଜୀବନ ନଦୀ ତୀରରେ ।

ଏଇ ଘାଟରେ ମଣିଷ ଜୀବନର ବିଚିତ୍ର କାକଳୀରେ ମୁଗ୍ଧ ହୋଇଥିବାର କେତୋଟି ମୁହୂର୍ତ୍ତ ପାଇଁ । ପୁଣି ହୁଏତ ଜୀବନ ନୌକା ବାହି ଆମେ କିଏ କୁଆଡ଼େ ଚାଲିଯିବା । ସମୟର ପାରାବାରରେ ଯେଉଁ କେତୋଟି ବିନ୍ଦୁ ଏକତ୍ରୀତ ହୋଇଥିଲେ ହୁଏତ ଛିଟ୍‌କି ହୋଇ ପଡ଼ିବା । ସେଥିପାଇଁ ଶୋଚନା କାହିଁକି ?

ଘରର କୋଣରେ ବସି ରତିକାନ୍ତ ଭାବୁଛି । ଏଇ ବକ୍ତୃତା ବହୁଳ ଜୀବନରେ ବୋଧହୁଏ କ୍ଳାନ୍ତ ହୋଇ ପଡୁଛି । ଜୀବନ ଓ ମୃତ୍ୟୁର ଦର୍ଶନର ସମୁଦ୍ରରେ କିଛି କୁଳ

କିନାରା ପାଇନାହିଁ। ଏମିତିଆ ସମୟରେ ବକ୍ତୃତାର କିଛି ମାନେ ହୁଏନା। ଓଃ ଭଗବାନ ସେମାନଙ୍କୁ କ୍ଷମା କର। ଜୀବନର ସତ୍ୟ ଏମାନେ ଉନ୍ମୋଚନ କରିନାହାନ୍ତି। ମିଥ୍ୟା, ମାୟା ଓ ଛଳନାରେ ଏମାନେ ବୁଡ଼ି ରହିଛନ୍ତି। କି ଦୁର୍ଦ୍ଧାନ୍ତ ଏମାନଙ୍କର ଅଭିନୟ। ମନରେ ଆଘାତ ନାମରେ ଏମାନେ କି ନିପୁଣ ଅଭିନୟ କରିପାରନ୍ତି। ଆଖିରୁ ଲୁହ ବୁହାଇ ପାରନ୍ତି। ଦୁଃଖରେ ଜର୍ଜରିତ ହୋଇପାରନ୍ତି। ନିର୍ବାକ ହୋଇପାରନ୍ତି। ଅବାକ୍ ଚାହାଣୀ ଦେଇପାରନ୍ତି। ଆଜିର ଏଦିନ ଆତ୍ମ ନିରୀକ୍ଷଣ ବିନା ଏମିତିଆ ଦିନରେ ଅତୀତକୁ ଫେରିଯାଇ, ଅନୁଭୂତି ସାଉଁଟି ଭବିଷ୍ୟତକୁ ଦେଖିବାକୁ ହୁଏ। ବିଗତ ସ୍ମୃତିକୁ ଫେରାଇ ଆଣିବାକୁ ହୁଏ।

ତେଜସ୍ୱୀ ବାଗ୍ମିତାର ପରିଚୟ ଏଠି ବେଳେବେଳେ ମିଳୁଛି। ସେ ଗଣତାନ୍ତ୍ରିକ - ଯାରି ଉପରେ ବକ୍ତୃତା ଚାଲିଛି। ଫଳରେ ଗଣତାନ୍ତ୍ରିକତା ଉଭାଇ ଯାଇ ଗଣତନ୍ତ୍ରର ମୌଳିକ ନୀତିର ବିଶ୍ଳେଷଣ ଚାଲିଛି। ଗଣତନ୍ତ୍ରର ପ୍ରଥମ ନୀତି ହେଉଛି - ଅନ୍ୟର ମତକୁ ସମ୍ମାନ ଦେବା। ଆଉ ଜଣେ କିଏ କହୁଛି - "ସମୟର ଗତି ସଂଗେ ଶାସନର ରୂପ ମଧ୍ୟ ବଦଳୁଛି, ଗଣତାନ୍ତ୍ରିକ ଆଇନରେ ସରକାରୀ କର୍ମଚାରୀ ହେଲେ ସବୁକଥାକୁ ସବୁ ଦୃଷ୍ଟିରେ ରଖି ନିଅନ୍ତି ନିଷ୍ପତ୍ତି "ସେ ଜଣେ ସୁନ୍ଦର ଲୋକ"। ଏଇ ସୁନ୍ଦର ଶବ୍ଦଟି ବହୁଗୁଡ଼ିଏ ଅର୍ଥର ଏକ ଅପୂର୍ବ ସମନ୍ୱୟ। ଏକ ଅଭିନ୍ନ ଧାରଣା। ଯାହାକୁ ବିଶ୍ଳେଷଣ କରିହୁଏନା। କେବଳ ବୁଝିହୁଏ। ବହୁ ଶୁଭେଚ୍ଛା ଓ ଭବିଷ୍ୟତ ଜୀବନରେ ଉତ୍ତରୋତ୍ତର ସାଫଲ୍ୟ କାମନାର ସେ ବୁଡ଼ି ଯାଇଛନ୍ତି।

ସେ ଘର ଭିତର ପାରାଟି କିନ୍ତୁ ଧୀର ସ୍ଥିର। ଅନାଗତ, ଭବିଷ୍ୟତ ଆଶଙ୍କାରେ ନିର୍ବାକ୍।

ସେ ଉଠିଲେ। କିଛି କହିବେ। କଣ କହିବେ ? କାହାକୁ କହିବେ ? କେମିତିଆ କହିବେ ? ବିଦାୟ ଦିନରେ କଣ କିଛି କହିହୁଏ ? ଗତ କେତେବର୍ଷ ନିୟମିତ କଥା କହି କହି ଆଜି କେମିତି ଖାପଛଡ଼ା ହୋଇ ପଡୁଛନ୍ତି। କଥାଗୁଡ଼ା ଅଧା ଶୁଭୁଛି। ବହୁ ଅଂଶ ଭିତରେ ରହି ଯାଉଛି। କଣ୍ଠରେ ଯେମିତି କଣ ଜମାଟ୍ ବାନ୍ଧୁଛି। ତାକୁ ଭେଦ କରି ଶବ୍ଦ ଫୁଟି ଆସି ପାରୁନି। କିଛି ସମୟ ପରେ ହୁଏତ ସେ ମୂକ ହୋଇ ଯାଇ ପାରନ୍ତି। ନଚେତ୍ ଶ୍ୱାସରୁଦ୍ଧ ହୋଇ ମୃତ୍ୟୁ ଘଟିପାରେ। ସବୁ ଶବ୍ଦ ଆଜି ଦିନକ ପାଇଁ ଯେମିତି ସେମାନଙ୍କର ଅର୍ଥ ହରାଇ ବସିଛନ୍ତି। ସବୁ ଖାପଛଡ଼ା। ଆଧୁନିକ ଗଦ୍ୟ କବିତା ଅଥବା ଶିଶୁର ଅର୍ଥହୀନ କଥା। କି କଥା କହିବେ ? ଉପଦେଶ ଅନୁଭୂତିରୁ ଦେବେ ? ଜୀବନ ନାଟିକାର ଆଜି ଗୋଟିଏ ଅଂକର ଶେଷ। ପର୍ଯ୍ୟାପ୍ତ ଅନୁଭୂତିକୁ ଖୋରାକ୍ ଯୋଗାଇବ। ପଛକୁ ଫେରି ଚାହିଁବାର ସୁଯୋଗ ଆସିଛି।

ସେ ଉପରକୁ ଚାହିଁଲେ- ବୋଧହୁଏ ଭାବୁଛନ୍ତି ପ୍ରଭୁ ମତେ କ୍ଷମା କର।" ମୁଁ କି ଉତ୍ତର ଦେବି। ନିରୁତ୍ତର ରହିବା ବରଂ ଭଲ। ଆଉ ଅଭିନୟ କରିପାରେନା ଯଥେଷ୍ଟ ହୋଇଛି। ମତେ ତମେ ବଳ ଦିଅ। ଶକ୍ତି ଦିଅ ପ୍ରଭୁ। ଏଇ ମୁହୁର୍ତ୍ତକ ପାଇଁ। ଯାହା ସାହାଯ୍ୟରେ ମୁଁ ଜୀବନର ଏଇ ଅବିସ୍ମରଣୀୟ ମୁହୂର୍ତ୍ତରୁ ବଂଚିଯିବି। ପଥ ଦେଖାଅ ଭଗବାନ। କଣ କହିବି ଏମାନଙ୍କୁ ? ସର୍କସର ଜୋକର ହୁଅ। ନିଜର ସମସ୍ତ ବେଦନାକୁ ଲୁକ୍କାୟିତ କରି ମୁହଁରେ ହସ ଫୁଟାଅ। ବେଶୀ ଲୁକ୍କାୟିତ ରଖ, ଅଳ୍ପ ପରିପ୍ରକାଶ କର। ଜୀବନରୁ ପଳାୟନ କରନାହିଁ। ଜୀବନ ସଂଗ୍ରାମରେ କ୍ଷତ, ବିକ୍ଷତ ହୋଇ ସ୍ଥିତିପ୍ରଜ୍ଞ ହୁଅ। ଜୀବନ ସଂଗ୍ରାମରେ ପରାଜୟ ସ୍ୱୀକାର କର ନାହିଁ। ଜୀବନକୁ ତାଚ୍ଛଲ୍ୟ କର। ତାହାଲେ ଜୀବନ ତୁମ ପଛରେ ଗୋଡ଼ାଇବ, ତୁମେ ନୁହଁ। ଇତ୍ୟାଦି... ତାପରେ... ତାପରେ।

ସେ ରୁମାଲରେ ଆଖି ପୋଛିଲେ। ବିଦାୟ ଦିନରେ ଗୀତ। ସୁମଧୁର ସୁଶ୍ରାବ୍ୟ ଗୀତ କିନ୍ତୁ ଯାହା ଏହି ପରିବେଶକୁ ଛାରଖାର କରିଦେଲା।

ସେ ହସିଲେ। ବୋଧହୁଏ ଭାବୁଥିଲେ ଆମମାନଙ୍କ କଥା। ବିଚ୍ଛେଦ ଓ ବିରହ ପରେ ସଂଗୀତରେ ମୁଗ୍ଧ ହେବାର ଆଗ୍ରହତା। ଯେଉଁ ସଂଗୀତ କରୁଣ ନୁହେଁ।

ଓଃ ସେ ଜଣେ ମଣିଷ। ସେ କଣ ସତେ ଜଣେ ମଣିଷ ?

■■

(ରଚନା କାଳ - ୧୯୬୨)

ଗହନ ମନର କଥା

ଏଗାରଟା କୋଡ଼ିଏ। ଆହୁରି ପଂଝବନ ମିନିଟ୍ ବାକୀ। ମନଟା ଆଜି କାହିଁକି ଲାଗୁନି। କାହିଁକି ? କଣ ମୋର ହୋଇଛି ? କାହିଁ କିଛି ନାହିଁ ତ ? ଘରେ ତ କାହା ସଂଗରେ କିଛି ମନାନ୍ତର ଘଟିନାହିଁ। ସବୁଦିନ ତ ଏମିତି ଆସେ। ଦେହ ଖରାପ ? କାଲି ରାତିରେ ଜ୍ୱର ହୋଇଥିଲା ? କାଇଁ ନାଇଁତ ? ଦେହ ତ ହେମାଳ। ବଡ଼ ଆଶ୍ୱସ୍ତ ଲାଗୁଛି। ପାଖରେ ବି ଆଜି କେହି ନାହାଁନ୍ତି। କମନ୍ ରୁମ୍‌ଟା ଖାଲି ଖାଲି ଲାଗୁଛି। ସବୁ ଫାଙ୍କା। କଣ ଯେ ଏମାନେ ? ମନ କଥା ଯମା ବୁଝିଲେନି। ଇନ୍ଦୁ କୁଆଡ଼େ ଗଲା ? ସେ କଣ ଜାଣିନି ଆଜି ଗୁରୁବାର। ମୋର ଯମା ତିନିଟା ପିରିୟଡ଼୍ ଅଛି। ବେଶ୍ ଫୁଲେଇ। ବେଶ ହେଉଥିବ। ହଷ୍ଟେଲରେ ଅଛି। ତଥାପି ଜାଣିଶୁଣି କଲେଜକୁ ଡ଼େରୀରେ ଆସିବ। କ୍ଲାସକୁ କେବେ ଠିକ୍ ସମୟରେ ଆସିବ ନାହିଁ। ଡ଼େରୀରେ ପହଂଚିବ। ସମସ୍ତେ ଯେମିତି ଝହିଁବେ। ସମସ୍ତଙ୍କର ଦୃଷ୍ଟି କେନ୍ଦ୍ରୀଭୂତ ହେବ ତା ଉପରେ। ଭଲ ଉପାୟ କରିଛି। ତେବେତ ଆଜି ଆଗରୁ ଆସିବା କଥା। ଗୁରୁବାର ନୂଆ ଶାଢ଼ୀ ବଦଳାଇଥିବ। ଏତେବେଳକୁ କଲେଜରେ ଦୁଇଘେରା ବୁଲି ଆସି ସାରନ୍ତାଣି। ଛାଡ଼ ସବୁ ଖାଲି ନିଜ ନିଜ କଥାରେ ବ୍ୟସ୍ତ। ମୋ କଥା ବୁଝୁଛି କିଏ ?

ହେଇ କିଏ ଆସିଲା। ଓଃ ଧୀରା। ମନେ ମନେ ଯେ କଣ ନିଜକୁ ଭାବେ। ତାର ଯେମିତି ଏକା ରୂପ ଅଛି। ସବୁବେଳେ ଏକା କଥା। ଏ ସାର୍ ମତେ ଆଜି କଣେଇ ଝହିଁଲେ। ସେ ମାଷ୍ଟ୍ରେ ମତେ ଦେଖି ହସିଲେ। ପିଲାଙ୍କର କାଳେ ବୈଠକ ବସେ ତା ରୂପର ତାରିଫ କରିବା ପାଇଁ। ସେ କାଳେ ଏଥର କଲେଜ କୁଇନ୍ ହୋଇଛି - ବୈଠକରେ। ସମସ୍ତେ କାଳେ ତାକୁ ବେଶୀ ନମ୍ବର ଦେଲେ। କଣ ଯେ ପିଲାଙ୍କର ଚଏସ୍ ? କିଛି ବୁଝି ହୁଏନା। ଧୀରା କଣ ସୀମା ଠୁଁ ସୁନ୍ଦର। ସୀମା ମ - ଫୋରଥ ଇୟରରେ ପଢୁଛି। ଛାଡ଼ ତା କଥା। ଧୀରା ମୋଠୁଁ କେଉଁ ଭଲ ଯେ। ଆଖି ଗୁଡ଼ା

ପଶିଯାଇଛି। ଓଠଟା ଲମ୍ବି ଯାଇଛି ଅସ୍ୱାଭାବିକ ଭାବେ। ଖାଲି ଫେସନ୍ ହୋଇ ହସିଦେଲା ବୋଲି....। ବୁଝିନି। କିଛି ବୁଝିନି। ଯୌବନ ଜୁଆରରେ ଯେବେ ଭଟ୍ଟା ପଡ଼ିବ - ସେତେବେଳେ ବୁଝିବ। ଖାଲି ପଡ଼ି ରହିବ ଜୀର୍ଣ୍ଣ ଶୀର୍ଣ୍ଣ ଏଇ ଅଦରକାରୀ ଶରୀରଟା। ଏବେର ତାରିଫ ଗୁଡ଼ା ସେତେବେଳେ ମନେ ପକାଇ ଖାଲି ଅନୁତାପ କରିବାକୁ ପଡ଼ିବ। ହେଇ ଦେଖୁନା - ଚାଲିଗଲା। କମନ ରୁମକୁ ଖାଲି ଆସିଥିଲା। ତା ରୂପ ଦେଖାଇବା ପାଇଁ। ତାର ଏମିତି ଶାଢ଼ୀ ଅଛି। ସେମିତି ଚାଲି ଜାଣେ। ସେ ନାରୀ - ସେ ଚପଳ - ସେ ଉନ୍ମାଦନାରେ ଛନ୍ଦମୟୀ। ଆଃ ଆଉ କଣ କିଏ.....। କଲେଜଟା କଣ ଗୋଟାଏ ରୂପ ପସରାର ହାଟ? ବାରଣ୍ଡା କିମ୍ବା ଲାଇବ୍ରେରୀରେ କଥା କହିବା ପାଇଁ ଏମାନେ ଖାଲି ସୁଯୋଗ ଖୋଜୁଥାନ୍ତି। ଯେତେଥର ଧୀରା ସଙ୍ଗେ ଲାଇବ୍ରେରୀ ଯାଇଛି ଖାଲି ହଇରାଣ। ଯମା ଆସିବ ନାହିଁ। ଖାଲି ଛିଡ଼ା ହୋଇ ହସୁଥିବ। କଣେଇ କଣେଇ ଚାହୁଁଥିବ। ପ୍ରଦୀପକୁ ଦେଖିଲେ ଚୁପ୍ କରି ଚାଲିଯିବ। କରିଡ଼ରେ ବସି ଦୁହେଁ ଯେ କଣ କଥା ହୁଅନ୍ତି - କିଛି ବୁଝି ହୁଏନା। ଘଣ୍ଟା ଘଣ୍ଟା ଧରି ଗପୁଥିବେ। କ୍ଲାସ ବି ବେଳେ ବେଳେ ଲୁଜ୍ କରନ୍ତି। ଆଉ ସେ ପ୍ରଦୀପଟା ବି ଅଭଦ୍ର। ମଝିରେ ମଝିରେ କଥା କହୁ କହୁ ଏମିତି ହସିବ ଯେ... ସେଟା ଲାଇବ୍ରେରୀ ନାଁ ଆଉ କଣ? ଯମା ବୁଝନ୍ତିନି ଅନ୍ୟମାନେ କେତେ ଯେ ଡ଼ିଷ୍ଟର୍ବ ହେଉଥିବେ। ଧୀରା ବି କେବେ ଚେତାଇ ଦେବ ନାହିଁ। ବରଂ ତା ଉପରେ ଲୋଟି ପଡ଼ିବାର ସମସ୍ତ ଉପକ୍ରମଣିକା କରିବ। ଝଡ଼ରେ ନୂତନ ବୃକ୍ଷ ମାଟି ଛୁଇଁବାର ଚେଷ୍ଟା କରିବା ପରି। ଭାରୀ ଦେଖେଇ ହୁଏ ଏ ଧୀରାଟା। ପ୍ରଦୀପ ସଙ୍ଗେ କଥା କହିଲାବେଳେ ମୋ ଆଡ଼େ ଚାହିଁ ଖାଲି ହସିବ। ସେ ହସରେ ଯେମିତି ତାଚ୍ଛଲ୍ୟ ପୁରି ରହିଥାଏ। ହେଇ ଦେଖ୍ - ମୁଁ କେମିତି ବନବିହଙ୍ଗ ପରି ସ୍ୱାଧୀନ। ମୋର ବିସ୍ତୃତ କ୍ଷେତ୍ର ପଡ଼ିଛି ଉଡ଼ିବା ପାଇଁ। କିନ୍ତୁ ମୁଁ ବାଛି ନେଇଛି ଗୋଟିଏ ସ୍ଥାନ। ସେଥିରେ ନୀଡ଼ ବାନ୍ଧିବି। ତା ଉପରେ କାହାର ଅଧିକାର ନାହିଁ। ସେ ମୋର ନିଜର। ସଂପୂର୍ଣ୍ଣ ନିଜର। ଆଉ ତୋର.... ଫୁସ୍। ତୋର କିଏ ଅଛି? ମୁଁ ଆଲୋକ - କେତେ ପତଙ୍ଗ ଆସିବେ। ଏ ଦୁନିଆକୁ ମୁଁ ବୁଝିଛି। ଜୀବନର ପ୍ରତି ମୁହୂର୍ତ୍ତକୁ ସୁନ୍ଦରତମ କରିବା ପାଇଁ ମୁଁ ବାଛିନେଇଛି ଏ ପଥ। ମୋ ପାଇଁ ସମାଜ ଫମାଜ କିଛି ନାହିଁ। ସଂସାର ନାହିଁ। ସଭ୍ୟତା ନାହିଁ। ମୋ ସଂସାରରେ କେବଳ ଦୁଇଟି ଆତ୍ମା। ସେ ଓ ମୁଁ। ଗୋଟିଏ ମୁହୂର୍ତ୍ତ - ହୃଦୟ ବିନିମୟ କରିବାର ମୁହୂର୍ତ୍ତ। ଆଉ ତୁ? ଗୋଟାଏ ଇଡ଼ିୟଟ୍। ଯମା ବୁଝିନୁ। ଜୀବନକୁ ସହଜ, ସୁନ୍ଦର, ସରଳ କରିବା ପାଇଁ ତ ଏ ଗୋଟିଏ ବାଟ। ପସ୍ତେଇବୁ। ଆଜି ନହେଲେ ବି କାଲି। ସେତେବେଳେ ଭାବିବୁ - କାହିଁକି ଭଲ ପାଇଲିନି ଜଣକୁ। ମନର ମଣିଷକୁ। ବୟସ ଅଛି - ରୂପ ଅଛି। ଆଉ କଣ ଦରକାର? ସାଥୀଟିଏ - ହଁ ସାଥୀଟିଏ..... ବାଛିନେ।

ଛି ଏ ବାଜେ କଥା ଗୁଡ଼ା ଆଜି କାହିଁକି ମନରେ ଆସୁଛି। ଧୀରା କାହାକୁ ଭଲ ପାଇଲା ସେଥିରେ ମୋର ଯାଏ ଆସେ କଣ? ସେ ଜୀବନ ସଂଗ୍ରାମର ଧ୍ୱଜା ଧରି ଆଗେଇ ଯାଉଛି - ଜୟୀ ହେଉ। ତଥାପି ସମାଜ ବୋଲି ଗୋଟାଏ ଜିନିଷ ଅଛି। ମୁଁ ସମାଜରୁ ମୁକ୍ତି ପାଇ ପାରିବି ନାହିଁ। ଧୀରା ହୁଏତ ଦୁର୍ନାମର ଡ଼ିଣ୍ଡିମକୁ ପଦରେ ଦଳି ପ୍ରେମର ଜୟ ପତାକା ଧରି ଆଗେଇ ଚାଲିପାରିବ। କିନ୍ତୁ ମୁଁ ପାରିବି ନାହିଁ - ସେ ସ୍ତରକୁ ଯାଇ ପାରିବି ନାହିଁ।

ବାରଣ୍ଡାରେ କିଏ ଗଲା? ଓଃ ସୁନୀଲ। ହଁ ସୁନୀଲ ତ! ସେ ଯାଇ ଅପେକ୍ଷା କରିବ ସିଡ଼ି ପାଖରେ। ଆଜିକି କେତେ ମାସ ହେବ ଲକ୍ଷ୍ୟ କରିଛି - ସୁନୀଲ ଚାହିଁ ରହେ କାହା ଆଡ଼େ। କଣ ମଂଜୁ ଆଡ଼େ? ବୋଧହୁଏ ନୁହେଁ, ଲାଗେ ସେ ମତେ ଚାହିଁରହେ। କାହିଁକି ଆମ ଦୁହିଁଙ୍କର ତ ଆଗରୁ କେବେ ପରିଚୟ ନଥିଲା। ତେବେ ଆମର ସମ୍ପର୍କଟା ବହୁ ପୁରୁଣା ବୋଲି ମନେ ହେଉଛି। କେଡ଼େ ସୁନ୍ଦର ସୁନୀଲ। ମଂଜୁ କହୁଥିଲା ସେ କାଳେ ତା ସଙ୍ଗେ ଆଗରୁ ପଢୁଥିଲା। ହଁ ମଂଜୁ ସଙ୍ଗେ ତାଙ୍କର କଥାବାର୍ତ୍ତା ଅଛି। କେତେ ସ୍ୱାର୍ଥପର ଏଇ ମଂଜୁଟା। ତାଙ୍କ ବିଷୟରେ ଟିକିଏ ପଚାରିଲେ ଖାଲି ଥଟ୍ଟା କରିବ। ସତେ ଯେମିତି ସୁନୀଲଙ୍କର ସେ.....। କିଛି ପଚାରିଲେ କହିବ ନାହିଁ। ତାଙ୍କର ଟିକିଏ ସେଦିନ ପ୍ରଂଶସା କରିଦେଲି ଯେ ଯାଇ କହିଦେଲା ମାନସୀ ପାଖରେ। ତାପର କଥା ଛାଡ଼। ରଖେଇ ବସେଇ ଦେଲେ ନାହିଁ। ମାନସୀ ଆସି କହିଲା - ଆମେ ବରଯାତ୍ରୀ ହୋଇ କେବେ ଯିବା? ତୋର ପସନ୍ଦକୁ ମାନିନେଲି। ପୋତା ମୁହିଁ - ବାହାରକୁ କେତେ ଶାନ୍ତ ଶିଷ୍ଟ। ଭିତରେ ଏତେ ରେମାଣ୍ଟିକ୍.....। ମାନସୀର ଟିକିଏ ସମୟ, ସ୍ଥାନର ଜ୍ଞାନ ନାହିଁ। ବସି ଅପା ସେଇଠି ବସିଥିଲେ। କଣ ଯେ ଭାବିଥିବେ? ଯେତେହେଲେ ତ ସିନିୟର। ବସି ଅପାଙ୍କୁ ବି କିଛି ବୁଝି ହୁଏନା। କିଛି ଆପତ୍ତି କଲେ ନାହିଁ। ତାଙ୍କୁ ଏସବୁ ଶୁଣିବାକୁ ଭଲ ଲାଗେ। ପରଚର୍ଚ୍ଚା, ଚୁଗୁଲି ଶୁଣିବାକୁ ସେ ଭାରି ଭଲ ପାଆନ୍ତି। ନିଜ ନାଁ ରେ ତ ..... ଅମର ବାବୁଙ୍କ କଥା କଣ ଆମେ ଜାଣିନୁ? ଦୁଇବର୍ଷ ତଳେ ଯାହା ସେ କରିଥିଲେ। ଆମେ କେହି ମୁହଁ ଟେକି ଚାଲିପାରିଲୁନି। ସେଥିଲାଗି ସହର ଯାକ ଗୋଟିଏ କଥା - ବସି ଅପା ଓ ଅମର ବାବୁ। ମୋ ନାଁରେ ସୁନୀଲ କଥା ଶୁଣି ତାଙ୍କ ଛାତି କୋରି ହେଇ ଯାଉଥିବ। ଈର୍ଷା ଖାଲି ଈର୍ଷା। ସୁନୀଲ ମଧ୍ୟ ମହାଅଡୁଆ ଲୋକ। ଅନ୍ୟମାନଙ୍କ ଉପସ୍ଥିତିରେ ନିଜକୁ ଧରା ପକାଇବାରେ ଯେ କି ଆନନ୍ଦ। ତେବେ ତାଙ୍କର ଦୋଷ କଣ? ପ୍ରେମ କରିବା କଣ ଅପରାଧ - ନାଁ ପାପ? ଜୀବନର ଆଜିପର୍ଯ୍ୟନ୍ତ ସେଇ ଭଲ ପାଇବା ସନ୍ଧାନରେ ସମସ୍ତେ। ତେବେ ସେ କଣ ମତେ ସତରେ ଭଲ ପାଆନ୍ତି? ସେ କଥା ତ ମୁଁ ଜାଣିନି।

ଭଲପାଇବା ବଦଳରେ ଯଦି ଛଳନା କରୁଥାନ୍ତି। ଛି....ଛି.... କି କଥା ଗୁଡ଼ା ଭାବୁଛି। କିନ୍ତୁ ତାଙ୍କ ମନର କଥା ମୁଁ କିମିତି ଜାଣିବି? କବି ମାନେ କହିଛନ୍ତି - ଯେଉଁ କଥା ଆଖିରେ କୁହାଯାଏ - ତାହା ମୁଖରେ ପ୍ରକାଶ କରିହୁଏନା। ଆମ ଦୁହିଁଙ୍କ ଜୀବନରେ ସେଇଆ ବୋଧହୁଏ ଘଟିଛି। ଜୀବନ ନଦୀ ତୀରର ଏଇ ଗୋଟିଏ ଘାଟରେ ଆମେ ମିଳିଛେ? କିଏ ଜାଣେ ଜୀବନ ସ୍ରୋତର ଗତି କେଉଁ ଆଡ଼େ? ଖାଲି ହସ କାନ୍ଦର ସ୍ମୃତି ପାଇଁ ନାଁ ଆଉ କିଛି? ନାଁ ନାଁ ଆଉ କିଛି? ନାଁ ନାଁ ଆମ ପ୍ରତୀକ୍ଷାର ମୂଲ୍ୟ ରହିଛି। ସୁନୀଲ ମତେ ପ୍ରତୀକ୍ଷା କରନ୍ତି - ଲାଇବ୍ରେରୀରେ, ବାରଣ୍ଡା ବାହାରେ, କ୍ଲାସରେ - ସବୁଠି। ସେ ପ୍ରତୀକ୍ଷାର ଅନ୍ତ ନାହିଁ। ଶେଷ ନାହିଁ। ସେଦିନ କଲେଜ ଫଙ୍କସନ୍‌ରେ ଦୁଇପଦ କଥା ହୋଇଥିଲୁ, ବାସ୍ ସେତିକି। କେତେ ସୁନ୍ଦର ତାଙ୍କ କଥା - ପ୍ରତ୍ୟେକ ଶବ୍ଦରେ ପୁରି ରହିଥିଲା ଆନ୍ତରିକତା। ସଂପୂର୍ଣ୍ଣ ଭାବେ ନିଜର କରିବାର ଆବେଦନ। ଚିରନ୍ତନ ପୁରୁଷର ଚିରନ୍ତନ ନାରୀ ପ୍ରତି ଆହ୍ୱାନ। ମଣିଷକୁ ଟିକିଏ ଏକୁଟିଆ ଛାଡ଼ିଦେବେ ନାହିଁ ଏମାନେ। ଯାହା କିଛି କରିବ - ହଜାରଟା ଆଖି ତୁମ ଉପରେ ପଡ଼ିଥିବ। ସାମାନ୍ୟ କଥାକୁ ବଡ଼ କରି ଚାରିଆଡ଼େ ରଟାଇବେ। ସେଦିନ ଲାଇବ୍ରେରୀରେ ତାଙ୍କୁ ଦେଖି ଅପେକ୍ଷା କଲାବେଳେ; ଗୀତା ଆସି କହିଲା - କିଲୋ ଆଜି ଏ ଚକଚକିଆ ଶାଢ଼ୀ - କଣ ହିଜ୍ ଏକ୍ସିଲେନ୍ସିଙ୍କ ସାଥିରେ ସାକ୍ଷାତ କରିବାର ଅଛି ନା କଣ? ହାତରୁ ମ୍ୟାଗାଜିନ୍‌ଟା କାଢ଼ିନେଇ କହିଲା - ଲୁଚିଛି ନାଁ ଗୋଡ଼ ଦୁଇଟା ଦିଶୁଛି। ଦେଖା କରିବୁ ତ ଯାଉନୁ - ସେଥିଲାଗି ଏ ମିଛ ଆୟୋଜନ କାହିଁକି? ମାଗାଜିନ୍... ବହି... ଏତେକଥା ପରେ କଣ କାହା ସଂଗେ ଆଳାପ କରିହୁଏ। ଜଳି ଯାଉଛନ୍ତି ଏମାନେ...।

ହେଇ ଚନ୍ଦ୍ରିକା ଆସିଥିଲା; ମତେ ଦେଖି ହସି ଚାଲିଗଲା। ହସରେ ଯେମିତି କହୁଥିଲା - କଣ ହେଲା? ଖାଲି ମୋରି କଥା ଆଖିରେ ଦେଖା ଯାଉଛି। ସୁମୀନାନୀ ତ ସେଦିନ କହୁଥିଲେ - ଚନ୍ଦ୍ରିକା ଓ ରଂଜନବାବୁଙ୍କ କଥା। ହଁ ସେଇ ଫିଫ୍‌ଥ୍ ଇୟରର ରଂଜନବାବୁ। ଗୋରା, ନାକ ତଳେ ପତଳା ନିଶ। ଦୁହେଁ ଦୁହିଁଙ୍କୁ ଆଲିଙ୍ଗନ କଲାବେଳେ ଧରା ପଡ଼ିଥିଲେ। ଏକଥା ତ ଇନ୍ଦୁ ମତେ ବହୁବାର କହିଛି।

ଦେଖ ଇନ୍ଦୁ ଏ ପର୍ଯ୍ୟନ୍ତ ଆସିନି। ନ ଆସୁ। ଆଜି ଆସିଲେ ମୁଁ ଆଗେ ତା ସଙ୍ଗେ ଜମା କଥା କହିବିନି। ସେ କଣ ଯେ ଭାବନ୍ତି ମତେ? ସୁନିଲଙ୍କ ସଙ୍ଗେ ଦୈହିକ ସଂପର୍କ ଆତ୍ମହତ୍ୟା ହେବ ନା ଆତ୍ମ ପ୍ରତିଷ୍ଠା? ଏ ଭୟ କାହିଁକି? ସମାଜ ବୋଲି ଯେଉଁ ବିରାଟ ପ୍ରାଚୀରଟା ଅଛି। ସେଟାର କି ଦରକାର ଆଜିକାଲିକାର ଯୁଗରେ? ଖାଲି ଆମ ବେଳକୁ ସମାଜ। ଚନ୍ଦ୍ରିକା ଓ ରଂଜନ ବେଳକୁ ସାତ ଖୁଣ ମାଫ। ମୋର ଭୟ ନାହିଁ କିନ୍ତୁ ଅଛି କଣ ଆତଙ୍କ? ସୁନୀଲଙ୍କର ସେଇ ଦୁଇଟି

ଅତୃପ୍ତ, ପୁଂଜୀଭୂତ କାମନାର ଆଖି ଦୁଇଟି ପାଇଁ। ହଁ ଆତଙ୍କ - ସେଦିନ ସିଡ଼ିରୁ ଓହ୍ଲାଇଲାବେଳେ ସୁନୀଲର ପ୍ରତୀକ୍ଷା। କେହି ପାଖରେ ନଥିଲେ। ସେ ଓ ମୁଁ - ଗୋଟିଏ ମୁହୂର୍ତ୍ତ। ନିବେଦନ କରୁଥିଲା କିଛି ବିନିମୟ। ଗୋଟିଏ ଅଜଣା ଅନୁଭୂତି ମୋର ସାରା ଶରୀରରେ କଂପନ ଜନ୍ମାଇଥିଲା। କିନ୍ତୁ ମୁଁ ଚାଲି ଆସିଲି ଗୋଟିଏ ନିଃଶ୍ୱାସରେ। ପଡ଼ି ଯାଇଥାନ୍ତି; ତଳେ ସ୍ମିତା ଆସୁଥିଲା ବୋଲି ବଞ୍ଚିଗଲି। କ୍ଲାସ ପରେ ସ୍ମିତା ଶୁଣେଇ ଶୁଣେଇ କହିଲା - ସେ ପିଲାଟା କେତେ ଅଭଦ୍ର। ଖାଲି କଟାକ୍ଷଙ୍କ ଭଳି ଚାହିଁଥିବ। ଗୋରା ମୁହଁରେ ଡ଼େଙ୍ଗା ନାକ। ସୁନ୍ଦର ଚେହେରାକୁ ଯେଉଁ ଗୁଣ। ଖାଲି ଚାହିଁଥିବ ନିରୋଳା ଯାଗାରେ। ତାକୁ ଦେଖିଲେ ମୋ ରକ୍ତ ଶୁଖିଯାଏ। ରସିକ କଣ କମ୍ କି? ଆଜି ତ ମୁଁ ଥିଲି ବୋଲି। ଏତିକି କହି ସେ ମୋ ଆଡ଼େ ଚାହିଁ ହସିଲା। ଅନ୍ୟ ସମସ୍ତେ ସତେଜ ହୋଇ ଉଠି ବସିଲେ। କହିଲା - "ସେ ଟୋକାଟା ସାଇକେଲରେ ଚଢ଼ିଲା ବେଳେ ମୋର ଖାଲି ଇଚ୍ଛା ହୁଏ ଖୁନ୍ଦା ମାରି ଗଡ଼େଇ ପକାଇବା ପାଇଁ।" ହଁ ଭାରି ଗଡ଼ାଇଲା ବାଲୀ - ନିଜେ ଯେଉଁ ଚିଠି ଲେଖେ ସଚି ଦେଓ ପାଖକୁ। ଛି.....ଛି.....ଏତେ ଅସଭ୍ୟ ଏମାନେ। ଟିକିଏ ଲଜ୍ୟା, ସଂକୋଚ ନାହିଁ। ସେ ଭାଷା ମଣିଷ ପଢ଼ି ପାରିବ ନାହିଁ। କଣ ନାଁ ତୁମ ପାଇଁ ଆଜି ଏ ଶେଯରେ ସ୍ଥାନ ଶୂନ୍ୟ ପଡ଼ିଛି। କେବେ ତୁମେ ଆସିବ - ପ୍ରାଣରେ ଭରିଦେବ ଉନ୍ମାଦନା, ଉତ୍ତେଜନା। ମୁଁ କଣ ମିଛ କହୁଛି। ଶ୍ରୀରୂପା ତ ଲୁଚେଇ କରି ଚିଠି ପଢ଼ିଥିଲା।

ସୁନୀଲଙ୍କର ଭଲ ପାଇବା ମତେ ପ୍ରଭାବିତ କରିଛି। ଆତଙ୍କିତ ମଧ୍ୟ କହିଛି। ଜଣେ ବଡ଼ ଲେଖକ କହିଥିଲେ - ଆତଙ୍କ ଆକାଂକ୍ଷାର ଅନ୍ୟ ଗୋଟିଏ ରୂପ। ଅସଲରେ ମୁଁ କଣ ତାଙ୍କ ମନର ନିଗୁଢ଼ କଥାଟା ବୁଝିଛି? ଜଣେ ଅଚିହ୍ନାକୁ ଏମିତି ନିଜର କରିଦେବାଟା କଣ ଉଚିତ ହେବ? ଜଣକୁ ବୁଝିବା ପାଇଁ ଯେଉଁ ଘନିଷ୍ଠ ସାନ୍ନିଧ ଦରକାର, ସେଟା ମୋର ନାହିଁ। ତାପରେ ସେ ତ ମୋର ଅଚିହ୍ନା ନୁହଁନ୍ତି। ପରିଚିତ ମୋର। ଆତ୍ମୀୟ ନୁହଁନ୍ତି - ଆତ୍ମୀୟ ସଂଗେ ପ୍ରୀତି ସମ୍ପର୍କ ହୁଏନା; କାରଣ ସେଥିରେ ସ୍ୱାର୍ଥ ଜଡ଼ିତ। ଅନାତ୍ମୀୟ ସଂଗେ ହିଁ ପ୍ରେମ ହୁଏ। ଯେ ଅଚିହ୍ନା, ଅଜଣା, ହୁଏ ଅନ୍ତରଂଗ।

ଆଜି କଣ ଯେ ମୋର ହୋଇଛି। ଅନାବନା କଥା ମୁଣ୍ଡକୁ ଆସୁଛି। ଏ ସବୁର କିଛି ମାନେ ହୁଏନା ମୋ ପାଖରେ। ମୋ ଜୀବନରେ କେହି ନାହିଁ। ପ୍ରେମର ଅନୁଭୂତି ନାହିଁ। ଏକାକୀ ବସିଲେ ଏଭଳି ବାଜେ ଚିନ୍ତାଗୁଡ଼ା ମନରେ ବାରବାର ଆସୁଛି କେତେ ଦିନ ହେବ। ଯେତେ ଚେଷ୍ଟା କଲେ ବି ମନରୁ ଯାଉନି। ଏ ମନ ସହସ୍ର ଡ଼େଣାରେ ଉଡ଼ିବାକୁ ଚାହୁଁଚି ଅହରହ।

ଜ୍ୟୋସ୍ନା ଆସୁଛି - କ୍ଲାସ ବୋଧେ ସରିଲା। ରାସ୍ତାରେ କଥା ହେଉଛି

ମନୋରମା ସଂଗେ। ମତେ ଶୁଣେଇ ଶୁଣେଇ କହୁଛି - ସୁନୀଲ ଆଜି କଲେଜ ଆସିନି। ମଣିଷ ଆଜି ଟିକିଏ ଶାନ୍ତିରେ ଶୁଣି ପାରିଲା ଲେକ୍‌ଚର। ସେ ଥିଲେ ଏମିତି ରହିଁଥାନ୍ତା ଯେ କ୍ଲାସରେ ଅପଦସ୍ତ ହେବାର ପରିସ୍ଥିତ ସୃଷ୍ଟି କରିଥାନ୍ତା। ସୁନୀଲ ତେବେ ଆଜି ନାହାଁନ୍ତି। ଜ୍ୟୋସ୍ନା ବୋଧହୁଏ ମିଛ କହୁଛି। ସେ କାହିଁକି ବା ମିଛ କହିବ? ଯେଉଁ କଥାରେ ଅନ୍ୟର ମନରେ ଆଘାତ ହୁଏ, ସେଇକଥା ସେ ବେଶୀ କୁହେ। ସୁନୀଲ ଆସିନଥିବେ ଏଥିରେ ଆଶ୍ଚର୍ଯ୍ୟ ହେବାର କଣ ଅଛି? ତାଙ୍କ ମନକୁ ପାଇଲା ଭଳି ଏ କଲେଜରେ କଣ ଅଛି? କାହା ପାଇଁ ଆଗ୍ରହ, ମମତା ଅଛି ଯେ ସେ ଆସିବେ? ଆରେ ମୁଁ ଏଗୁଡ଼ା କଣ ଭାବୁଛି। ବେଲ୍ ବାଜିଲାଣି।

ଧର୍ମାନନ୍ଦ ପିଅନ ଛତା ଧରି ଘରୁ ବାହାରି ଆସି କହିଲା - ଦିଦି ଆଜି ବର୍ଷାର ସମ୍ଭାବନା ଅଛି। ଛତା ନେବାକୁ ଭୁଲିବେ ନାହିଁ।

(ରଚନା କାଳ - ୧୯୬୧)

ଗୋଟିଏ ମଣିଷ

ଶେଷ ରୋଗୀଟିକୁ ପରୀକ୍ଷା କରି ସାରିବା ପରେ ଡ଼ାକ୍ତର ଉମାବଲ୍ଲଭ ଦୀର୍ଘଶ୍ୱାସ ଛାଡ଼ିବା ପୂର୍ବରୁ ଚଉକୀ ଉପରେ ଆଉଜି ପଡ଼ିଲେ। କିନ୍ତୁ ପର ମୁହୂର୍ତ୍ତରେ ଦୀର୍ଘଶ୍ୱାସଟି ତାର ଲମ୍ବା ପଥର ଅଧାରେ ଅଟକି ଗଲା ଆଉ ଗୋଟିଏ ନୂତନ ରୋଗୀର ଉପସ୍ଥିତିରେ। ଆନନ୍ଦ ପରିବର୍ତ୍ତେ ବିରକ୍ତିର ଏକ ଆଭାସ ଉମାବଲ୍ଲଭଙ୍କ ମୁହଁରେ ଫୁଟି ଉଠିଲା।

ଭାବିଲେ ଏ ରୋଗୀ ପ୍ରସେସନ୍‌ର ଆଉ ଶେଷ ନାହିଁ। ଖାଲି ରୋଗୀ... ରୋଗୀ... ଆଉ ରୋଗୀ। ମଣିଷକୁ ଟିକିଏ ଶାନ୍ତି ଦେବେ ନାହିଁ - ଧେତ୍। ବିଶ୍ରାମ କଥା ତ ଦୂରରେ। କାଶ, ଜର, ଯକ୍ଷ୍ମା, ଡ଼ିପ୍‌ଥେରିଆ, ମ୍ୟାଲେରିଆ, ବ୍ଲଡ଼ପ୍ରେସର, ଡ଼ାଇବେଟିସ, ଗନେରିଆ, ସେଫିଲିସ୍ ଇତ୍ୟାଦିରେ ଏ ପୃଥିବୀଟା ଭରା। ସ୍କୁଲରେ ପଢୁଥିବା ବେଳେ "ତୁମ ଜୀବନର ଲକ୍ଷ୍ୟ"ରେ ସ୍ପଷ୍ଟ ଲେଖିଥିଲେ - ମୋ ଜୀବନର ଲକ୍ଷ୍ୟ ଡାକ୍ତର ହେବା। ଶିକ୍ଷକଙ୍କ ନାଁ ଭୁଲିଗଲେଣି ଉମାବଲ୍ଲଭ। ଟିକିଏ ବୁଢ଼ା ହୋଇକରି। ସବୁବେଳେ ଖଦଡ଼ ପିନ୍ଧନ୍ତି। ସିଧା ଚାଲନ୍ତି। ଆଖିରେ ଚଷମା। ପାଟିଏ ପାନ। ସେଇ ମାଷ୍ଟ୍ରେ ତାଙ୍କୁ ପଚାରିଥିଲେ ଜୀବନ ଲକ୍ଷ୍ୟର ଉଦ୍ଦେଶ୍ୟ? ତାଙ୍କ ପ୍ରଶ୍ନର ସିଧା, ସହଜ, ସରଳ ଓ ସୁନ୍ଦର ଉତ୍ତର ଥିଲା - ସେବା ମନୁଷ୍ୟର ପରମ ଧର୍ମ। ଅନ୍ୟର ଯନ୍ତ୍ରଣା ଦୂର କରିବା ଠାରୁ ପୁଣ୍ୟ ଓ ମହତ କାର୍ଯ୍ୟ ଆଉ କଣ ଥାଇପାରେ? ଡ଼ାକ୍ତର ହୋଇ ଲକ୍ଷ ଲକ୍ଷ ପ୍ରପୀଡ଼ିତ, ଦରିଦ୍ର ମଣିଷଙ୍କୁ ଯଦି ଯନ୍ତ୍ରଣାରୁ ମୁକ୍ତି କରିପାରେ...। ସାର ହସିଥିଲେ। ପିଠି ଥାପୁଡ଼ାଇ କହିଥିଲେ ଭଲ; ତୁମେ ସଫଳ ହୁଅ, ଦୃଢ଼ ପ୍ରତିଜ୍ଞ ହୁଅ।

ଉମାବଲ୍ଲଭ ଏତେବର୍ଷ ପରେ ନିଜକୁ ନିଜେ ଉତ୍ତର ଦେଲେ ସେବା ନା ଫେବା....ଫୁଃଃଃ। କି ସେବା ହୋ? ନିଜକୁ ସେବା କରିବା ପାଇଁ ବେଳନାହିଁ। ତା ଉପରେ ପୁଣି ପରର ଉପକାର ଆଉ ସେବା। ବେହିଆ କଥା। ନିପଟ ବେହିଆ କଥା। ନିଜ କଥା ନିଜକୁ ଅସମ୍ଭାଳ। ସେଥିରେ, ପୁଣି ଦେଶ ସେବା, ରୋଗୀ ସେବା ଆଉ

ଜନତା ଜନାର୍ଦ୍ଦନର କଲ୍ୟାଣ। ଖାଲି ଦାସତ୍ୱର ଜୀବନ। ନାଁ ଏଥିରେ ଅଛି ବଂଚି ରହିବାର ମାଦକତା, ନାଁ ଜୀବନର ସରସତା। କେବଳ ଗୋଲାମୀ ଗିରି। ପଇସା.... ପଇସା.... ପଇସା.... ପାଉଛ, ପରିଶ୍ରମ କର ମେସିନ ଭଳିଆ। ରୋଗୀ ପରୀକ୍ଷା କରିବା, ପ୍ରେସ୍କ୍ରିପ୍‌ସନ ଲେଖିବା ଛଡ଼ା ବାହାର ଦୁନିଆରେ ଯେ ଜୀବନ ଅଛି ଏକଥା ଉମାବଲ୍ଲଭ ବହୁଦିନରୁ ଭୁଲିଗଲେଣି। ଧରାଯାଉ ଝରକା କଡ଼ରେ କୃଷ୍ଣଚୂଡ଼ା ଗଛ। ଫୁଲ ଧରିଛି - ଅଳ୍ପ ଲାଲ, ଅଳ୍ପ ହଳଦିଆ, ସାମାନ୍ୟ ସବୁଜ। ନେଳିଆ ଆକାଶର ପଛଭୂମିରେ ସକାଳର ଖରା ଆସି ପଡ଼ିଛି - ଏକୁଟିଆ ପକ୍ଷୀଟିଏ ଅନ୍ତରାଳରେ ଗାନ କରୁଛି। ଏ ସବୁ ରୋଗୀ ଓ ପ୍ରେସକ୍ରିପ୍‌ସନରେ ଡ଼ାକ୍ତରୀ ଜୀବନରେ କଦା କ୍ୱଚିତ୍ ଦେଖିବାର ସମ୍ଭାବନା ଥାଏ।

ଉମାବଲ୍ଲଭ ଆଖି ଫେରାଇ ଆଣି ଯେତେବେଳେ ସଚେତନ ହେଲେ ନୂତନ ରୋଗୀଟା ଆକୁଳ ଓ ଉଦ୍‌ବିଗ୍ନ ନୟନରେ ଚାହିଁଥିଲା ଡାକ୍ତରଙ୍କ ଆଡ଼େ। ବେଶଭୂଷାରୁ ଜଣା ପଡୁଥିଲା ଭଦ୍ରଲୋକ। ଉମାବଲ୍ଲଭ ପଚାରିଲେ -

"କଣ ରୋଗ ହୋଇଛି ?"

"ଆଜ୍ଞା, ଆକ୍‌ସିଡ଼େଣ୍ଟ ହୋଇ ଗୋଡ଼ ଜଖମ"

"କଟକ ଚାଲି ଯାଆନ୍ତୁ; ବଡ଼ ଡ଼ାକ୍ତରଖାନାରେ ଦେଖାଇ ନେବେ"

"ସାର ଏତେ ଦୂର; ତାପରେ... ???

"ପାଖକୁ ଆସ, ଗୋଡ଼ ଦେଖି। କହିଲେ ଉମାବଲ୍ଲଭ"

"ମୋ ଗୋଡ଼ ନୁହେଁ"

"ଆଉ କାହାର ?"

"ଜୁନୁର"

"କାହିଁ ସେ ଜୁନୁ ? ମୋର ସମୟ ନାହିଁ, ଆପଣଙ୍କ ଘରକୁ ଯିବାପାଇଁ।"

"ନାଇଁ ସେ ଆସିଛି ମୋ ସଂଗେ, ଆଣିବି ?"

"ହଁ ଆଣନ୍ତୁ, ଗୋଟାଏ ବାଜିଗଲା। ଆଉ ବେଶୀ ସମୟ ମୁଁ ଏଠି ରହିବି ନାହିଁ।"

ଭଦ୍ରଲୋକଙ୍କ ମୁହଁରେ କୃତଜ୍ଞତାର ଏକ ସୁସ୍ପଷ୍ଟ ଆଭାସ ପ୍ରକାଶ ପାଇଲା। ସେ ଚାଲିଗଲେ ବାହାର ବାରଣ୍ଡାକୁ। କିଛିକ୍ଷଣ ପରେ ପ୍ରବେଶ କଲେ ଗୋଟିଏ କୁକୁର ଛୁଆକୁ ନେଇ। ଯନ୍ତ୍ରଣାରେ ମିଉଁ ମିଉଁ ହେଉଥାଏ।

ଉମାବଲ୍ଲଭ ନିଜକୁ ସଂଯତ କରିପାରିଲେ ନାହିଁ। ପେଟରେ କ୍ଷୁଧା। ବାହାରେ ଏପ୍ରିଲର ସୂର୍ଯ୍ୟ। ପଚାରିଲେ -

"କଣ ଆପଣଙ୍କ ଜୁନୁ ଆସିଲା ?"

"ଏଇ ମୋର ଜୁନୁ ଆଜ୍ଞା, ଏଆରି ଗୋଡ଼ ଜଖମ ହୋଇଛି।" ଭଦ୍ରଲୋକଙ୍କ ହାତରେ କଳା କୁକୁରଟା।

ଉମାବଲ୍ଲଭ ବିସ୍ମିତ ହେଲେ। ଅବାକ୍ ହୋଇ ଚାହିଁ ରହିଲେ ଭଦ୍ରଲୋକଙ୍କ ଆଡ଼େ। ଅବସ୍ଥାଟା ବୁଝିପାରି ଭଦ୍ରଲୋକ କହିଲେ -

"ରାସ୍ତାରେ ବୁଲୁଥିଲା। ସରକାରୀ ପଶୁ ବିଭାଗ ଗାଡ଼ିଟା ଧକ୍କା ଦେଇ ଚାଲିଗଲା। କାହା ପାଖକୁ ବା ନେବି ?"

ଜୁନୁର କ୍ଷତ ଯାଗାରେ ମଲମ ଲଗାଇ ଦେଇ ବ୍ୟାଣ୍ଡେଜ କରୁଥିବା ବେଳେ ଉମାବଲ୍ଲଭ ଚିନ୍ତା କରୁଥିଲେ ମଣିଷ ଡ଼ାକ୍ତରର ପଶୁ ସେବା କଥା। ବିଚରା ନିରୀହ ଜୁନୁ ବିକଳରେ କ୍ରନ୍ଦନ କରୁଥିଲା ଏବଂ ଭଦ୍ର ଲୋକଙ୍କ ଆଖି ଛଳଛଳ ହୋଇ ରହୁଥିଲା। ତାର ଯନ୍ତଣାରେ।

ଭଦ୍ରଲୋକଙ୍କ ଏଇ ଜୀବେ ଦୟା ମନୋବୃତ୍ତି ସେଦିନର ଅପରାହ୍ଣରେ ଉମାବଲ୍ଲଭଙ୍କୁ ବିଚଳିତ କରିଥିଲା। ପଚାରିଲେ -

"ଆପଣଙ୍କୁ ଆଗରୁ ତ କେବେ ଦେଖିନି ?"

"ଦେଖିନଥିବେ; ମୁଁ ଏ ଯାଗାକୁ ନୂଆ ଆସିଛି।"

"କାହାଘରେ ଓହ୍ଲାଇଛନ୍ତି ?"

"ଗୁରୁପ୍ରସାଦ ବାବୁଙ୍କ ଘରେ"

"କଣ ଆତ୍ମୀୟ ?"

"ନାଁ"

"ତେବେ ?"

"ମୋର ଭାଣିଜୀର, ଦିଅରର........। ବେଶ୍ ଅମାୟିକ ଲୋକ। ତାଙ୍କ ଭଳି ଲୋକ ପରଦେଶରେ ନଥିଲେ ଯେ କି ଅସୁବିଧା ହୋଇଥାନ୍ତା ?"

ସେ ଦିନ ସେତିକି କଥା।

ଉମାବଲ୍ଲଭଙ୍କର ଭଦ୍ରଲୋକଙ୍କ ସଂଗେ ଦେଖାହେଲା। ଆଉଥରେ ରବିବାର ସକାଳେ ଗୁରୁପ୍ରସାଦଙ୍କ ଘରେ। ତାଙ୍କ ଠାରୁ ବୁଝିଲେ ଭଦ୍ରଲୋକ ହେଉଛନ୍ତି - ମାୟାଧର ବଳ। ସେତେବେଳକୁ ସେ ଗୋଟିଏ ପକ୍ଷୀକୁ ଗାଧୋଇ ଦେଉଥିଲେ। ଉମାବଲ୍ଲଭ ମାୟାଧରଙ୍କ ପାଖକୁ ଯାଇ ପଚାରିଲେ-

ପକ୍ଷୀ ଗାଧୋଇ ଦେଉଛନ୍ତି ?

ମାୟାଧରବାବୁ ମୁହଁ ଫେରାଇ ଉତ୍ତର ଦେଲେ- ଆଜ୍ଞା ହଁ। ଯେଉଁ ତାତି

ଏଥର। ମଣିଷ ଡ଼ହଳ ବିକଳ ହେଉଛି। ପଶୁ ପକ୍ଷୀଙ୍କ କଥା ଛାଡ଼। ପକ୍ଷୀକୁ କଣ ଗାଳି ଗୁଲଜ କରି ମାଡ଼ ମାରି କଥା ଶିଖାଯାଏ। କଥାରୁ ଜଣା ପଡ଼ିଲା ଗୁରୁପ୍ରସାଦଙ୍କ ପରିବାର ଉପରେ ଅଭିମାନ ଓ ଅଭିଯୋଗ।

କଥାଟା ନ ସରୁଣୁ ଉମାବଲ୍ଲଭ ଫେରିଆସି ଗୁରୁପ୍ରସାଦଙ୍କୁ କହିଲେ -

"ବଡ଼ ଅଦ୍ଭୁତ ଲୋକ ମାୟାଧର ବାବୁ?"

"ହଁ ଅଦ୍ଭୁତ ଲୋକ। ଆପଣଙ୍କର ପରିଚୟ ଅଛି କି?"

"ନାଁ ସେମିତି କିଛି ନୁହେଁ। ଦିନେ ଗୋଟିଏ ଜଖମ୍ କୁକୁରକୁ ନେଇ କ୍ଲିନିକ୍ ଆସିଥିଲେ।"

"ବଡ଼ ସ୍ନେହୀ ଡ଼ାକ୍ତରବାବୁ। ସ୍ନେହରେ ଏ ଦରିଦ୍ର। ଏମିତି ଲୋକଙ୍କୁ ବୁଝିବା କଷ୍ଟ। ପଶୁପକ୍ଷୀ କଥା ବୁଝେ। ଏମିତିଆ ଲୋକଙ୍କ ଆଗରେ ଆମ ସଭ୍ୟତା, ଆଧୁନିକ ଶିକ୍ଷା ହାର ମାନେ।" କହିଲେ ଗୁରୁପ୍ରସାଦ। "ଏକଜାକ୍‌ଟିଲି। ମୁଁ ସେଇ କଥା ଭାବୁଥିଲି। ବଡ଼ ବିଚିତ୍ର।"

-୨-

କିଛି ଦିନ ପରେ -

ଡ଼ାକ୍ତରଖାନା ବନ୍ଦ କରି ଡ଼କ୍ଟର ଉମାବଲ୍ଲଭ ଫେରିବା ବେଳେ ଦେଖିଲେ - ମାୟାଧର ବାରଣ୍ଡାରେ। ବିଷଣ୍ଣ ମୁହଁ। ପରାଜୟର ଆଭାସ। ସତେ ଯେମିତି ତାଙ୍କ ଆଖିରୁ କିଏ ଆଲୋକଟିକୁ କାଢ଼ି ନେଇଛି। ନିଷ୍ପ୍ରଭ। ଉମାବଲ୍ଲଭ ସସ୍‌ପେନ୍ସ ନରଖି ପଚାରିଲେ -

"ଏତେ ଖରାରେ?"

"ମୁଁ ଆଜି ଫେରି ଯାଉଛି"

"ଭଲ ଲାଗୁନି ଆଉ ଏ ଜାଗା?"

"ନାଁ ସେକଥା ନୁହେଁ; ତେବେ ରହିବି କେଉଁଠି?"

"କାହିଁକି, ଗୁରୁବାବୁଙ୍କ ଘର?"

"ସେ ଚାହାଁନ୍ତି ନାହିଁ"

ଉମାବଲ୍ଲଭଙ୍କୁ ଆଶ୍ଚର୍ଯ୍ୟ ଲାଗିଲା। ଗୁରୁପ୍ରସାଦ ତଡ଼ିଦେଲେ ମାୟାଧରଙ୍କୁ - କାରଣ କଣ? କିଛିଦିନ ତଳେ ତାଙ୍କ ମୁହଁରୁ ଅଜସ୍ର ପ୍ରଶଂସା ଶୁଣିବାକୁ ମିଳିଥିଲା। ବିଶ୍ୱାସ ହେଲାନି। ଉମାବଲ୍ଲଭ ସାହସ କରି ପଚାରିଲେ।-

"କାହିଁକି?"

ଏଥର ମାୟାଧର କାନ୍ଦି ପକାଇଲେ। କୋହ ପରେ କୋହ ବହୁଦିନର ସଂଚିତ ଆବଦ୍ଧ ଅଶ୍ରୁ ଯେପରି ବାଧା ନପାଇ ବାହାରି ଆସିଲା ପଦାକୁ।

"ଆଜ୍ଞା ଆପଣ କୁହନ୍ତୁ ମୋର ବା ଦୋଷ କଣ ? ସାବିକୁ ନିମୋନିଆ ହୋଇଥିଲା। କିଛି ଦିନ ହେବ ସେ ଖାଉ ନଥିଲା। ତାର ଶୁଖିଲା ମୁହଁ... ଛାଡ଼ନ୍ତୁ ଡ଼ାକ୍ତରବାବୁ।

"କଥା କଣ ?"

ସାବିକୁ ଦେଖିଥିଲେ ଆପଣ ସେଦିନ - ଗୋଧୋଇ ଦେଉଥିଲି। ତା ଦେହ ଭଲ ନଥିଲା। ଗୁରୁପ୍ରସାଦ ବାବୁଙ୍କ ନିଦ୍ରାରେ ବ୍ୟାଘାତ ହେଲା ତା ବ୍ୟାକୁଳ କ୍ରନ୍ଦନରେ। କଷ୍ଟ ପାଉଥିଲା ସେ। ବିରକ୍ତି ହେଲେ ଡ଼ାକ୍ତର ବାବୁ। ଅସହ୍ୟ ଯନ୍ତ୍ରଣା ଦେଲେ। ମୁଁ ଲୁଚେଇ ତାକୁ ପ୍ରିୟ ଖାଦ୍ୟ ଦେଲେ ତାର ମନତୃପ୍ତି ହେବା ଯାଏ। ଉମାବଲ୍ଲଭ ବୁଝିଲେ ସାବି ହେଉଛି ସେଇ ପକ୍ଷୀଟି। ମାୟାଧର ଅଧିକ କିଛି କହିପାରିଲେ ନାହିଁ। ବାଷ୍ପରୁଦ୍ଧ ହୋଇଗଲେ। ସତେ ଯେମିତି ତାଙ୍କ ଗଳାରେ ଗୋଟିଏ ବଡ଼ ପଥର ବାନ୍ଧି ଦିଆ ହୋଇଥିଲା। କଥା ଅଧାରେ ରହିଗଲା। ତା ପରେ ମାଡ଼ି ଆସିଲା ଅଶ୍ରୁବନ୍ୟା - ସୀମା ଲଂଘି। କିଛିକ୍ଷଣ ପରେ କୋହ ଭିତରେ କ୍ଷୀଣ ସ୍ୱରରେ କହିଲେ - ସାବି ଚାଲିଗଲା। ତା ପରେ ଭୋ-ଭୋ କରି କାନ୍ଦି ଉଠିଲେ।

ଉମାବଲ୍ଲଭ ନିର୍ବାକ୍ ହେଲେ। ମାୟାଧର ତା ପରଠାରୁ ଉମାବଲ୍ଲଭଙ୍କ ବସାରେ ରହିବାକୁ ଆରମ୍ଭ କଲେ।

-୩-

ଦିନେ ଡ଼ାକ୍ତରଖାନାରୁ ବସାକୁ ଫେରି ଉମାବଲ୍ଲଭ ଦେଖିଲେ ମାୟାଧର ବାବୁ ବାଜା ବଜେଇବାରେ ବ୍ୟସ୍ତ। ଅନ୍ତରର ଅନ୍ତରରେ ସେ ଯେମିତି ନିଜକୁ ନିମଗ୍ନ କରିଛନ୍ତି। ବାହ୍ୟ ଜଗତ ସହିତ କିଛି ସଂପର୍କ ନାହିଁ।

ବଂଶୀ ବାଜୁଛି। ବଜାଇଲାବାଲା ନିବିଷ୍ଟ।

ଉମାବଲ୍ଲଭ ପଚାରିଲେ-

"କଣ ଗୀତ-ବାଜଣା ଜାଣନ୍ତି ?"

- ଅଳ୍ପ କିଛି ଜଣା। ମୋର ସୀତାର, ସରୋଜ, ଏସରାଜ ଥିଲା। କିନ୍ତୁ ଆଜି କିଛି ନାହିଁ।

- "ଭଲ କଥା, ନୂଆ ବଂଶୀରେ ନୂଆ ସ୍ୱର ବଜାନ୍ତୁ।"

ସେ ଲଜ୍ଜିତ ହେଲେ। କାନ ତଳ ଦୁଇଟା ହଠାତ୍ ଲାଲ ହୋଇ ଉଠିଲା। ପର ମୁହୂର୍ତ୍ତରେ ସେ ଉଠି ଗଲେ ଆଉ ଘରକୁ। ଡ୍ରରୁ ବାହାର କଲେ ଗୋଟିଏ ବହୁ ପୁରୁଣା ଘଣ୍ଟା। ସେଥିରେ ଦେଲେ ଦମ୍।

"କଣ ହେଲା ?"

- ଦୁଇଟା ବାଜିଗଲା। ଶୁଣିଲେ ନାହିଁ ଜେଲ୍ ଘଣ୍ଟାରେ ଠଂ ଠଂ ହୋଇ ଦୁଇଟା ବାଜିଲା। ଠିକ୍ ବାରଟାରେ ମୁଁ ଘଡ଼ିରେ ଦମ୍ ଦିଏ। ବିଚରା ଆଜି ଡ଼େରୀ ହୋଇଗଲା। ବୁଝିଲେ ଡ଼ାକ୍ତର ବାବୁ ଆମର ଯେମିତି ଖାଦ୍ୟ ଘଡ଼ିର ସେମିତି ଦମ୍।

ଗୁରୁପ୍ରସାଦଙ୍କ କଥା ମନେ ପଡ଼ିଲା। ସ୍ନେହରେ ସେ ଦରିଦ୍ର। ସବୁ ସ୍ନେହ ଯେମିତି ସେ ଅଜାଡ଼ି ଦେଇଛନ୍ତି ଅକୁଣ୍ଠିତ ଭାବେ - ପଶୁ, ପକ୍ଷୀ ଏଭଳିକି ମେସିନ୍ ପାଇଁ।

-୪-

ପରଦିନ ଆସି ଉମାବଲ୍ଲଭ ଦେଖିଲେ ମାୟାଧର ବାବୁ ନିଜ ଜିନିଷର ପୁଟୁଳା ବାନ୍ଧୁଛନ୍ତି। ତାଙ୍କ ମୁହଁ କଳା ପଡ଼ି ଯାଇଛି। ନୟନ ଯମୁନା କୂଳ ଟପି ବୋହିଯିବା ପାଇଁ ଟଳମଳ ହେଉଛି। ମାୟାଧରଙ୍କ ମୁହଁରୁ ଜଣା ପଡୁଥିଲା। ସତେ ଯେମିତି ଜୀବନର ଶେଷ ସାହାରା ଟିକକ ହରାଇଛନ୍ତି। ତାଙ୍କ ଅଲକ୍ଷ୍ୟର ହୃଦୟର ସ୍ପନ୍ଦନ ଟିକକ କିଏ କାଢ଼ି ନେଇଛି। ସବୁ ନୀରବ, ନିସ୍ତବ୍ଧ - ଶୋକାତୁର ମାୟାଧରବାବୁ।

ନୀରବତା ଭଂଗ କରି ଉମାବଲ୍ଲଭ ପଚାରିଲେ -

"କୁଆଡ଼େ ବାହାରିଛନ୍ତି ?"

"ଏମିତି"

"ଆଜି ବଂଶୀରେ ନୂତନ ସୁର ବାଜିବ ନାହିଁ? ଉମାବଲ୍ଲଭ ବଢ଼ାଇଦେଲେ ସଦ୍ୟକ୍ରୟ କରିଥିବା ନୂତନ ବଂଶୀଟିଏ।

ମାୟାଧର ସେଟାକୁ ପାଖକୁ ନେଇ ଓଲଟ ପାଲଟ କରି ଦେଖି ଫେରାଇ ଦେଲେ।

"ମୁଁ ଆଉ ବଂଶୀ ବଜାଇ ପାରିବିନି"

ଉମାବଲ୍ଲଭ ଅବାକ୍ ହେଲେ - "ଚେଷ୍ଟା କରନ୍ତୁ ?"

"ସୁର ମରିଯାଇଛି" ଡ଼ାକ୍ତର ବାବୁ।

"ବୁଝି ପାରୁନି ମାୟାଧର ବାବୁ ?" ଉମାବଲ୍ଲଭ ପ୍ରଶ୍ନ କଲେ।

"ଘଡ଼ି ମୋର ଆଜି ହଜି ଯାଇଛି, ଚୋରୀ ବି ହୋଇପାରେ। ଯେ ନେଇଛି ସେ ତାର ମନ କଣ ଠିକ୍ ବୁଝିବ? ତାକୁ କଣ ଠିକ୍ ସମୟରେ ଚାବି ଦେବ? ଦମ୍ ଦେବ ବଂଚାଇବା ପାଇଁ ?"

ଉମାବଲ୍ଲଭ କଣ ବା ଉତ୍ତର ଦେବେ। ନିରୁତ୍ତର ରହିଲେ।

■■

ଜଣେ ବନ୍ଧୁ ଏଇଭଳି ଗୋଟିଏ ଚରିତ୍ରର କଥା କହିବା ପରେ

(ରଚନା କାଳ - ୧୯୬୦)

ସଲିଳର ତୃଷ୍ଣା

ଦିନଥିଲା ଯେବେ-ସହରର ସଭା ସମିତିରେ ସୁକାନ୍ତ ପଛବେଞ୍ଚରେ ବସି ସବୁ ଖାଲି ଶୁଣୁଥିଲା । ସେତେବେଳେ ସେ ଥିଲା-ସୌଖୀନ ସାହିତ୍ୟପ୍ରେମୀ । ତଥାପି ତାର କଳା ପ୍ରତି ଏକ ଅଦ୍ଭୁତ ଅନୁରାଗ ଶୈଶବରୁ ରହି ଆସିଥିଲା । ପରିବାରର ବଂଶାନୁଗତ ଏଇ ମମତା ଓ ଆଦରର କଣିକାଏ ରକ୍ତ ବୋଧହୁଏ ଦେହରେ ରହି ଯାଇଥିଲା ।

ତାପରେ ଦେଖାଗଲା ସୁକାନ୍ତ ସାହିତ୍ୟ ସଭାରେ ଅପରିହାର୍ଯ୍ୟ ହୋଇ ପଡ଼ିଛି । ସୁସଂଗଠକ ହିସାବରେ ବେଶ୍ ସୁଖ୍ୟାତି ଅର୍ଜନ କରି ପାରିଛି ସେ କିଛିଦିନ ଭିତରେ । ଆଲୋଚନା, ସମାଲୋଚନା, ତର୍କ ବିତର୍କର ସ୍ପଷ୍ଟ କିଛି ନ ବୁଝିଲେ ମଧ୍ୟ ସୁକାନ୍ତ ଅନୁଭବ କରୁଥିଲା ତାର ଗୋଟିଏ ହୃଦୟ ଅଛି । ସ୍ୱତନ୍ତ୍ର ଅନୁଭୂତି ଅଛି । ଯାହା ଅନ୍ୟଠାରୁ ଭିନ୍ନ । ସେଇ ଅନୁଭୂତି ଗୁଡ଼ାକୁ ସେ ରୂପ ଦେଇଥିଲା ନିର୍ଜନ ରାତିରେ । ସମସ୍ତଙ୍କ ଆଗୋଚରରେ-ଅଲକ୍ଷ୍ୟରେ-ଗୋପନରେ । ଏପରିକି "ତରୁଣ ମେସ'ର ରୁମ୍‌ମେଟ୍ ଉମାପତି ଅଜ୍ଞାତରେ । କାରଣ ଉମାପତିର କବିଗୁଡ଼ାଙ୍କ ପ୍ରତି ଗୋଟିଏ ଆଜନ୍ମ ବିରକ୍ତି ଓ ବିତୃଷ୍ଣା ରହି ଆସିଛି । ସେମାନେ ଯେ ସାଧାରଣଠାରୁ ଭିନ୍ନ ଓ ତାଙ୍କର ପ୍ରୟୋଜନ ଏ ଦୁନିଆରେ କମ୍ ସେ କଥା ଉମାପତି ପରିସ୍ଥିତିର ଚପରେ ଅଙ୍ଗେ ଅଙ୍ଗେ ଅନୁଭବ କରିଛି । ଉମାପତିର ମତରେ - "ଯାହା ପ୍ରୟୋଜନ ତାହା ସୁନ୍ଦର" ।

ସୁକାନ୍ତ ଯେ ସୃଷ୍ଟି କରିବା ପାଇଁ ସକ୍ଷମ ଏକଥା ସଚେତନ ହୋଇଥିଲା ପ୍ରଥମଥର ପାଇଁ ଯେଉଁଦିନ ସେ ପଢ଼ି ଶୁଣାଇଥିଲା ନିଜ କବିତା ଜଣେ ଦୂର ସମ୍ପର୍କୀୟା ଭାଉଜଙ୍କୁ । (ଯାହା ଲେଖା ହୋଇଥିଲା ଗୋଟିଏ ତରୁଣୀ ଉଦ୍ଦେଶ୍ୟରେ) । କବିତାର ଆବୃତ୍ତି ଯେତେ ମୁଗ୍ଧ କରି ନଥିଲା ଭାଉଜଙ୍କୁ ସେତେ ଚମତ୍କୃତ କରିଥିଲା ତାର ମର୍ମ ।

ଗୋଟିଏ କଥାରେ ଭାଉଜ ଉତ୍ତର ଦେଇଥିଲେ- "ସୁନ୍ଦର'

ପରିହାସରେ ସୁକାନ୍ତ ପଚାରିଥିଲା- "କବିତା" ନାଁ "ମଣିଷ"ଟି ?

ଭାଉଜ ସେ ପ୍ରଶ୍ନର କଣ ଉତ୍ତର ଦେଇଥିଲେ ସେ କଥା ଏବେ ସୁକାନ୍ତର ମନେ ନାହିଁ। ତେବେ ସେଦିନ ବୁଝିଲା ଯେ "ତାର କିଛି କହିବାର ଅଛି" ଓ ଯାହାକୁ କି ଆଦର କରିବା ପାଇଁ ପୃଥିବୀରେ ଲୋକ ଅଛନ୍ତି।

ତାପରେ ସେ ଲେଖିଛି-ଖାଲି ଲେଖିଛି ଆଉ ଚିରିଛି। କ୍ଷୁଧାର ଅନୁଭୂତି ପାଇଁ ସେ ଦିନ ଦିନ ଧରି ଉପବାସ ରହିଛି। କ୍ଷୁଧାର ତୀବ୍ର ଯନ୍ତଣା ଉପଭୋଗ କରିଛି। ସାମାନ୍ୟ ଅନୁଭୂତି ପାଇଁ। ବର୍ଷାରେ ଉନ୍ମତ ହୋଇଛି। ଅନୁଭୂତି ପାଇଁ ସେ ଅଦିନ ବଉଦ ମାନିନାହିଁ। ଆଷାଢ଼ ଆକାଶ ମାନିନି। କିନ୍ତୁ ଜୀବନର ଅନ୍ତରଙ୍ଗ ଅନୁଭୂତିଗୁଡ଼ାକ ପ୍ରକାଶ କରିବାରେ ସେ ଅସମର୍ଥ ବୋଲି ଉପଲବ୍ଧ କରିଛି। ମିଳନ-ବିରହର, ସୁଖ ଓ ଦୁଃଖର, ହସ ଓ କାନ୍ଦର, କାହାଣୀ ଓ କବିତାରେ ସେ ଯେମିତି ଅସଲ ଖିଅଟା ଧରି ପାରିନି। ଜୀବନ ସଂଗୀତର ଅସଲ ସ୍ୱରଟାର ସୂତ୍ରଟା ପାଉନି। ଖାଲି ଅସହ୍ୟ ଯନ୍ତଣାକୁ ସହ୍ୟ କରି ଏକ ନୂତନ ସ୍ୱରକୁ ଜନ୍ମ ଦେବାକୁ ପ୍ରଚେଷ୍ଟା ସେ କରିଛି ମାତ୍ର।

ସୁକାନ୍ତ ନିଜର ଅସଫଳତାର, ଅସାମର୍ଥ୍ୟର କାରଣ ନିଜେ ଖୋଜି ବୁଲିଛି। ସେ ଯେ ନିଜକୁ ଠିକ୍ ଭାବେ ପ୍ରକାଶ କରିପାରୁନି ସେଥିଲାଗି ଅଶ୍ୱସ୍ତି ଅନୁଭବ କରିଛି। ବ୍ୟର୍ଥତାର ଯନ୍ତଣାରେ ପଡ଼ି ଛଟପଟ ହେଉଛି। ସେ ଅସୁସ୍ଥ (ମାନସିକ) ଏ କଥାଟା ଜଣା ପଡ଼ିଲା - ଯେଉଁଦିନ ରାତିରେ ସେ ଶୋଇବା ଘରେ ହସର ଧ୍ୱନି ବହୁତ ଉପରକୁ ଉଠିଲା ଓ ବହୁ ସମୟ ଧରି ସେ ଲହର ଶୁଣାଗଲା - ହୋ... ହୋ... ହୋ... ହୋ...।

କାରଣ ସାଥୀ ସୁକାନ୍ତ ସେଦିନ ନିଜର ନୂତନ ଦର୍ଶନ ଶୁଣାଇଥିଲା। (ତାହା ହେଉଛି) ସରକାର ନାଗରିକଙ୍କୁ ପ୍ରଚୁର ପରିମାଣ ସୁବିଧାରେ ସୁରା ବିତରଣ କରିବା ଉଚିତ୍ ଏବଂ ଗୋଟିଏ ଗୋଟିଏ ରିଭଲଭର ରଖିବାର ସୁବିଧା ଦେବା ଉଚିତ୍।

ଏପରି ଏକ ହାସ୍ୟାସ୍ପଦ ପ୍ରସ୍ତାବକୁ କେହି ଗ୍ରହଣ ନକରିବାରୁ, ସମର୍ଥନ ଅଭାବରେ ତାର ମୁହଁରେ ହତାଶ ଓ ପରାଜୟର ଆଭାସ ପରିସ୍ଫୁଟ ହେଉଥିଲା। ସେତେବେଳେ ସେ ପରିତ୍ୟକ୍ତ ଓ ଅପମାନର ଅତଳ ସାଗରରେ ବୁଡ଼ି ଯାଉଥିଲା ଅଜିତ ଯେମିତି ବଢ଼ାଇ ଦେଲା କୁଟାଖିଅଟାଏ ପ୍ରଶ୍ନ ଛଳରେ - କାରଣ ? ସୁକାନ୍ତର ମୁହଁରୁ ସେଇ ଉପେକ୍ଷିତ କାଳିମା ଯାଇ ଏକ କ୍ଷଣିକ ଆନନ୍ଦର ଆଲୋକ ଆଣିଦେଲା।

ସେ କହିଲା - ପ୍ରଥମତଃ ପ୍ରତ୍ୟେକ ମଣିଷକୁ ନିଜର ନୀତିକୁ ଭୁଲିଯିବାକୁ ସୁବିଧା ଓ ସ୍ୱାଧୀନତା ଦିଆଯାଉ। ଦ୍ୱିତୀୟରେ ଆତ୍ମହତ୍ୟା କରିବାର ସୁଯୋଗ ପ୍ରତ୍ୟେକ ଜୀବନର ଏକ ଜନ୍ମଗତ ଅଧିକାର। ମଣିଷ ଯେତେବେଳେ ଜୀବନରେ କ୍ଳାନ୍ତ

ହୋଇଯିବ, ସେତେବେଳେ ମୃତ୍ୟୁ ହିଁ ଚିରନ୍ତନ। ଜୀବନଠାରୁ ମୃତ୍ୟୁ ଶ୍ରେଷ୍ଠ। ତେଣୁ ତାହା ସୁନ୍ଦର। ଯାହା ସୁନ୍ଦର ତାହା ପ୍ରୟୋଜନ। ମୃତ୍ୟୁରେ ହିଁ ମୁକ୍ତି।

ଏଥର ହସ ଥମିଗଲା ଝଡ଼ର ପ୍ରଚଣ୍ଡ ଆଘାତରେ ଦୀପ ଲିଭିଗଲା ପରି। କେହି ଆଶା କରି ନଥିଲେ ଯେ ସୁକାନ୍ତର ମନ୍ତବ୍ୟ ପଛରେ ଏପରି ଏକ ନିଗୂଢ଼ ସତ୍ୟ ପ୍ରଚ୍ଛନ୍ନ ରହିଛି ବୋଲି। ଯାହାକୁ ଯୁକ୍ତି ଦ୍ୱାରା ଜୟ କରିବା କଷ୍ଟକର।

ତଥାପି ସବୁବେଳେ ଯୁଦ୍ଧରୁ ପୃଷ୍ଠଭଙ୍ଗ ଦେଇ ଫେରି ନ ଆସିଥିବା ଅମରେନ୍ଦ୍ର ଟିକିଏ ବୌଦ୍ଧିକ ଛଳନାର ହସହସି ଉତ୍ତର ପ୍ରତ୍ୟାଶାରେ ପ୍ରଶ୍ନକଲା- କିନ୍ତୁ ବଂଧୁ! ଆତ୍ମହତ୍ୟା ଯେ ମହାପାପ। ଆତ୍ମା ଯେ ଅମର। ଅତି ଆପଣାର!?

ତା ସଙ୍ଗେ ଯୋଗଦେଲେ ଅସଂଖ୍ୟ ମଣିଷ। ଠିକ୍-ଠିକ୍-ଠିକ୍। (ପୃଥିବୀରେ ସେମାନଙ୍କ ସଂଖ୍ୟା ବେଶୀ ଯେଉଁମାନଙ୍କର ନିଜସ୍ୱ ବୋଲି କିଛି ନାହିଁ। ଅନ୍ୟର ନେତୃତ୍ୱରେ ନିଜକୁ ପରିଚାଳିତ କରିବା ଓ ସର୍ବଦା ହର୍‌ରଙ୍ଗୀ ଚଢ଼େଇ ଭଳି ଏ ଡାଳରୁ ସେଡ଼ାଳ ଉଡୁଥିବା; ମଣିଷମାନଙ୍କ ମେରୁଦଣ୍ଡହୀନ ବଞ୍ଚିବା)।

ସୁକାନ୍ତ ସଙ୍ଗେ ସଙ୍ଗେ ଉତ୍ତର ଦେଲା - ଜୀବନ ଉପରେ ମୋର ପୂର୍ଣ୍ଣ ନିୟନ୍ତ୍ରଣ ଥିବାରୁ ଆତ୍ମହତ୍ୟା କରିବାର ସ୍ୱାଧୀନତା ମୋର ମୌଳିକ ଅଧିକାର। ଅର୍ଥାତ୍ ମୁଁ ମୋର ଆତ୍ମା ହିଁ ଏହାର ଭାଗ୍ୟନିୟନ୍ତା।

ନୈତିକ ପୁନର୍ଗଠନ ସଂଗ୍ରାମରେ ନୂତନଭାବେ ଯୋଗ ଦେଇଥିବା ଗୋପାଳ ପ୍ରସାଦ "ଆତ୍ମହତ୍ୟା ବିବେକ ସ୍ୱୀକୃତ ନୁହେଁ" କହି ତାଙ୍କର ଶେଷ ମନ୍ତବ୍ୟ ଦେଇ ହାତ ଧୋଇବାକୁ ବାହାରକୁ ଚାଲିଗଲେ। ସେତେବେଳକୁ "ଡାଇନିଙ୍ଗ୍ ହଲ୍" (ଭଦ୍ରତା ଦୃଷ୍ଟିରୁ)ରେ ଲୋକ ଗହଳି ପତଳା ପଡି ଯାଇଥିଲା। ମ୍ୟାଜିକ୍‌ବାଲା ଖେଳ ଦେଖାଇ ସାରି ପଇସା ମାଗିଲା ବେଳେ ଭିଡ଼ କମିଲା ଭଳି କେତେକଙ୍କର ପ୍ରବଚନରେ ଯୋଗ ଦେବାର ଯୋଗ୍ୟତା ନଥିଲା। କେହି ଶନିବାରର ବ୍ୟସ୍ତତାବହୁଳ କଠୋର କର୍ତ୍ତବ୍ୟର ତାଡ଼ନା ପରେ ବିଶ୍ରାମ ନେବା ଶ୍ରେୟସ୍କର ମଣି ନିଜ ନିଜ ରୁମ୍ ଅଭିମୁଖେ ଗଲେ। ଖୁବ୍ ଅଳ୍ପ ରହିଥିଲେ କିଛି କହିବା ପାଇଁ। ଯଦିଓ କେତେକଙ୍କ ପାଇଁ ସାମାନ୍ୟ ଆଲୋଚନା ଚିନ୍ତାର ଖୋରାକ୍ ଯୋଗାଇଥିଲା। (ସୁକାନ୍ତର ପରିବର୍ତ୍ତନ ଆସିଛି। ଏ ବୟସରେ ପରିବର୍ତ୍ତନ ଗତାନୁଗତିକ ଧାରା। ନୂଆହେବ ପୁରୁଣା। ପରିବର୍ତ୍ତନ ପୁଣି ପୁରୁଣା ହେବ। ବେଳେବେଳେ ନୂତନ ଆସିବ ପୁରାତନର ପୁନଃ ଆବିର୍ଭାବ ହୋଇ)।

ସେଦିନ ରାତିରେ ବର୍ଷା ହେଲା। ଆସିଲା ଶ୍ରାବଣର ଜଲ୍‌ସା। ମେଘରେ ସଂଗୀତର ଆସର। ଆରମ୍ଭ ହେଲା ରୁମ୍‌ଝୁମ୍ ବର୍ଷା। ପ୍ରାଣସ୍ପର୍ଶୀ ସଙ୍ଗୀତ। ଦୁଇମହଲା ଉପରୁ ନିଷ୍କମ୍ପ ନେତ୍ରରେ ସୁକାନ୍ତ ଚାହିଁଥିଲା ତଳକୁ। କାଂଚନ ଗଛ ପତ୍ରରୁ ପାଣି

ଖସୁଛି--ଟପ୍ ଟପ୍। କଡ଼ରେ ବିଜୁଳି ବତୀଟାର ଚାରିପାଖରେ ଚକ୍କର କାଟୁଛନ୍ତି କେତୋଟି ପତଙ୍ଗ।

ଘର ଭିତରକୁ ପଶି ଆସିଲା ଅମରେନ୍ଦ୍ର। ଚୁପି ଆସି ଛିଡ଼ା ହେଲା ସୁକାନ୍ତ ପଛରେ। ଭାବିଥିଲା ଗୋଟାଏ ସରପ୍ରାଇଜ ଦେବ। କାରଣ ସୁକାନ୍ତ ଆଶା କରିନି ତାର ଅପ୍ରତ୍ୟାଶିତ ଆଗମନକୁ। ଏତେଦିନ ବନ୍ଧୁତା ପରେ ଓ ଘନିଷ୍ଠ ସଂସ୍ପର୍ଶରେ ଆସିବା ପରେ ଅମରେନ୍ଦ୍ର ଏତିକି ବୁଝିଛି ଯେ ସୁକାନ୍ତ ଭାରି ସେନ୍‌ସିଟିଭ୍। ସେ ଚାହିଁଛି ବାହାରକୁ - କେତେଟି ପତଙ୍ଗ ଆଲୋକ ଚାରି ପାଖରେ ଘୁରୁଛନ୍ତି ଘୁଁ... ଘୁଁ... ଘୁଁ...ଘୁଁ। "ସେଇ ପତଙ୍ଗଗୁଡ଼ାକୁ ଦେଖୁଛ ? ମୁହଁ ବୁଲାଇ ଅବିଚଳିତ ଭାବେ ପଚାରିଲା ସୁକାନ୍ତ। 'ହଁ, ମରିବାର ସମୟ ହୋଇଗଲା। ମୃତ୍ୟୁର ଅଦ୍ଭୁତ ଆକର୍ଷଣ" କହିଲା ସୁକାନ୍ତ।

ଆଭିଜାତ୍ୟର ଗୋଟିଏ ନରମ ହସ ହସି ସେ କହିଲା -"ନାଁ, ସେଇ ଆଲୋକ ହିଁ ସେମାନଙ୍କର ଜୀବନ। ଆଲୋକ ବିନା ପତଙ୍ଗର ପ୍ରାଣ ଅସମ୍ଭବ। ମୃତ୍ୟୁରେ ହିଁ ସେମାନେ ବଂଚିଛନ୍ତି।" ସୁକାନ୍ତ ହଜିଯାଇଛି। ତାର ଦେହ, ମନ, ଚୈତନ୍ୟ ହଜି ଯାଇଛି ବାହାରର ଦୃଶ୍ୟରେ।

"କଣ ହେଇଛି ତୋର ?" ପ୍ରଶ୍ନ କଲା ଅମରେନ୍ଦ୍ର - ସୁକାନ୍ତ ନିରୁତ୍ତର।

"କଣ ଦେଖୁଛ ?"

ଉତ୍ତର ମିଳିଲା- "ଏଇ ବର୍ଷାକୁ"

"ସେଥିରେ ଦେଖିବାର କଣ ଅଛି ?"

ତଥାପି ନୀରବ।

"ତୁ ବୁଝିନୁ। ଶୁଣି ପାରୁନୁ ଏଇ ଶ୍ରାବଣର ସଙ୍ଗୀତ ? ମୁଁ ନିଜକୁ ଯଦି ଶୂନ୍ୟ କରି ପାରନ୍ତି ଏଇ ଶ୍ରାବଣର ମେଘ ଭଳି।" ସୁକାନ୍ତ ଦୀର୍ଘଶ୍ୱାସ ଛାଡ଼ି ମୁହଁ ବୁଲାଇଲା। ସୁକାନ୍ତ ନିଜ ବେଦନାକୁ ବିଦ୍ରୂପ କରୁଛି।

ଯା ପରେ ଦେଖାଗଲା ତାର ସବୁ କିଛି ଗୋଳମାଳ ହୋଇ ଯାଇଛି। ସେ ଠିକ୍ ସମୟରେ ଖାଏ ନାହିଁ। ଅଦ୍ଭୁତ ଭାବେ ଅନ୍ୟମନସ୍କ ରହେ। କିଛି ଭାବୁଥାଏ ସବୁବେଳେ। ନିଜ ଜୀବନ ସମ୍ବନ୍ଧରେ ନିର୍ଦ୍ଦୟ ଭାବେ ଉଦାସୀନ ! ସୁକାନ୍ତର ଏପରି ବ୍ୟବହାର ମେସ୍‌ର ସମସ୍ତଙ୍କୁ କେବଳ ଆଶ୍ଚର୍ଯ୍ୟ କରି ନଥିଲା, ଭୟ ମଧ୍ୟ ସଞ୍ଚାର କରିଥିଲା ମନରେ। ସେ ଯେ ଆବ୍‌ନରମାଲ୍ ହୋଇ ଯାଉଛି, ତାର ସ୍ପଷ୍ଟ ସୂଚନା ମିଳୁଥିଲା ତାର ଗତିବିଧିରୁ।

ସେ ରହସ୍ୟମୟ ହୋଇ ଉଠିଲା। କିଛିଦିନ ଭିତରେ ତାକୁ କେନ୍ଦ୍ର କରି ନାନା ଗୁଜବ ସୃଷ୍ଟି ହେଲା। ଗୁଜବର ନିଜସ୍ୱ ଶକ୍ତି ହେଉଛି ଆତ୍ମସ୍ଫୀତି। ବହୁ ସିଦ୍ଧାନ୍ତରେ ଉପନୀତ

ହେଲେ ସମସ୍ତେ। ବିଭିନ୍ନ ବିଶ୍ଳେଷଣ କରାଗଲା। କିନ୍ତୁ ସମସ୍ତଙ୍କ ଆଶଙ୍କା, ଓ ସିଦ୍ଧାନ୍ତକୁ ଗୋଟିଏ ଫୁତ୍କାରରେ ଉଡ଼ାଇ ଦେଇ ସମସ୍ତ ରହସ୍ୟର ଅବସାନ ହେଲା, ଯେଉଁଦିନ ସୁକାନ୍ତ ନିଜେ ଘୋଷଣା କଲା ଯେ "ସେ ସୃଷ୍ଟି କରିବ"। ଆଜିଯାଏ ଯାହା ଲେଖିଛି, କହୁଛି ତାହା ମିଥ୍ୟା, ଛଳନା, ପ୍ରବଞ୍ଚନା, ଅଭିନୟ ମାତ୍ର। ରଚନା ହିଁ ପ୍ରତାରଣା। ଗଭୀର ଅନୁଭୂତିକୁ ଭାଷା ରୂପ ଦେବାକୁ ଅକ୍ଷମ। ଯାହା ଅନୁଭବ କରିହୁଏ, ତାକୁ ନିଖୁଣଭାବେ ଠିକ୍ ସେଇଭଳି ଭାଷା ପ୍ରକାଶ କରି ପାରେନି। ତେଣୁ ଆଜି ପର୍ଯ୍ୟନ୍ତ ଯାହା ସୃଷ୍ଟି ହୋଇଛି, ତାହା କୃତ୍ରିମ। ସେଥିରେ ନାହିଁ ଆବେଗ। ସେଥିରେ ନାହିଁ ଅନୁରାଗ ଆଉ ଅଭିମାନର ଆନ୍ତରିକତା। ସେଥିଲାଗି ତାହା ଭୋଗ୍ୟ ବା ଉପଭୋଗ୍ୟ ନୁହେଁ।

ଏଥର ସେ ଯାହା ସୃଷ୍ଟି କରିବ, ତାହା ସତ୍ୟ। ତାହା ବାସ୍ତବ। ଯାହାର ଶେଷ ନାହିଁ, ଅନ୍ତ ନାହିଁ। ସେ ଶେଷହୀନ। ସେ ଅନନ୍ତ। ଚିରନ୍ତନ।

ଏ ଚମକପ୍ରଦ ଘୋଷଣା ପରେ ସମସ୍ତେ ଆଶା କରିଥିଲେ ଯେ ସୁକାନ୍ତ ନିଜ ପାଇଁ ଏକ ଅପ୍ରତ୍ୟାଶିତ ଭବିଷ୍ୟତ ଆବିଷ୍କାର କରିଛି। କିନ୍ତୁ ସକଳ ଗଣନାକୁ ପଣ୍ଡ କରି ସମସ୍ତ ଆଶା ଧୂଳିସାତ ହେଲା ପରଦିନ, ଯେତେବେଳେ ସୁକାନ୍ତ ନିଜ କୋଠରୀର ଦୁଆର ସକାଳେ ଖୋଲିଲା ନାହିଁ। ସମସ୍ତଙ୍କର ଶତ ଅନୁରୋଧ ସତ୍ତ୍ୱେ। ବହୁ ସମୟ ପରେ ସେ ଆପେ ଆପେ ଦୁଆର ଖୋଲି ସାଧାରଣ ଭାବେ କଥା କହିଲା। (ସେତେବେଳେ କିନ୍ତୁ ଖୁବ୍ ସତେଜ ଓ ପ୍ରଫୁଲ୍ଲ ଦେଖାଯାଉଥିଲା।) ତାର ପୂର୍ବପରି ପରିଷ୍କାର କଥା, ନିର୍ମଳ ହସରେ ସମସ୍ତେ ଭୁଲିଗଲେ ଯେ ସୁକାନ୍ତର ବ୍ୟବହାରରେ କିଛିଘଣ୍ଟା ପୂର୍ବରୁ ବୈଚିତ୍ର୍ୟ ପରିଲକ୍ଷିତ ହୋଇଥିଲା।

କିନ୍ତୁ ସନ୍ଧ୍ୟାରେ ସମସ୍ତେ ଫେରି ନୀରବରେ ଅବାକ୍ ଚାହାଣୀ ଦେଲେ, ଯେତେବେଳେ ଆଖିରେ ଦେଖିଲେ ଓ ଶୁଣିଲେ ଯେ ମଧ୍ୟାହ୍ନ ଭୋଜନ ପରେ ସୁକାନ୍ତ କବାଟ କିଳି ଘର ଭିତରେ ବସିଛି। ଚାଲିଲା ଟୁପ୍ ଟାପ୍ କଥା ମଣିଷେ ମଣିଷେ।

ପରଦିନ ସକାଳର ଚା' ପର୍ବରେ ସମସ୍ତେ ତାର ଅନୁପସ୍ଥିତି ଅନୁଭବ କଲେ। ଭବାନୀ ଦାବୀ କଲା ଯେ ଗତରାତିରେ ଯେତେବେଳେ ସମସ୍ତେ ଶୋଇ ସାରିଥିଲେ, ସୁକାନ୍ତକୁ ବାହାର ଅଗଣାରେ ବୁଲୁଥିବାର ସେ ଦେଖିଛି। ପଦଚାଳନା କରୁଥିଲାବେଳେ ମଧ୍ୟ ତାର କେତେକ ଅବଚେତନ ମନର ମନୋଲଗ୍ ଶୁଣିଛି। ସେଗୁଡ଼ା ମନେନାହିଁ। ସେଦିନ ଚା' କପେ ପଠାଯାଇଥିଲା ମେସ୍ ପୁଜାରୀ ନଟବର ହାତରେ ସୁକାନ୍ତ ପାଖକୁ। କିଛିକ୍ଷଣ ପରେ ଶୁଣାଗଲା କବାଟ ଫିଟିବାର ଶବ୍ଦ। କିଂଚିତ୍ ଦୁଆରଟି ଖୋଲିଲା ଓ ଗୋଟିଏ ଶିଥିଳ, ଶକ୍ତିହୀନ ହାତ ନଟବର ହାତରୁ ଚା' କପ୍ ଉଠାଇ ନେଇଗଲା। ଧଡ଼ାସ୍। କବାଟ ବନ୍ଦ ହେବା ଶବ୍ଦ।

ସମସ୍ତଙ୍କର ଉତ୍କଣ୍ଠା ଦ୍ୱିଗୁଣିତ ହେଲା ଦିନେ ରାତିରେ; ନଟବର ମନ୍ତବ୍ୟରେ- "ଆଜି ସୁକାନ୍ତବାବୁ ଘରଟା ଝାଡ଼ିବାକୁ ତାକୁ ଡ଼କାଇଥିଲେ ସନ୍ଧ୍ୟାରେ। ଯାଇ ଦେଖେ ତ ଖରାବେଳେ ଦେଇ ଆସିବା ଖାଇବା ସେମିତି ପଡ଼ିରହିଛି। ଛୁଆଁ ହେଇନି। ସକାଳର ଚା' କପଟା ଥଣ୍ଡା ହୋଇ ସେମିତି ରହିଛି।

ମେସ୍‌ରେ କେହି କେହି ସ୍ଥିର କଲେ ସୁକାନ୍ତଙ୍କ ଘରଲୋକଙ୍କୁ ଖବର ଦେବାପାଇଁ। କିନ୍ତୁ ଭାଗ୍ୟ ପରୀକ୍ଷା ଓ ଜୀବନ ଯୁଦ୍ଧରେ ବେଶୀ ଲିପ୍ତ ଥିବା ଧୀରେନ୍ଦ୍ର ପ୍ରତିବାଦ କଲା ତାର ସହଜ ସୁଲଭ ଭାଷାରେ। ସେ ବୁଝାଇଦେଲା ଯେ ତଦ୍ୱାରା ଲାଭ ଅପେକ୍ଷା କ୍ଷତି ବେଶୀ। ଘରଲୋକେ ସାହାଯ୍ୟ କରିବା ପରିବର୍ତ୍ତେ ଅଡୁଆ ସୃଷ୍ଟି କରିବେ। କାରଣ ସୁକାନ୍ତ ଯାହା କୁହେ ସେଥିରୁ ବୁଝାଯାଏ - ସେ ଶୈଶବରୁ ପିତୃମାତୃହୀନ। କକାଙ୍କ ତତ୍ତ୍ୱାବଧାନରେ ସେ ପାଠ ପଢ଼ିଥିଲା। କିନ୍ତୁ କକା ଯେତେବେଳେ ତାର ଇଚ୍ଛା ବିରୁଦ୍ଧରେ ଦ୍ୱିତୀୟ ଥର ପାଇଁ ବିବାହ କଲେ ସେଇ ଦିନଠୁଁ ସୁକାନ୍ତ ସହିତ ତାଙ୍କର ସମ୍ପର୍କ ତିକ୍ତ ହୋଇ ଉଠିଲା। ସୁକାନ୍ତ ଅନୁଭବ କଲା, ସେ କକାଙ୍କର ପୂର୍ବ ସ୍ନେହରୁ ବଂଚିତ ହେଉଛି। ସେ ସମ୍ପର୍କରେ ଯବନିକା ପତନ ହେଲା ଯେଉଁଦିନ ସୁକାନ୍ତ ପ୍ରସ୍ତାବ କରିଥିଲା ସୀମାକୁ ବିବାହ କରିବାକୁ - ଯେକି ତା ନିଜ ଧର୍ମର ନୁହେଁ, ଗୋଷ୍ଠୀର ନୁହେଁ। ଏଥିରେ କକା ଅମତ ହେବାରୁ ସେ ରୁଦ୍ଧ ଅଭିମାନରେ ଚାଲି ଆସିଥିଲା ଘର ଛାଡ଼ି। ସଂପତ୍ତି ତ୍ୟାଗ କରି। କିନ୍ତୁ ପାରିଲାନି। ସୀମାକୁ ବିବାହ କରି ପାରିଲାନି। ଧର୍ମ ବଦଳାଇ ପାରିଲାନି।

ଗେଗରା ବାଲିରେ ପ୍ରାସାଦ ତୋଳିବାର କଳ୍ପନା ଭାଙ୍ଗି ଚୁରମାର୍ ହୋଇଗଲା। ସୁକାନ୍ତର ଯେଉଁ ମନଟା ପାହାଡ଼ ଭଳି ସବୁ ଝଡ଼ ଝଂଜାର ଆଘାତ ସହି ଆସୁଥିଲା ଆତ୍ମବିଶ୍ୱାସର ଏକ ଜୀବନ୍ତ ପ୍ରତୀକ ପରି - ଅଖଣ୍ଡ ମେଘର ପ୍ରଚଣ୍ଡ ଆଘାତରେ ଦୋହଲିଗଲା। ତାପରେ ସେ ବେଦନାର ବରଫ ପାହାଡ଼ରେ ପରିଣତ ହୋଇ ତରଳିବାକୁ ଲାଗିଲା। ସେଇଦିନଠୁଁ, ହିଁ ସେହିଦିନଠୁ ସୁକାନ୍ତ ବଦଳିବାରେ ଲାଗିଚି।

ତାର ଏପରି ଅଦ୍ଭୁତ ଆଚରଣ ଆଶ୍ଚର୍ଯ୍ୟ କଲା ସମସ୍ତଙ୍କୁ। ପଡ଼ିଶା ଘରର ଛୋଟ ଛୋଟ ପିଲାମାନେ ଘରୁ ଶୁଣି କୁହାକୁହି ହେଲେ - ସୁକାନ୍ତବାବୁ ଭୁତ ପାଲିଟିଛି। ତାର ଲମ୍ବ ଲମ୍ବ ଦାଢ଼ୀ ଅଛି। ନିଶ ଅଛି, ଯାହା ଦୁଇ କାନ୍ଦୁକୁ ଛୁଁଏ। ଯେ ବଡ଼ ବଡ଼ ଦାନ୍ତ।....

ସୁକାନ୍ତର ଅନୁପସ୍ଥିତି ବିବ୍ରତ କଲା କେତେଜଣଙ୍କୁ ଯେଉଁମାନେ କି ତାର ପରିଚିତ। ଅନ୍ତରଙ୍ଗ। ହିତାକାଂକ୍ଷୀ, ଅତି କମ୍‌ରେ ତାକୁ ବୁଝିବାକୁ ଚେଷ୍ଟା କରିଛନ୍ତି। ଖବର ପାଇ ଅମୀୟ ବାବୁ ଆସିଲେ (ଯେ କି ତାର ରଚନା ଶୈଳୀର ଭୂୟସୀ ପ୍ରଶଂସା କରନ୍ତି ଓ ସେ ଆଗାମୀ ଯୁଗର ବାର୍ତ୍ତାବହ ବୋଲି ଦାବୀ କରିବା ସଙ୍ଗେ ସଙ୍ଗେ କହନ୍ତି

ସୁକାନ୍ତ ଦେହରେ ଥିବା ସେ ନିଆଁର ସନ୍ଧାନ ବହୁ ଆଗରୁ ସେ ପାଇଥିଲେ) ବହୁ ଅନୁରୋଧ ପରେ ସୁକାନ୍ତ କବାଟ ଖୋଲିଲା। ଅମୀୟବାବୁ ପରିବର୍ତ୍ତନର କୌଣସି ସୂଚନା ପାଇଲେ ନାହିଁ ତାର ବ୍ୟବହାରରୁ। ମୁହଁରେ ସେଇ ହସ। ଆଖିରେ ସେଇ ଚହାଣୀ। କଥାରେ ସେଇ ହସ। କଥାରେ ସେଇ ତୀକ୍ଷଣତା। ତଥାପି ମନେହେଲା ଏ ଯେମିତି ଅନ୍ୟ ଏକ ସୁକାନ୍ତ। ସୁକାନ୍ତ ମରିଯାଇଛି। ସମସ୍ତଙ୍କ ଅଲକ୍ଷ୍ୟରେ। ଏ ସୁକାନ୍ତ ଜନ୍ମ ନେଇଛି ପୁରାତନ ସୁକାନ୍ତର ସମାଧି ଉପରେ।

କଥାର ପ୍ରାରମ୍ଭ କେଉଁଠୁଁ ହେବ, ବୁଝି ପାରିଲେନି ଅମୀୟବାବୁ। ଏକ ଅଶ୍ୱସ୍ତିକର ନୀରବତା ଆସିଲା ଦୁହିଁଙ୍କ ଭିତରେ।

"ଆପଣଙ୍କର କିଛି ବିଶ୍ରାମ ଦରକାର। ଭଗବାନଙ୍କ ଦୟାରୁ ଆପଣ ଶୀଘ୍ର ସୁସ୍ଥ ହୋଇ ଉଠିବେ।" ପ୍ରଥମେ ଆରମ୍ଭକଲେ ଅମୀୟବାବୁ।

ହୋ... ହୋ... ହୋ... ଘରର ଛାତକୁ ଫଟାଇ ପିଞ୍ଜରାର ହାଡ଼କୁ ଥରାଇ ହସିଲା ସୁକାନ୍ତ "ଆପଣଙ୍କର କିଛି ଦୁଃଖ ହୋଇଛି ?"

"କାହିଁକି ? କହନ୍ତୁ ଦେଖି ?"

"ନା, ସେମିତି କିଛି ନୁହେଁ। ତେବେ ଜାଣିଛନ୍ତି ମଣିଷ ସୁଖବେଳେ କେବେ ଭଗବାନଙ୍କୁ ମନେପକାଏ ନାହିଁ। ଆଉ ନାଁ ଧରିବା ତ ଦୂରକଥା"।

"ଅବଶ୍ୟ ଠିକ୍। କିନ୍ତୁ ମୁଁ ମୋ କଥା ଭାବୁନି। ଭାବୁଛି ଆପଣଙ୍କ କଥା"

(ସୁକାନ୍ତ ସେତେବେଳକୁ କିଛି ଶୁଣିପାରୁ ନଥିଲା। ସେ ଭାବୁଥିଲା। ଭାବନାର ଇନ୍ଦ୍ରଧନୁ।

"ଭଗବାନ ବୋଲି ଜିନିଷଟା ଗୋଟିଏ ହାଇପୋଥେସିସ୍"।

(ଅମୀୟବାବୁ ଯୁକ୍ତିପ୍ରିୟ। ଆଘାତ କରି ପ୍ରତିଘାତ ସହ୍ୟ କରିବାରେ ତୀବ୍ର ଆନନ୍ଦ ପାଆନ୍ତି)।

"ଦେଖୁଛି ବିଲ୍‌କୁଲ୍ ନାସ୍ତିକ ପାଲଟି ଗଲେଣି ଆପଣ"।

"ଠିକ୍ ତା ନୁହେଁ। ନିଜ ବିବେକକୁ ବିଚାର କରିବାକୁ ଛାଡ଼ିଦିଅନ୍ତୁ। ଦେଖିବେ ଆପଣ ମଧ୍ୟ ମୋ ସିଦ୍ଧାନ୍ତରେ ପହଞ୍ଚିଛନ୍ତି। ଓମର ଖୟାମର ରୁବାୟତ ପଢ଼ିଛନ୍ତି ?

"ହଁ"

"ପଢ଼ିଛନ୍ତି ! କିନ୍ତୁ ବୁଝିନାହାନ୍ତି। ଜାଣନ୍ତି ଓମର ଖୟାମର ଅଭିଯୋଗ ? ଖୟାମ କହୁଛି – ଯଦି ପାପୀ ସ୍ୱର୍ଗରେ ସ୍ଥାନ ନପାଏ; ତେବେ ସେ କି ଭଗବାନ ? ମଣିଷ ଯଦି ପୁଣ୍ୟ କଲା ତେବେ ସ୍ୱର୍ଗଲାଭ ତାର ପ୍ରାପ୍ୟ। ସେଥିଲାଗି ପ୍ରଭୁଙ୍କ ପ୍ରାର୍ଥନା କରିବ କାହିଁକି ? ତାଙ୍କରି କରୁଣା ପାଇଁ ?"

ଅମୀୟବାବୁ ଫେରିଆସିଲେ। କିଛି ଉତ୍ତର ନଥିଲା ଦେବାପାଇଁ।

ଦିନ ପରେ ଦିନ... ମାସ ପରେ ମାସ... ଗଡ଼ି ଚାଲିଲା ସମୟର ସ୍ରୋତ। ନିର୍ମମ ଭାବେ।

ମେସ୍‌ରେ ସମସ୍ତେ ଧୀରେ ଧୀରେ ଭୁଲିଗଲେ ସୁକାନ୍ତ ଥିଲା ସେମାନଙ୍କ ଜୀବନର ଏକ ପ୍ରଧାନ ଅଙ୍ଗ। ତାର କଥା, ତାର ହସ ସବୁ ହଜିଗଲା ସମୟର ସ୍ପର୍ଶରେ। ଘରର ଖୁମ୍ବଗୁଡ଼ା ସାକ୍ଷୀ ହୋଇ ରହିଲେ ସେଇ ଅତୀତର। ଦିନଥିଲା ଯେବେ ସେ ହସୁଥିଲା। ଆଉ ହସାଉଥିଲା। ଆଜି କିନ୍ତୁ ସେ ହସର ପ୍ରତିଧ୍ୱନି ଲାଖିରହିଛି ଘରର ଇଟାରେ... ଇଟାରେ... କାନ୍ଥରେ.... କାନ୍ଥରେ...। କିଛି କାହାର ହୋଇନି। ସବ୍... ଠିକ୍... ହୈ।

ସୁକାନ୍ତ ମରିଯାଇଚି ସମସ୍ତଙ୍କ ମନରୁ। ଦିନଥିଲା ଯେବେ ସୁକାନ୍ତ ବଞ୍ଚିଥିଲା। ବଞ୍ଚିଥିଲା ଜୀବନର ପ୍ରାଚୁର୍ଯ୍ୟ ଭିତରେ। (ସେତ ବହୁଦିନ ତଳର କଥା) ନକଜଡ଼ା ଗଛ କ୍ଷୀରର ଫୋଟକାପରି ଏଇ ଜୀବନର ବିବର୍ତ୍ତନ ଭିତରେ ସୁକାନ୍ତ ମରିଯାଇଛି।

ସେଦିନ କିନ୍ତୁ ଚହଳ ପଡ଼ିଲା ମେସ୍‌ରେ ଯେଉଁ ଦିନ ଜଣାଗଲା - ନଟବର କବାଟ ପାଖରୁ ଦିନ ପରେ ଦିନ ଫେରି ଆସୁଛି ଥାଳୀ ଧରି। ସୁକାନ୍ତ କବାଟ ଫିଟାଇନି। ନଟବର ଫେରିଛି ହାତରେ ବ୍ୟର୍ଥତାର ପୁରସ୍କାର ନେଇ। ମଝିରେ ମଝିରେ ଯେଉଁ ସଙ୍ଗୀତର ଉଚ୍ଚସ୍ୱର ସୁକାନ୍ତର କଣ୍ଠରୁ ଶୁଣାଯାଉଥିଲା। ତାହା ଗୁଣୁଗୁଣୁ ହୋଇ ଶେଷରେ ମରିଗଲା। ନୀରବତାରେ ସେ ସ୍ୱର ଆଉନାହିଁ। ସେ ସଙ୍ଗୀତ ଆଉ ଶୁଭୁନି। ସୁକାନ୍ତ ନିଜକୁ ନିର୍ବାସିତ କରିଛି। ବେଦନାକୁ ବିଦ୍ରୂପ କରିବାର ଅଭିଳାଷ ମନରୁ ମରିନି। ନିଜ ରଚନା ସାହାଯ୍ୟରେ ଚାହୁଁଛି ମୁକ୍ତି। କିନ୍ତୁ ପାରୁନି। ସେ ନିଜକୁ ମୁକ୍ତ କରିପାରୁନି। ମୁହୂର୍ତ୍ତ ମୁହୂର୍ତ୍ତ ତୀବ୍ର ତାଡ଼ନା। ଯଉବନର ଯନ୍ତ୍ରଣା ଭିତରେ ବୁଡ଼ି ରହିଛି।

ଅନୁଭୂତିର ଅତଳ ସାଗରର ଆହ୍ୱାନରେ ଡୁବିଥିଲା ସୁକାନ୍ତ। ମୁକ୍ତାର ସନ୍ଧାନେ। ମୁକ୍ତିର ସନ୍ଧାନେ। ମିଳିନି। ସେ ଚାହେଁ ମୁକ୍ତ ଆକାଶ। ସ୍ୱଚ୍ଛ ପବନ। ଯାହାକୁ ପାଇ ସେ ସାଧାରଣ ମଣିଷ ହୋଇ ବଞ୍ଚିପାରିବ। ନିବଦ୍ଧ କୋଠରୀ ଭିତରେ ବସି ବସି ନିଜର ବ୍ୟର୍ଥତାର ବିରକ୍ତିକର ରିକ୍ତତାର ଦୂରକୁ ଚାଲି ଯିବାପାଇଁ ସେଦିନ ରାତିରେ କବାଟ ଫିଟାଇଲା ସୁକାନ୍ତ। ମେଞ୍ଚାଏ ପବନ ଢୁକିଗଲା। ଘର ଭିତରକୁ। ଉଡ଼ିଗଲା ଅସ୍ତବ୍ୟସ୍ତ କାଗଜ। ଦେହଟା ତାର ଉଲୁସି ଉଠିଲା। ପଦାକୁ ଆସିଲା ସୁକାନ୍ତ - ଅତି ସନ୍ତର୍ପଣରେ... ଏତେ ଗୋପନରେ... ଅତି ହାଲୁକାରେ... ଛାଇ ଭଳି...।

ବାହାର ବାରଣ୍ଡାରେ ଶୋଇଛି ନଟବର। ସାମାନ୍ୟ ଶବ୍ଦରେ ହୁଏତ ସେ ସଚେତନ ହୋଇପାରେ। ନଟବର ହାଲୁକା ଶୁଏ। ସୁକାନ୍ତର ମନ ଆଜି ହାଲୁକା

ହୋଇ ଯାଇଛି। ଦେହ ତାର ହୁଗୁଳା ହୋଇଯାଇଛି। ପାହାଚରେ ଉଠିଲା ଧୀରେ ସୁକାନ୍ତ। ଅତି ଧୀରେ। ମନେହେଲା ସେ ପବନର ପାହାଚରେ ଉଠୁଛି ଥରା ଥରା ଶଙ୍କିତ ପଦରେ... ପବନର ଢ଼େଉ କାଟି... ଉପରକୁ... ବହୁତ ଉପରକୁ। ଦୂରକୁ... ବହୁ ଦୂରକୁ...।

ଛାତ ଉପରେ ଦେଖିଲା - ଆରବୀ ନୀରବତା ବ୍ୟାପି ଯାଇଛି ସାରା ଆକାଶ ଓ ମାଟିରେ। ସେ ନୀରବତା ବ୍ୟାପକ ଓ ବିଶାଳ ଏଇ ବିଶ୍ୱ ଭଳି। ଦିଗନ୍ତବ୍ୟାପୀ ନିଦାରୁଣ ଶୂନ୍ୟତା। ଆକାଶର ନିଃସଙ୍ଗ ନିଃଶ୍ୱାସ। ସୁକାନ୍ତର ମନେ ପଡ଼ିଲା ଗୀତଟିଏ (କେବେ ଶୁଣିଥିଲା ମନେ ନାହିଁ - ହଁ ବହୁଦିନ ତଳେ) କିଏ ଜଣେ ଗାଇଥିଲା- "ଚର୍ତୁଦ୍ଦଶୀର ଚନ୍ଦ୍ରରେ ଯଦି ପୂର୍ଣ୍ଣତା ନାହିଁ ଥାଏ, କୁହ ସୁନ୍ଦର ନୁହେଁ ସେ କି ?" ଆଜି ତାର ଉତ୍ତର ଦେବ ସେ। ଏଇ ସହରର ପ୍ରସିଦ୍ଧ ମସ୍‌ଜିଦ୍ ଉପରେ ସେଇ ଜହ୍ନ ଉଠିଛି। ଶାନ୍ତ ସହର ଉପରେ ନେଳିଗଲା ଜହ୍ନର ହସର ଫୁଆରା। ମୀନାରଗୁଡ଼ା ଯେମିତି ଏକ ନୀରବ ରାତିରେ ଜୀବନ୍ତ ହୋଇ ଉଠୁଛନ୍ତି। ରହସ୍ୟ ଘେରି ରହିଛି ତାର ପ୍ରତି କୋଣେ କୋଣେ ଏଇ ଜହ୍ନର କୁହୁକ ସ୍ପର୍ଶରେ। ଗୋଟିଏ ଅପରିକଳ୍ପିତ ନୂତନ ଜୀବନର ଇସାରା, ଚାରି ପାର୍ଶ୍ୱରେ।

ଏକାକୀ କାନ୍ଦିବା ପାଇଁ ଏକ ସୁବର୍ଣ୍ଣ ସୁଯୋଗ ସୁକାନ୍ତ ପାଖରେ। ଏଠି ଏଇ କୋଠା ଉପରେ ବର୍ତ୍ତମାନ କେହି ନାହାନ୍ତି। ନିହାତି ଏକା ଏକା... ଏକା... ଏକା... ଅନ୍ତର... ବାହାରେ...। ଉତ୍ସବ ସରିଯାଇଛି, କୋଳାହଳ ହଜି ଯାଇଛି। ତା ସଂଗେ ମରିଯାଇଛି ମନଟା।

ସୁକାନ୍ତର ଇଚ୍ଛା ହେଲା ଉଡ଼ି ଯିବାପାଇଁ। ଆକାଶର ଅନନ୍ତ ନୀରବତାରେ ନିଜକୁ ହଜାଇ ଦେବାପାଇଁ। ନଚେତ୍ ଉପରୁ ତଳକୁ ଲମ୍ଫ ପ୍ରଦାନ କରି ନିଜକୁ ନିଃଶେଷ କରି ଦେବାପାଇଁ। ଅସୀମ ଆକାଶର ଆମନ୍ତ୍ରଣ। ମାଟିର ଆକର୍ଷଣ।

ଖୁବ୍ ଜୋର୍‌ରେ ସୁକାନ୍ତ ପାଟି କରି ଉଠିଲା-

ହେ ମୋର ନିଃସଙ୍ଗ ନୀଳ ଆକାଶ !
ହେ ମୋର ପ୍ରିୟ ପୃଥିବୀ !
ହେ ମୋର ନୀରବତା !
ଆକାଶ...ନୀରବତା...ପୃଥିବୀ
ପୃଥିବୀ...ନୀରବତା...ଆକାଶ...
ନୀରବତା...ଆକାଶ...ପୃଥିବୀ

ଆଉ କାନରେ ହାତ ଦେଇ ଶୁଣିଲା ସେଇ ପ୍ରତିଧ୍ୱନି-

ଆକାଶ...ନୀରବ...ପୃଥିବୀ...ନାଚି ଉଠିଲା ତାର ମନ ଓ ପ୍ରାଣ। କିନ୍ତୁ ପର ମୁହୂର୍ତ୍ତରେ ସେ ଅନୁଭବ କଲା, ଅନ୍ତରରେ ଆନନ୍ଦ ଓ ଉଲ୍ଲାସର ଉଷ୍ମତା ଟିକକ ଶୀତଳ ହୋଇ ଯାଇଛି। ଦେହ ଓ ମନର ଦୃଢ଼ତା ସେ ହରାଇ ବସିଛି। ତୀବ୍ର ବ୍ୟଥା।

ବେଦନାବ୍ୟାକୁଳ ସଂଗୀତ। କରୁଣ ଓ ମର୍ମନ୍ତୁଦ ତାର ମୂର୍ଚ୍ଛନା।

ଅହେତୁକୀ ରାଗିଣୀ...ଅତି କ୍ଷୀଣ (ଅଥଚ) ଅସ୍ପଷ୍ଟ ତାର ଧ୍ୱନି...

ଚନ୍ଦ୍ରଟା ଅତି ନିର୍ମମ ଭାବରେ ଅସ୍ତ ଯାଉଛି।

(ଅସହ୍ୟ ସେଇ ନିର୍ଜନ ମୃତ୍ୟୁର ଯନ୍ତ୍ରଣା।

ପାଖରେ କେହି ନାହିଁ।

ଜହ୍ନଟା କଲବଲ ହେଉଛି।

ସୁକାନ୍ତ ଛଟପଟ ହେଉଛି।

ତାର ସ୍ୱପ୍ନ ସାର୍ଥକ ହୋଇନି। ସାଧନାର ସିଦ୍ଧି ମିଳିନି।

ପରଦିନ ସକାଳେ ମେସ୍‌ରେ ସମସ୍ତେ ସ୍ଥିର କଲେ, ସୁକାନ୍ତ ଯଦି ଆଜି ନିଜେ ଦ୍ୱାର ନ ଖୋଲେ, ତେବେ ତାହା ଭାଙ୍ଗି ଦିଆଯିବ।

ତାହା ହିଁ ହେଲା -

କିନ୍ତୁ ଦେଖାଗଲା - ସୁକାନ୍ତ ନାହିଁ। ଗୋଟିଏ କଦାକାର, ଶୀର୍ଣ୍ଣ, ଅସ୍ଥିବହୁଳ, କ୍ଷୀଣ, ନାତିଦୀର୍ଘ, ରୁକ୍ଷକେଶ ଲୋକଟିଏ ପଡ଼ି ରହିଚି ନିଶ୍ଚଳ ଭାବେ ମୁର୍ଦ୍ଦାର ଭଳି। ଆଖି ଦୁଇଟା ଜଳୁଛି ଗହ୍ୱର ଭିତରୁ ଦପ୍ ଦପ୍ ହୋଇ। ସେଇ ଆଖିର ଜୀବନ୍ତ ନିଆଁରୁ ହିଁ ଜଣାଗଲା - ସେ ସୁକାନ୍ତ। ତାର ମୁହଁରେ ଲାଖି ରହିଛି ହସ। ନିର୍ଲିପ୍ତର ହସ। ସେ ଯେମିତି ନିଜ ଭିତରେ ବିଶ୍ୱକୁ ଓ ସମଗ୍ର ବିଶ୍ୱ ମଧ୍ୟରେ ନିଜକୁ ଉପଲବ୍ଧି କରି ସାରିଛି। ତାର ଦୃଷ୍ଟି ସ୍ଥିର। ସେଇ ଅପଲକ ନେତ୍ରରେ ସେ ଦେଖି ପାରୁଛି ସମସ୍ତଙ୍କର ଭିତରଟାକୁ। ଅସଲ ରୂପକୁ। ମୁଖାଟା ଆପେ ଆପେ ଖସି ପଡୁଛି।

ସୁକାନ୍ତ ଶୋଇଛି। ସୁକାନ୍ତ ହସୁଛି।

ଯେଉଁଠି ସେ ପଡ଼ିଛି, ସଂଲଗ୍ନ କାନ୍ଥରେ ଯେମିତି ନିଜ ଆଂଗୁଳିରେ ଭୟଙ୍କର କିଛି ଲେଖିବାକୁ ଚେଷ୍ଟା କରିଛି। କାନ୍ଥରେ ଆମ୍ପୁଡ଼ାର ଚିହ୍ନ। ରକ୍ତର ଛିଟିକା।

ଗୋଟିଏ କାଚର ଗିଲାସ ତଳେ ପଡ଼ି ଚୁର୍‌ମାର ହୋଇଯାଇଛି। ଘରର କୋଣରେ ଭଂଗା କଳସୀରୁ ପାଣି ସବୁ ଗଡ଼ିଯାଇଛି।

ଟେବୁଲ୍ ତଳେ ଖସି ପଡ଼ିଛି ଗୋଟିଏ କାଗଜ। ସେଥିରେ ଶିଶୁସୁଲଭ ବଙ୍କା ବଙ୍କା ଲେଖା ହୋଇଛି - ଓଁ। ଲାଗିକରି ଗୋଟାଏ ବୃତ୍ତ। ମଝିରେ ବିନ୍ଦୁଟିଏ କାଗଜର ଗୋଟିଏ କୋଣରେ ଦୁଇଟା ଚିତ୍ର (- +)।

ଝରକା ଦେଇ ଆସୁଛି ଶରତର ନରମ ଆଲୁଅ। ବିଛୁଡ଼ି ପଡ଼ିଛି ଘର ଯାକ। ବାହାରେ ବଗିଚାରେ ଶିଶିର ବିନ୍ଦୁରେ ସୂର୍ଯ୍ୟର ପ୍ରତିଛବି।

ରାସ୍ତା ସେପଟ ଚା ଦୋକାନରୁ ଶୁଭୁଛି ସକାଳର ମାଙ୍ଗଳିକ - କାନ୍ତକବିଙ୍କର.... "ସବୁଥିରୁ ବଂଚିତ କରି...."

କ୍ୟାଲେଣ୍ଡରରେ ବିରାଟ ନାଲି ତାରିଖଟିଏ ହସୁଛି ସମୟର ସମସ୍ତ ଅହଂକାରକୁ ଉପହାସ କରି....।

■■

(ରଚନା କାଳ - ୧୯୬୧)

ନେଉଳପୁରୀର ଇତିକଥା

ପୁରୀ ଏକ୍ସପ୍ରେସରେ ଗୋପାଳ ପ୍ରସାଦକୁ ବିଦାୟ ଦେଇ, ଅଜୟ ଯେତେବେଳେ ପ୍ଲାଟଫର୍ମ ଆଡ଼କୁ ମୁହାଁଇଲା – ମନେହେଲା ଜୀବନର ଗୋଟାଏ ଅଧ୍ୟାୟର ଶେଷ ହେଲା।। ଜୀବନର ସେଇ ଅଂଶଟି କେତେ ସଂକ୍ଷିପ୍ତ ଆଉ ଘଟଣା ବହୁଳ। କଲେଜ ଜୀବନ ପରେ ଏକ ନୂତନ ଯାତ୍ରାର ଆରମ୍ଭ। ଗୋପାଳ ପ୍ରସାଦ ମଧ୍ୟ ସେଥିରେ ସାମିଲ୍ ହେଲା।

ପ୍ଲାଟଫର୍ମର ଡ଼ାହାଣ ପଟେ ହ୍ୱିଲର ଦୋକାନରେ ଜଣେ ଦୁଇଜଣ ବହିର ପୃଷ୍ଠା ଓଲଟାଉ ଥିଲେ। ଷ୍ଟେସନ୍ ରେଷ୍ଟୋଁରା ଶୁନ୍‌ଶାନ୍। ସାମ୍‌ନାରେ ଦୁଇଟା ବୁଲା କୁକୁର ନିର୍ବିକାରରେ ଶୋଇଛନ୍ତି। ପ୍ଲାଟଫର୍ମର କୋଳାହଳ ଓ ଟ୍ରେନ୍ ଯିବା ଆସିବା ପ୍ରତି କୌଣସି ଭୃକ୍ଷେପ ନାହିଁ। ଗୋଟାଏ କୁଲି ବତୀ ଖୁଣ୍ଟ ତଳେ ଦିନକର ରୋଜଗାରର ଗଣତି କରୁଛି। ଆର.ଏମ.ଏସ.ରେ ସଟରମାନେ ଚିଠିଗୁଡ଼ା ଖୋପ ଭିତରେ ଅଲଗା କରି ରଖୁଛନ୍ତି। ସେ ଚିଠିରେ ଆଶା, ନିରାଶା, ଉଲ୍ଲାସ, ବେଦନାର ମର୍ମ, ସେମାନଙ୍କୁ ଛୁଇଁ ପାରୁନାହିଁ। ଅଜୟ ଷ୍ଟେସନ ବାହାରକୁ ଆସି ସାଇକେଲ ଷ୍ଟାଣ୍ଡରୁ ନିଜ ସାଇକେଲ ନେଇ ଚାଲିଲା କଲେଜ ଖେଳ ପଡ଼ିଆକୁ। ଚିହ୍ନା ଦେବଦାରୁ ଗଛ ତଳେ କିଛି ସମୟ ବସିଲା। ବିଶ୍ୱାସ ହେଲାନି ଯେ ଖେଳ ତାର ଜୀବନର ଗୋଟିଏ ବିଶେଷ ଅଂଗ ଥିଲା। ପରିସ୍ଥିତିର ପ୍ରଭାବରେ ବୟସର ବୃଦ୍ଧି ସଂଗେ ସଂଗେ କେବଳ ସମୟ ବଦଳେ ନାହିଁ; ବଦଳି ଯାଏ ଆଙ୍ଗୀକ ଜୀବନ। ଲାଗିଲା ଫୁଟବଲ ପଡ଼ିଆରେ ଗୋଲ ପୋଷ୍ଟ ଦୁଇଟା ଘୁଞ୍ଚି ଯାଇଛି। ଆଗ ଯାଗାରେ ନାହିଁ। ଅଜୟ ସାଇକେଲ୍‌ଟା ଧରି ପୁଣି ଚାଲିଲା ଘର ଆଡ଼େ। ଦୁଇପଟେ ଆଲୋକ ଗୁଡ଼ା ଝାପ୍୨
ସା ଲାଗିଲା। ମନେ ହେଲା ସବୁ ଗତିଶୀଳ ମଣିଷ ଓ ମେସିନ୍ ଆଜି ରାତିରେ ଶିଥିଳ ହେଇ ଯାଇଛନ୍ତି। କିଛି ସମୟ ପରେ ବୋଧହୁଏ ଜମାଟ ବାନ୍ଧିଯିବେ। ହରିପୁର ରାସ୍ତା

ଧରିବା ପୂର୍ବରୁ ବାଟରେ ପଡ଼ିଲା ଅମରେନ୍ଦ୍ରର ଘର । ଅଜୟ ସାଇକେଲ ଗେଟ୍ ବାହାରେ ରଖି ପଶିଲା ଘର ଭିତରକୁ । ଦେଖିଲା ଅମରେନ୍ଦ୍ର ବାହାର ବାରଣ୍ଡାରେ ଆରାମ ଚୌକିରେ ବସିଛି । ଉପରେ ପଙ୍ଖା ବୁଲୁଛି ଅମରେନ୍ଦ୍ର ଚାହିଁ ରହିଛି ପଙ୍ଖାଟି ଆଡ଼େ । ଅଜୟ ପ୍ରଶ୍ନକଲା କଣ କରୁଛ ?

"କିଛି ନାହିଁ"

"ଚାଲ ଯିବା"

"କୁଆଡ଼େ ?"

"ଜଣା ନାହିଁ"

"କେତେ ଡେରି ହେବ ?"

"କହିହେବନି"

"ତେବେ"

"ଘରେ କହିଦିଅ ଡେରି ହେବ"

ଅମରେନ୍ଦ୍ର ନିଜ ସାଇକେଲ୍ ବାହାର କଲା । ଦୁଇବନ୍ଧୁ ଚାଲିଲେ ଅନିର୍ଦ୍ଦିଷ୍ଟ ଯାତ୍ରା ବିନା ଲକ୍ଷ୍ୟରେ । ରାସ୍ତାରେ ପଡ଼ିଲା "ବାସନ୍ତୀ ମେସ୍" । ଅଜୟର ଖିଆଲ ହେଲା ବିନୟ ସେ ମେସ୍‌ରେ ରହେ । କଲେଜ ପରୀକ୍ଷା ଫଳ ପ୍ରକାଶ ପରେ ସେ ଆସି ସେଠି ରହୁଛି । ଚାକିରୀ ପାଇଁ ପରୀକ୍ଷାର ପ୍ରସ୍ତୁତିରେ । ଦୁହେଁ ସାଇକେଲ ବାହାରେ ରଖି ଭିତରକୁ ପଶିଲେ । ବିନୟ କୋଠରୀରେ ସବୁ ଜିନିଷ ଅସ୍ତବ୍ୟସ୍ତ । ଲୁଗାପଟା ଗୁଡ଼ାକ ମଶାରୀ ଉପରେ ଫୋପଡ଼ା ହେଇଥିଲା । ଛୋଟ ଟେବୁଲ ଉପରେ ଜଗନ୍ନାଥଙ୍କ ଫଟୋ ଓ କିଛି ଫୁଲ । ଅଜୟ ରୁମରେ ପଶି ପ୍ରଶ୍ନ କଲା–

କଣ କରୁଛ ?

"କିଛି ନାହିଁ"

ଖାଇଛ ?

ନାଁ

କଣ ଯୋଜନା ?

କିଛି ନାହିଁ

ତେବେ ବାହାର

କୁଆଡ଼େ ?

"ଜଣା ନାହିଁ"

ବିନୟ ଅନିଚ୍ଛା ସତ୍ତ୍ୱେ ମନା କରିପାରିଲା ନାହିଁ । ବିନା ଗଞ୍ଜିରେ ଜାମା ଖଣ୍ଡକ

ଗଳାଇ ବାହାରି ପଡ଼ିଲା ଦୁଇ ବନ୍ଧୁଙ୍କ ସାଥେ। ତିନିହେଁ ଚାଲିଲେ ଦୁଇ ସାଇକେଲରେ। ଗୋଟିଏ ଜାଗାରେ ଅଜୟ ଅଟକିଲା ଦୋକାନ ସାମ୍ନାରେ। ଦୁଇ ବନ୍ଧୁ ଅପେକ୍ଷା କଲେ ବାହାରେ। ଶଙ୍କିତ ନୟନରେ ଦୁହେଁ ଦୁହିଁଙ୍କୁ ଦେଖୁଥିଲେ। ସାହସ ନଥିଲା ଆଖିରେ ଆଖି ମିଳାଇବାକୁ। ଅଜୟ ଫେରିଲା। ହାତରେ ଗୋଟାଏ ରମ୍ ବୋତଲ। କହିଲା ଚାଲ ନଈବନ୍ଧ ଆଡ଼େ ଯିବା; ପ୍ରସ୍ତାବଟା ବିନୟ ଓ ଅମରେନ୍ଦ୍ରକୁ ଭଲ ଲାଗିଲା। କଲେଜ ପରେ ଘରଟା କେମିତି ଅତିଥିଶାଳା ଭଳି ଲାଗୁଥିଲା। ତିନିବନ୍ଧୁ; ଦୁଇଟା ସାଇକେଲ - ଗୋଟିଏ ରମ୍ ବୋତଲ। ସାଇକେଲ ମୋଡ଼ିଲା ନଦୀ ବନ୍ଧ ଆଡ଼େ। ଠିକ୍ ରାସ୍ତା ବନ୍ଧ ଉପରକୁ ଉଠିବା ପୂର୍ବରୁ ଡ଼ାହାଣ ପଟେ ଦେଖାଗଲା ଧଳା ରଙ୍ଗର ଘରଟିଏ। ସାମନାରେ ଛୋଟ ବଗିଚା ଓ କିଛି ଫୁଲ ଗଛ-ମାଳତୀ, ଟଗର, କନିଅର। ଗେଟ୍‌ରେ ଦୁଇକଡ଼େ ଲାଇଟ୍। ସେଠି ମନ୍‌ସୁର ରହେ। ତିନିବନ୍ଧୁ ଅଟକିଲେ ଅଜୟର ନିର୍ଦ୍ଦେଶରେ। ଅଜୟ ଗେଟ୍ ଖୋଲି ଘର ଭିତରକୁ ପଶି ଦେଖିଲା ମନ୍‌ସୁର ବାହାର ବଗିଚାରେ ଲନ୍‌ରେ ବସିଛି। ଅଜୟକୁ ଦେଖି ଖୁସିହେଲା। ପଚାରିଲା କୁଆଡ଼େ? ରାସ୍ତା ଭୁଲିଗଲ?

"ବାହାର ଯିବା"

କୁଆଡ଼େ?

"ଜଣା ନାହିଁ"

ଡ଼ିନର?

"ଠିକଣା ନାହିଁ"

ଘରେ କେହି ନାହାନ୍ତି-ଏଠି ଡ଼ିନର ଚଳିବ।

"ମନ ନାହିଁ"

ଲୁଗାଟା ପିନ୍ଧି ନିଏ

ଯାହା ପିନ୍ଧିଛ, ଠିକ୍ ଅଛି

ବାହାରେ ଅମରେନ୍ଦ୍ର ଆଉ ବିନୟ। ମନସୁର ଠିକ୍ କିଛି ବୁଝି ପାରିଲା ନାହିଁ। ତେବେ ଅଜୟର ଏଇ ଉଦ୍‌ବେଗହୀନ ଆଭିମୁଖ୍ୟଟା ଭଲ ଲାଗିଲା। ଚାକର ଅବଦୁଲ୍‌କୁ କହି ଘରର ଚାବି ନେଇ ମନସୁର ବାହାରି ପଡ଼ିଲା ଅଜୟ ଅନୁରୋଧରେ ମନ୍ତ୍ରମୁଗ୍ଧ ହୋଇ। ବାହାରେ ଦେଖା ହେଲେ ଅମରେନ୍ଦ୍ର ଓ ବିନୟ। ଚାରିବନ୍ଧୁ ହାତ ମିଳାଇଲେ। ନଈ ଆଡୁ, ପବନ ସେମାନଙ୍କୁ ସତେଜ କରିଦେଲା। ମନସୁର ପ୍ରଶ୍ନ କଲା: ଏବେ? ଅଜୟ ବିନୟକୁ ସାଇକେଲ ଆଗରେ ବସିବାକୁ ଇଙ୍ଗିତ ଦେଲା। ଚିତ୍କାର କରି କହିଲା - ନେଉଳପୁରୀ।

ଚାରିବନ୍ଧୁ ଚାଲିଲେ ଅପରିଚିତ ନେଉଳପୁରୀ। ଯାହାର ଭୌଗଳିକ ଅବସ୍ଥିତି ବିଷୟରେ ସାମାନ୍ୟ ଧାରଣା ନଥିଲା ସେମାନଙ୍କ ପାଖରେ। ଅଜୟ ସାଇକେଲ୍‌ର ଗତି ବଢ଼ାଇଲା। ନେଉଳପୁରୀର ଆକର୍ଷଣ ଯେପରି ଟାଣି ନେଉଥିଲା ଏବଂ ଏକ ଅଜଣା ଶକ୍ତିରେ ମତୁଆଲା କରିଦେଇଥିଲା। ନଈବନ୍ଧରେ ଚାରିବନ୍ଧୁ ଚାଲିଲେ। ସହରର ଆଲୁଅ ଗୁଡ଼ା ଆସ୍ତେ ଆସ୍ତେ ଝାପ୍‌ସା ଦେଖାଗଲା। ମଶାଣୀଟା ପଛରେ ପଡ଼ିଗଲା। ପିଚୁ ରାସ୍ତା ଶେଷେ ମରୋମ୍ ରାସ୍ତା ଉପରେ ଦୁଇ ସାଇକେଲ ଆହୁରି ବେଗରେ ଚାଲିଲେ। ଚାରିବନ୍ଧୁ ନୀରବରେ ଗୋଟିଏ ଦମ୍‌ରେ ଗୋଟିଏ ନୂତନତ୍ୱର ଅଦ୍ଭୁତ ଆକର୍ଷଣରେ ଆଗେଇ ଚାଲିଲେ। ରାସ୍ତାରେ ଗୋଟିଏ ଛୋଟ ଫାକ୍ଟରୀର ପାଚେରୀ କଡ଼ ଦେଇ ଚାଲିଲେ ଚାରିବନ୍ଧୁ; ଦୁଇ ସାଇକେଲ ଓ ଗୋଟିଏ ରମ୍ ବୋତଲ।

ମୋରମ ରାସ୍ତାର ଶେଷେ ଅଜୟର ସାଇକେଲ ଗୋଟିଏ ଝାଉଁବଣ ଭିତରେ ପଶିଲା। ସେଠି ରାସ୍ତା ନାହିଁ। ଘର ନାହିଁ। କୋଳାହଳ ନାହିଁ। ସମ୍ପୂର୍ଣ୍ଣ ନୀରବତା। ଚାରିଆଡ଼େ ନଈ ବାଲି। ବାଲିକୁଦ। ଆଉ ଝାଉଁବଣର ଗୁଂଜନ। କିଛି ଦୂରରେ ନଈଟା ବଙ୍କି ଯାଇଛି। ପାଣିର ଗୋଟିଏ ଧାର କିଛି ବାଟ ଚାଲିଯାଇଛି। କୂଳରେ ଲାଗିଛି ଡ଼ଙ୍ଗାଟିଏ। ଦୂରରେ ନଈର ଅନ୍ୟପଟେ ଗୁଡ଼ାଏ ଆମ୍ବତୋଟା। ସବୁ ସୃଷ୍ଟି କରୁଛି ସହରରୁ ଦୂରରେ ଉଦାସୀନତାର ଏକ ବାତାବରଣ।

ଅଜୟ ସାଇକେଲଟା ଫୋପାଡ଼ି ଦେଇ କିଛି ମିଟର ଦଉଡ଼ିବାକୁ ଆରମ୍ଭ କଲା। ତାର ଉଲ୍ଲାସ ଓ ଚିତ୍କାରର ପ୍ରତିଧ୍ୱନି ଆମ୍ବତୋଟାଗୁଡ଼ା ଦେଲେ। ଝାଉଁବଣଗୁଡ଼ା ନୀରବରେ ସେ ଉନ୍ମାଦନାକୁ ଦେଖୁଥିଲେ। ବିନୟ, ଅମରେନ୍ଦ୍ର, ମନସୁର ଦୂରରୁ ଲକ୍ଷ୍ୟ କରୁଥିଲେ ଅଜୟର ବାତୁଳତା।

ଅଜୟ ଫେରିଲା। ଦେଖିଲା ମନସୁର ହାତରେ ରମ୍ ବୋତଲ। ଗୋଟିଏ ଝଟ୍‌କାରେ ନିଜ ଡ଼ାହାଣ ହାତରେ ଜାବୁଡ଼ିଧରି ଠିପିଟା ଖୋଲିଲା। ପରେ ଏକ ନିଃଶ୍ୱାସରେ ମୁଣ୍ଡଟାକୁ ଉପରକୁ କରି ଆକାଶ ଆଡ଼େ ଚାହିଁ ଦୁଇ ତିନିଢୋକ ପିଇ ନେଲା ଓ ବୋତଲଟାକୁ ବଢ଼ାଇଦେଲା ମନସୁର ହାତକୁ।

"ପାଦୁକା ପାଇନେ।"

ଖାଲି ପେଟରେ? କହିଲା ମନସୁର

"କିଛି ନାହିଁ" ବେଗାରସ୍ ହାଭ ନୋ ଚଏସ୍......

ମନସୁର ବେପରୁଆ ଭାବେ ବୋତଲଟିକୁ ମୁହଁ ପାଖକୁ ଆଣି ଦୁଇଢ଼ୋକ ପିଇଲା। ତାପରେ ବୋତଲଟାକୁ ବାଲି ଉପରେ ରଖି ଅମରେନ୍ଦ୍ର ଆଡ଼କୁ ଚାହିଁଲା। ଅମରେନ୍ଦ୍ର ଶଂକାରେ ସଂକୋଚରେ ପ୍ରଶ୍ନ କଲା।

କିଛି ହବ ନାହିଁ ତ ?

"କିଛି ହେବ ନାହିଁ - ଡର୍‌ପୋକ।"

ଘରକୁ କେତେବେଳେ ଫେରିବା ?

"ଜଣାନାହିଁ" କହିଲା ଅଜୟ

ଅମରେନ୍ଦ୍ର ଦୁଇଆଡ଼କୁ ଚାହିଁ ମୁହଁପାଖକୁ ବୋତଲ ଆଣିଲା। ଗନ୍ଧରେ ଶିହରି ଉଠିଲା। ଭାବିଲା ସେ ଗୋଟାଏ ମସ୍ତବଡ଼ ଭୁଲ୍ କରିଛି ଅଜୟ ସଂଗେ ଆସିବାକୁ ସ୍ଥିର କରି। ଅତି କଷ୍ଟରେ ଗୋଟିଏ ଢୋକ ନେଇ ହାକୁଟି ମାରିଲା। ବୋତଲଟିକୁ ମଝିରେ ରଖି ତା ଆଡ଼େ ନିରେଖି ଚାହିଁଲା। କିଛି ସମୟ ଧରି ହସିଲା। ଆଉ ପିଇ ଚାଲିଲା ବୋତଲରୁ। ତା'ପରେ ଅଜୟର ପାଳି। ପୁଣି ମନସୁର ଆଉ ଥରେ ଅମରେନ୍ଦ୍ର ଶେଷରେ ବିନୟ। ବୋତଲ ଭିତରକୁ ଚାହିଁ ଦେଖିଲା ଖାଲି। ଆଉ କିଛି ନାହିଁ। ଅଜୟ ଆଡ଼କୁ ଚାହିଁ ବଢ଼ାଇଦେଲା ଖାଲି ବୋତଲଟା। ଅଜୟ ହାତ ପାପୁଲିରେ ବୋତଲଟିକୁ ଜାବୁଡ଼ିଧରି କିଛିକ୍ଷଣ ପରେ ଫିଙ୍ଗିଦେଲା ନିକଟରେ ଥିବା ଝାଉଁଗଛଟାକୁ। ରୁଣୁଝୁଣୁ କରି ବୋତଲଟା ଭାଙ୍ଗି ଚୁରମାର ହୋଇଗଲା। ଚାରିବନ୍ଧୁ ଖୁବ୍ ଜୋର୍‌ରେ ହସି ଉଠିଲେ।

ଅଜୟ ଗୋଟିଏ ଦୀର୍ଘଶ୍ୱାସ ପରେ ଆରମ୍ଭ କଲା - ଜାଣୁ ଆମର ସବୁ ବିଶାଦର କାରଣ ହେଲା ଆଶା ସହିତ ନିଜକୁ ଖାପ ନଖୁଆଇବା, ଆକାକ୍ଷାଂକୁ ବାସ୍ତବରେ ଉପଲବ୍ଧ ନକରିବା। ପୁରୁଷରୁ କାପୁରୁଷ ହେବାର ଯାତ୍ରା ସହଜ କିନ୍ତୁ ଯନ୍ତ୍ରଣା ଦାୟକ।

ବିନୟ ପ୍ରଶ୍ନକଲା - ତୋର ତ କିଛି ଆଶା ବା ଆକାଂକ୍ଷା ନଥିଲା। ସବୁ ସମୟ ହଷ୍ଟେଲରେ କାଟିଲୁ। କଲେଜ କ୍ୟାଣ୍ଟିନ ଥିଲା ତୋର ଘର। କଲେଜ ନିର୍ବାଚନ ତୋ ପାଇଁ ଥିଲା ସର୍ବସ୍ୱ। ଆଉ ଯେଉଁ କିଛି ସମୟ ବଞ୍ଚିଥିଲା ତାକୁ ଉଜାଡ଼ି ଦେଲୁ ସେ ଝିଅଟା ପଛରେ।

ଅଜୟ ଚାହିଁଲା ବିନୟ ଆଡ଼େ। ତାପରେ ଅନାଇଲା ଆକାଶ ଆଡ଼େ। କେତେଦିନ, କେତେମାସ, କେତେ ବର୍ଷ ପରେ ସୁଯୋଗ ପାଇଲା ନିରୋଳାରେ ଆକାଶକୁ ଦେଖିବା ପାଇଁ। ନକ୍ଷତ୍ର, ତାରା ଭରା ଆକାଶ। ପ୍ରତ୍ୟେକଟି ଯୋଜନ ଯୋଜନ ଦୂରରେ ନିଜ କକ୍ଷରେ ଘୁରୁଛନ୍ତି। ଘୂର୍ଣ୍ଣମାନ ଜୀବନରେ ସେ ମଧ୍ୟ ଛିଟ୍‌କି ହୋଇ ପଡ଼ି ନିଜ କକ୍ଷରେ ଘୁରୁଛି। ବିନୟ, ମନସୁର, ଅମରେନ୍ଦ୍ର କଥା ମଧ୍ୟ ଭିନ୍ନ ନୁହେଁ।

ନୀରବତା ଭଙ୍ଗ କରି ମନସୁର୍ ପଚାରିଲା - ଗମ୍ଭୀର ହୋଇଗଲୁ ଯେ।

ଅଜୟ ଉତ୍ତର ଦେଲା କ୍ଷୀଣ ସ୍ୱରରେ - କିଛି ନାହିଁ।

ପଚାରିଲା ସମସ୍ତଙ୍କୁ - ଅପବ୍ୟବହାର କଣ ଜାଣୁ ? ସମସ୍ତେ ଚାହିଁଲେ ତା

ଆଡ଼େ। ଗୋଟାଏ ଦୀର୍ଘଶ୍ୱାସ ନେଇ କହିଲା - ସ୍କୁଲରେ ସେ ଗଣିତ ମାଷ୍ଟ୍ରଟା ଦିନେ ଗୋଟେ ବାହାନା କରି ତା ଘର ବଗିଚାକୁ ନେଇଗଲା। ସରଳ ବିଶ୍ୱାସରେ ଅଜୟ ଗଲା। ତା ପରେ ତା ଗାଲକୁ ଟିପି ହସି କହିଲା - କାହାକୁ କହିବ ନାହିଁ। ନେ ଏଇ ଲଜେଂସ ନେ। ଅଜୟ ଦଉଡ଼ି ପଳାଇ ଆସିବାକୁ ଚାହିଁଲା। କିନ୍ତୁ ସେଇ ବିଶାଳକାୟ ମାଷ୍ଟରଟାର ବାହୁରୁ ମୁକ୍ତ ହେବା କଠିନ ଥିଲା। ନୀରବରେ ଅପବ୍ୟବହାର ଓ ଅପମାନକୁ ସହିନେଲା। ତା’ ପରଠାରୁ ସେ ମାଷ୍ଟ୍ରଟା ଖାଲି କ୍ଲାସରେ ତା ଆଡ଼କୁ କଣେଇ ଚାହେଁ ଓ ଘରେ ଆସି କଷ୍ଟ ଗଣିତ ଗୁଡ଼ାକ ବୁଝି ନେବାକୁ କହେ। ଅଜୟ ଲାଜରେ କ୍ରୋଧରେ ଭିତରେ ଜଳିଯାଏ। ସେମିତି ଦିନେ ତିନି ଚକିଆ କାଠ ଗାଡ଼ିଟାଏ ରାସ୍ତାରେ ଟାଣି ନେଇ ଯାଉଥିବା ବେଳେ ପଡ଼ିଶା ଘରର ରଜତକୁ ଦେଖିଲା। ଛୋଟ ମନର ଆଗ୍ରହ ହେଲା ନିଜର ଗୋଟାଏ ରଖିବା ପାଇଁ। କହିପାରିବ ରଜତକୁ ମୋର ବି ଅଛି। ଗଳିର କଡ଼ ବଢ଼େଇ ଦୋକାନକୁ ଗଲା। ପଚାରିବା ପାଇଁ କେତେ ଦାମ୍। ବଢ଼େଇଟା ମୁରୁକି ହସି କହିଲା - ଦାମ କଣ କହିବି। ଗୋଟିଏ ଖାଲି ଅଛି ଟିକିଏ ବାଗେଇବାକୁ ପଡ଼ିବ। ଖରାବେଳେ ନେଇଯିବ। ପଇସା ଦେଇଯିବ। ବିଶ୍ୱାସ କଲା ତାର ପିଲାମନ। ମା ଠୁ ପଇସା ଆଣି ଉଦୁଉଦିଆ ଖରାବେଳେ ଦେଖିଲା ବଢ଼େଇ ଦୋକାନ ସାମନାରେ ତାଟି ପଡ଼ିଛି। ଟିକିଏ ଫାଙ୍କ ଅଛି। ଅଜୟ ପଶିଲା ଭିତରକୁ ଭୀତତ୍ରସ୍ତ ହୋଇ; ପଚାରିଲା ଭିତରେ କିଏ ଅଛି ? ଉତ୍ତର ଆସିଲା - ଭିତରକୁ ଆସ ତୁମ ଖେଳଣା ହୋଇ ଯାଇଛି। ଅଜୟର ଆନନ୍ଦର ସୀମା ରହିଲା ନାହିଁ। ଆଜି ଠୁ ସେ ନିଜ ତିନିଚକିଆ ଗାଡ଼ିଟିକୁ ରାସ୍ତାରେ ଚଲାଇବ। ଲୋକେ ଅନାଇ ରହିବେ। ରଜତ ଚାହିଁବ। ସାଇ ପଡ଼ିଶା ପିଲାମାନେ କାକୁତି ମିନତି କରିବେ ତା ସଙ୍ଗେ ଟିକେ ଖେଳିବା ପାଇଁ। ସେ ଧୀରେ ଧୀରେ ପଶିଲା ଦୋକାନ ଭିତରକୁ। ଭିତରେ ଖଟଟିଏ ପଡ଼ିଛି। ତା ଉପରେ ଗୋବିନ୍ଦ ବଢ଼େଇ ସମ୍ପୂର୍ଣ୍ଣ ଉଲଗ୍ନ। ଅଜୟ ଏକ ନିଶ୍ୱାସରେ ଦଉଡ଼ି ପଳାଇ ଆସିବାକୁ ଚାହିଁଲା। ବୁଢ଼ା ବଢ଼େଇଟା କିନ୍ତୁ ତାକୁ ଛାଡ଼ିଲା ନାହିଁ। ତା କବଳରୁ ମୁକ୍ତ ହେବାର ଶକ୍ତି ତା ପାଖରେ ନଥିଲା। ଅପବ୍ୟବହାର ଓ ଅପମାନ ସହିନେଲା। ମନରେ ସେଟା ଏପର୍ଯ୍ୟନ୍ତ ବୋଝ ହୋଇ ରହିଛି।

ବିନୟ ହସିଲା- କହିଲା ‘ବାସ୍’। ଆମ ଘର ଛୋଟ ଥିଲା। ବାପା ଥିଲେ କିରାଣୀ। ସଂସାର ଠିକ୍ ଚଳୁନଥିଲା। ଦୁଃଖ କଷ୍ଟ ଲଗାତର। ଭଡ଼ାଘରେ ଛ’ଜଣ ପରିବାରର ସଦସ୍ୟ। ସମସ୍ତେ ଜଣଙ୍କର ଆୟ ଉପରେ ନିର୍ଭର। ସ୍କୁଲ କଲେଜରେ ସବୁ ଭାଇ ଭଉଣୀ। ବଡ଼ ଭଉଣୀ ଲତା ପରିବାରରୁ ପ୍ରଥମେ କଲେଜ ଗଲା। ଦେଖିବାକୁ ଭଲଥିଲା। ପଢ଼ାରେ ମଧ୍ୟ। ଥରେ ଖରାଦିନେ ଛୁଟିରେ ଗାଁକୁ ଗଲା। ଫେରି ଦେଖେ

ତା ଚାଲିଚଳନରେ ବହୁତ ପରିବର୍ତ୍ତନ। ଆଗ ଭଳି ଉତ୍‌ଫୁଲ୍ଲତା ନଥିଲା ତା ମନରେ। ସବୁବେଳେ ଅପରାଧୀ ଚାହାଣୀରେ ସମସ୍ତଙ୍କ ଆଡ଼କୁ ଚାହିଁଲା। ମା' ପାଖରୁ ମଝିରେ ମଝିରେ ଗାଳି ଶୁଣେ। ଗାଁରୁ ଫେରିବା ପରଠାରୁ ସୁର କକେଇ ଆସନ୍ତି, ପ୍ରତି ସପ୍ତାହରେ। ତାଙ୍କୁ ଦେଖିଲେ ଲତା ଶଙ୍କିତ ହୋଇ ଉଠେ। ସୁର କକେଇ ଚାହାଁନ୍ତି ତା' ଆଡ଼େ ଓ ତା ପରେ ତାକୁ ଡ଼ାକନ୍ତି ଘରକୁ। ମା'ର ଏକଥା ପସନ୍ଦ ନଥାଏ। ବେଳେବେଳେ ପ୍ରତିବାଦ କରେ। କହେ ସୁର ଲତାର ବୟସ ହେଲାଣି। ସୁର କକେଇ ଉତ୍ତର ଦିଅନ୍ତି ବ୍ୟସ୍ତ ହୁଅନି। ଲତା ଆମର ସୁନ୍ଦର। କିଛି ଅସୁବିଧା ହେବନି। ଦିନେ ହଠାତ୍ କକେଇ ତାଙ୍କର ଜଣେ ସାଙ୍ଗକୁ ଘରକୁ ନେଇ ଆସି କହିଲେ - ନରେନ୍ଦ୍ରବାବୁ ଭଦ୍ରଘର ଲୋକ। ଆମ ଜାତିର। ଡ଼େପୁଟି ଚାକିରୀ ପାଇଛନ୍ତି ମାସେ ହେବ। ଡ଼େପୁଟୀ ସାହେବଙ୍କ ସୁନ୍ଦର ଚେହେରା। କୁଁଚୁକୁଁଚିଆ କଳା ବାଳ। ଗୋରା। ଧଳା ଜାମା ପେଣ୍ଟ ପିନ୍ଧା ବାବୁର ଜୋତା ଚକ୍‌ମକ୍ କରୁଥାଏ। ଲାଜକୁଳା ଭାବ ଦେଖାଇଲେ। ଚା ପକୋଡ଼ା ଦିଆଗଲା। ସୁର କକେଇ ଲତାକୁ ଡ଼କେଇ ପଠେଇଲେ ପଡ଼ିଶା ଘରୁ। ଲତାକୁ ଦେଖି ନରେନ୍ଦ୍ର ବାବୁଙ୍କ ଆଖିଟା ଜୀବନ୍ତ ହୋଇ ଉଠିଲା। ଚେୟାରରୁ ଉଠି ନମସ୍କାର କଲେ। ସୁର କକେଇ କହିଲେ - ଆରେ ପିଲାମାନେ ଶୁଣ ଏଠି କଣ କରୁଛ ଯାଅ ଖେଳିବ। ନରେନ୍ଦ୍ର ବାବୁଙ୍କ ସଂଗେ କଥା ଅଛି। ଆମେ ସମସ୍ତେ ଚାଲିଆସିଲୁ। ଘର ବାହାରକୁ ଆସି ସୁର କକେଇ ମା'କୁ କାନରେ କହିଲେ ପିଲାଟି ଭଲ। ଆମ ଲତା ସଂଗେ ଯୋଡ଼ି ମାନିବ। ଏକା ଅଛି। ମଝିରେ ମଝିରେ ଆସିବାକୁ କହିଛି। ଘର ଭଳି ଦେଖିବ। ଆସିଲେ ଯେମିତି ସବୁ କିଛି ଆତିଥ୍ୟରେ ଅବହେଳା ନ ହୁଏ। ଲତା ପାଇଁ ଭଲ ପାତ୍ରଟିଏ। ମା' ଶୁଣି ଖୁସିହେଲା। ଆକାଶ ଆଡ଼େ ଚାହିଁ ଜୁହାର କଲା।

ନରେନ୍ଦ୍ର ବାବୁ ପ୍ରାୟ ପ୍ରତ୍ୟେକ ଦିନ ଆସିବାକୁ ଲାଗିଲେ। ସନ୍ଧ୍ୟାରେ, ଛୁଟି ଦିନରେ, ଖରାବେଳେ। ଆସିଲେ ସମସ୍ତଙ୍କ କଥା ପଚାରନ୍ତି। ପରେ ଲତା ସଂଗେ ଗପିବାକୁ ଭଲ ପାଆନ୍ତି। ଶେଷରେ ସେ ପ୍ରାୟ ଆମ ଘରେ ବେଶୀ ସମୟ କାଟିବାକୁ ଭଲ ପାଇଲେ। ଲତା ଓ ନରେନ୍ଦ୍ରବାବୁ ନିରୋଳାରେ ଗୋଟିଏ ଘରେ ବସି ଘଣ୍ଟା ଘଣ୍ଟା କଥାବାର୍ତ୍ତା ହୁଅନ୍ତି। ସେମାନଙ୍କୁ ଡ଼ିସ୍‌ଟର୍ବ କରାହୁଏନି। ଥରେ ନରେନ୍ଦ୍ର ବାବୁଙ୍କ ବାପା ମା ଆସି ଲତାକୁ ଦେଖିଗଲେ। କାନରେ ପଡ଼ିଲା ବାହାଘର ହେବ। ମହୁରୀ ବାଜିବ। ବାଣ ଫୁଟିବ। ଭୋଜି ହେବ। ଗହଣା ବରାଦ ଚାଲିଲା। ଶାଢ଼ୀ କିଣା ଚାଲିଲା। ତିଥି କଥା ମଧ୍ୟ ଜ୍ୟୋତିଷ କହିଲେ। ଲତା ବିଭୋରରେ କଲେଜ ଯିବା ବନ୍ଦ କରିଦେଲା। ନରେନ୍ଦ୍ରବାବୁ ମଧ୍ୟ ଆସିବା କମେଇ ଦେଲେ। କାଲେ କିଏ କଥା କହିବ।

ଲତା ମଧ୍ୟ ଭାବିଲା। କିଛିଦିନ ପରେ ତ ଏକାଠି ରହିବାକୁ ପଡ଼ିବ ଏତେ ବ୍ୟଗ୍ର କାହିଁକି ?

ଦିନେ ଖରାବେଳେ ପଡ଼ିଶା ଘରର ଅଭିରାମବାବୁ ଆସି ଲତାକୁ କହିଲେ - କିଛି ମନେ କରିବ ନାହିଁ, ତୁମର ନରେନ୍ଦ୍ର ବାବୁଟା ଏକଦମ୍ ବାଜେ ଲୋକ। ବିଶ୍ୱାସ କରିହେବନି। ଲତା କ୍ରୋଧକୁ ଦମନ କରିବାକୁ ଚେଷ୍ଟା କରି ପଚାରିଲା - ଆପଣ କଣ କହିବାକୁ ଚାହୁଁଛନ୍ତି ? ଜାଣିଥିବେ ନରେନ୍ଦ୍ର ବାବୁଙ୍କ ସହିତ ମୋର ବିବାହ ଆଉ କିଛି ମାସ ପରେ ହେବାକୁ ଯାଉଛି। ଅଭିରାମ ବାବୁ କହିଲେ - ସେଥିପାଇଁ ତ କହୁଛି। ଲୋକଟାର ଚରିତ୍ର ବୋଲି କିଛି ନାହିଁ। କିଛି ଦିନ ହେବ ସେ ଏଠାକୁ ମଝିରେ ମଝିରେ ଆସୁଛି କିନ୍ତୁ ସମୟ କାଟୁଛି ଅନ୍ୟ କେଉଁଠି। ଲତା ପଚାରିଲା ମାନେ ? ଅଭିରାମ ବାବୁ କହିଲେ - ମୁଁ ତୁମର ଶୁଭାକାଂକ୍ଷୀ। ବିଶ୍ୱାସ ନହେଲେ ନିଜେ ଯାଇ ଦେଖି ଆସ ବନଦୁର୍ଗା ମନ୍ଦିର ପାଖ ଏକ ମହଲା ଘରଟାରେ - ନରେନ୍ଦ୍ର ବର୍ତ୍ତମାନ ସେଠି ବସି ଆରାମ କରୁଛି। ଲତା ସେଇ ବେଶଭୂଷାରେ ବାହାରି ପଡ଼ିଲା - ବନଦୁର୍ଗା ମନ୍ଦିର ଆଡ଼େ। ଖରାବେଳର ତାତିଟା ତା ଦେହକୁ ବାଧୁନଥିଲା। ମନରେ ଅନେକ ସଂଶୟ, ସନ୍ଦେହ। ରାସ୍ତାର ଦୋକାନୀ ଗୁଡ଼ା ଚାହୁଁଥିଲେ। ଲତା ଅପାର ଏ କି ବ୍ୟବହାର ଓ ବ୍ୟଗ୍ରତା। କେଉଁଆଡ଼େ ନ ଚାହିଁ ଲତା ପହଞ୍ଚିଲା ସେଇ ଏକ ମହଲା କୋଠା ନିକଟରେ। କବାଟ ପିଟିଲା। କେହି ଖୋଲିଲେ ନାହିଁ। ପୁଣି ବାରବାର ପିଟିଲା କବାଟ ଲତା। ପାଖ ପାନ ଦୋକାନୀ କହିଲା - ଜଣେ ନୂଆବାବୁ ଜଣେ ମା'ଙ୍କୁ ଧରି ଘରେ ପଶିଲେ। ଆଉ ବାହାରି ତ ନାହାନ୍ତି। ହୁଏତ ଶୋଇ ପଡ଼ିଥିବେ। ଲତାର ସନ୍ଦେହ ଘନୀଭୂତ ହେଲା। କବାଟ ବାଡ଼େଇ ଲତା ଚିତ୍କାର କଲା - ନରେନ୍ଦ୍ର ତୁମେ ଘରେ ଅଛ ମୁଁ ଜାଣେ। କବାଟ ଫିଟାଅ। ମୋର କିଛି କହିବାର ଅଛି। କିଛି ସମୟ ପରେ ନରେନ୍ଦ୍ର କବାଟ ଖୋଲିଲା। ଲତା ଭୁସ୍ କରି ଘର ଭିତରକୁ ପଶି ଦେଖିଲା - ସ୍ନେହ, କଲେଜ ସାଥୀ ଅସଂଯତ ଅବସ୍ଥାରେ ବିଛଣାରେ ଅଛି। ଲତାକୁ ଦେଖି ଚାଦରଟା ନିଜ ଦେହକୁ ଟାଣିନେଲା। ନରେନ୍ଦ୍ର ବାହାରେ ଅସହାୟ ଭାବେ ଛିଡ଼ା ହୋଇଥାଏ। ଲତା ରାଗରେ ଜର୍ଜରିତ ହୋଇ ଅଣନିଃଶ୍ୱାସୀ ହୋଇ ଘରୁ ବାହାରି ଆସିଲା, ଲଜ୍ଜାରେ, ଅପମାନରେ ଭାଙ୍ଗି ପଡୁଥିଲା ଲତା। ସତେ ଯେମିତି ପୃଥିବୀଟା ଫାଟି ଯାଉଛି। ଆଉ ସେ ଗହ୍ୱରରେ ଲୀନ ହେଉଛି। ଲତା ଫେରିଲା ଘରକୁ। ଗୋଟାଏ ରୁମ୍‌ରେ କବାଟ କିଳି କଇଁ କଇଁ ହୋଇ କାନ୍ଦିଲା। ମା ଯେତେ ପଚାରିଲେ ବି କିଛି ଉତ୍ତର ଦେଲା ନାହିଁ। ସମସ୍ତଙ୍କୁ ତାଗିଦ୍ କରାଗଲା। ବଡ଼ ଭଉଣୀକୁ ବ୍ୟସ୍ତ ନ କରିବା ପାଇଁ। ରାତିରେ କବାଟ ଫିଟାଇଲା। ଆମେ ଦେଖିଲୁ ତାର ଆଖି ଫୁଲି ଯାଇଛି ଅବାରିତ ଅଶ୍ରୁ ଧାରାରେ।

କାହକୁ କିଛି ନ କହି ଖାଲି ମା'କୁ କହିଲା - ସେ ଯାଉଛି ସାଂଗ ଶୀଲା ଘରକୁ। ଆସିବାକୁ ଡେରି ହେବ। ସେ ଗଲା ପରେ ଆମେ ରୁମ୍ କବାଟ୍ ଖୋଲି କାନ୍ଥରେ ଚାରିଆଡ଼େ ଲେଖା ହୋଇଛି - ସ୍ନେହ ଓ ନରେନ୍ଦ୍ର। ଛୋଟ ବଡ଼ ଅକ୍ଷରରେ। ରାତିଯାକ ଲତା ଫେରିଲା ନାହିଁ। ସକାଳୁ ଉଠି ମତେ କୁହାଗଲା ଶୀଲା ଘରକୁ ଯିବା ପାଇଁ। ସେଠି ଯାଇ ପଚାରିଲାରୁ ଜଣା ପଡ଼ିଲା ଲତା ତାଙ୍କ ଘରକୁ ଯାଇ ନାହିଁ। ଖୋଜା ପଡ଼ିଲା। ସବୁ ଘରେ। ରାସ୍ତାରେ। ଗଳିରେ। ସାଇ ପଡ଼ିଶାଙ୍କ ଘରେ। ଲତାର ଖବର କେହି ଦେଇ ପାରିଲେ ନାହିଁ। ଶେଷରେ ଘରେ ବାସନ ମାଜୁଥିବା ରାମ ମା' ଆସି କହିଲା - ଆଜି ଭୋର୍‌ରେ ସାହି ପୋଖରୀରେ ଗାଧୋଇବାକୁ ଯିବାବେଳେ ଲୋକ ଭିଡ଼ ଥିଲା। ଗୋଟିଏ ଶବ ସେଠି ଭାସୁଥିଲା। ଘରୁ ସମସ୍ତେ ଦଉଡ଼ିଲେ ପୋଖରୀ ବନ୍ଧକୁ। ଭିଡ଼ ଜମିଥାଏ ଲୋକେ କଥା କୁହାକୁହି ହୋଇଥାନ୍ତି ଶବଟା ଛିଟ ଶାଢ଼ୀ ପିନ୍ଧି ଭାସୁଥାଏ। ପାଖରେ କଇଁଫୁଲଟିଏ ଫୁଟିଥାଏ। ଛିଟ ଶାଢ଼ୀଟା ଲତାର ପ୍ରିୟଥିଲା। ଲୋକମାନେ ଆମ ଆଡ଼େ ଚାହିଁଲେ। ପୋଖରୀରୁ ଶବଟା ଆଣି ପୋଖରୀ ହୁଡ଼ା ଉପରେ ଦିଇଟା ଟୋକା ରଖିଲେ। ବାପାଙ୍କର ଲତା ସହିତ ସେଟା ଶେଷ ଦେଖା। ତା ପରେ ପକ୍ଷାଘାତ।

ମନ୍‌ସୁର ବିରାଟ ଶବ୍ଦର ଅଟ୍ଟହାସ୍ୟ କଲା। ତା ପ୍ରତିଧ୍ୱନିତ ହେଲା ଦୂର ଆମ୍ବତୋଟାରେ। ବିନୟ ପିଠିରେ ଥାପୁଡ଼ାଇ କହିଲା- ଏ ତ କିଛି ନୁହେଁ। ମୋ କଥା ଶୁଣ। ମୁଁ ଜନ୍ମ ହେବାର କିଛିମାସ ପରେ ମୋ ଅମ୍ମି ଶକ୍ତ ବେମାରରେ ପଡ଼ିଲେ। ବିଛଣାରୁ ଉଠିବା ସମ୍ଭବ ନଥିଲା। ଡ଼ାକ୍ତର ଆସି ଦେଖି ବାପାଙ୍କୁ କାନରେ କଣ ଗୁଡ଼ାଏ କହିଲା। ପରେ ଶୁଣିଲି ଯେ ମତେ ଅମ୍ମି ପାଖରୁ ଦୂରରେ ରଖିବାକୁ ପଡ଼ିବ। କିଛି ମାସ ପରେ ଅମ୍ମି ଚାଲିଗଲେ। ମୋର ରକ୍ଷଣା ବେକ୍ଷଣ ଦାୟିତ୍ୱ ନେଲେ ବିଧବା ଚାଚୀ। ସେ ମୋର ସବୁ କିଛି। ମୁଁ ଥିଲି ତାଙ୍କର ଜୀବନ। ତାଙ୍କର ନିଜର କେହି ନଥିଲେ। ଆବ୍‌ବା ଥିଲେ ବ୍ୟବସାୟୀ। ସକାଳୁ ଯାଇ ରାତିରେ ବିଳମ୍ବରେ ଫେରନ୍ତି ନାଲି ଆଖିରେ ଢ଼ଳିଢ଼ଳି। ବେଳେବେଳେ ଚିତ୍କାର କରନ୍ତି ଚାକର ଚାକରାଣୀ ଗୁଡ଼ାଙ୍କ ଉପରେ। ଚାଚୀଙ୍କ ବିଷୟରେ ପଚାରନ୍ତି। ଲାଗେ ଚାଚୀଙ୍କୁ ଦେଖିବା ପାଇଁ ବିଶେଷ ଆଗ୍ରହ। ଚାଚୀ କିନ୍ତୁ ସ୍ୱାଭିମାନୀ ଓ ସତର୍କ। ସବୁ ନୀରବରେ ସହି ନିଅନ୍ତି। କିଛି ଅବହେଳା ନଥାଏ ମୋର ଦେଖାଶୁଣା କରିବାରେ କିମ୍ବା ଆବ୍‌ବା ଜାନ୍‌ଙ୍କର ବରାତ୍ ମେଣ୍ଟାଇବାରେ। ମଝିରେ ମଝିରେ ଅଧା ରାତିରେ କିଛି ବାହାନାରେ ଘର ଭିତରକୁ ପଶି ଆସନ୍ତି ମୋ ବିଷୟରେ ପଚାରିବା ପାଇଁ କିନ୍ତୁ ଦୃଷ୍ଟି ଥାଏ ଚାଚୀଙ୍କ ଉପରେ। କୁହନ୍ତି ମୋ ବିଷୟରେ ବହୁ କଥା ଅଛି। ଚାଚୀଙ୍କୁ ଅନୁରୋଧ କରନ୍ତି ଏକା ଅଲଗା

ଆସି ଆଲୋଚନା କରିବା ପାଇଁ। ଋଚୀ ସବୁ ଶୁଣି ଯାଆନ୍ତି ମୁଣ୍ଡକୁ ନୁଆଁଇ। କିନ୍ତୁ କେବେ ପ୍ରଶ୍ରୟ ଦିଅନ୍ତି ନାହିଁ ଆବ୍‌ବାଜାନଙ୍କୁ ଆଗେଇବା ପାଇଁ। ବିଳମ୍ବ ରାତିରେ ଖାଇବା ପରସା ଯାଏ ଘର ଋକରାଣୀ ଜୁବେଦା ହାତରେ। ଜୁବେଦା ସୁନ୍ଦର, ନିଟୋଳ, ଟଣାଟଣା ଆଖି। ଆକର୍ଷଣୀୟ ବକ୍ଷୋଜ। ସବୁବେଳେ ମୁହଁରେ ହସ। ଆବ୍‌ବା ତା ହାତରୁ ପରସା ଖାଇବାରେ ତାଙ୍କ ମନରେ ଶାନ୍ତି ଆସେ। ଝଡ଼ର ଅବସାନ ହୁଏ। ଜୁବେଦା ଓ ଆବ୍‌ବାଜାନ ସେ ଘରେ କଣ ଫୁସୁରୁ ଫୁସୁରୁ ହୁଅନ୍ତି ଘଣ୍ଟା ଘଣ୍ଟାଧରି। ପରେ ଜୁବେଦା ଫେରେ ନିଜ କମରାକୁ। ଏ ଗୁଡ଼ାକ ଋଚୀଙ୍କୁ ଭଲ ଲାଗେ ନାହିଁ। କିନ୍ତୁ ନାଋର। କେବେ ଯଦି ଜୁବେଦା ରାତିରେ ଖାଇବା ନନେଇ ପାରେ ସୂତ୍ରପାତ ହୁଏ ଝଡ଼ର। ଆବ୍‌ବାଙ୍କ କଳ୍ପନା ସବୁ ଭାଙ୍ଗି ଚୁରମାର ହୁଏ।

ମୁଁ ସ୍କୁଲରେ ନାଁ ଲେଖାଇବା ପରେ ଋଚୀ ସ୍କୁଲ ଯିବାର ସବୁ ବନ୍ଦୋବସ୍ତ ମୋ ପାଇଁ କରନ୍ତି ଓ ସ୍କୁଲରୁ ଫେରିଲେ ନିଜେ ବସି ଘରେ ପଢ଼ାନ୍ତି। ଇଦ୍‌ରେ ବିଶେଷ ଖାଦ୍ୟ ପ୍ରସ୍ତୁତ ହୁଏ ମୋ ପସନ୍ଦ ମୁତାବକ। ଋଚୀ ଥିଲେ ମୋର ଅମ୍ମିଜାନ ଠାରୁ ବେଶୀ ପ୍ରିୟ। କାରଣ ଅମ୍ମିଜାନଙ୍କ ବିଷୟରେ ମୋର କିଛି ଗୋଟାଏ ଧାରଣା ନଥିଲା। ତାର ମୁହଁଟାକୁ ଚିହ୍ନି ମନେ ପକାଇବା ପୂର୍ବରୁ ସେ ନିୟତିର ନିର୍ଦ୍ଦେଶରେ ମତେ ଅନାଥ କରି ଛାଡ଼ି ଋଲିଗଲା। ଋଚୀ ଓ ମୋ ମଧ୍ୟରେ ଗୋଟିଏ ନିବିଡ଼ ସମ୍ପର୍କ ଥିଲା। ମା ଓ ପୁତ୍ରର ସମ୍ପର୍କ ଠାରୁ ବେଶୀ। ସେ ମତେ ସବୁବେଳେ ଘରର ବହୁକଥା ଜାଣିବାର ଆଗ୍ରହକୁ ନାପସନ୍ଦ କରୁଥିଲେ। ଜାଗ୍ରତ ପ୍ରହରୀ ଭଳି ମୋର ସୁରକ୍ଷା ଓ ଭବିଷ୍ୟତ ପାଇଁ ବିଶେଷ ଚିନ୍ତିତ ରହୁଥିଲେ।

ଯେଉଁ ମାୟା, ମମତା ଓ ସ୍ନେହ ଜୀବନଯାକ ହରାଇବାର ଦୁର୍ଭାଗ୍ୟ ଥିଲା, ସେ ଗୁଡ଼ିକ କେତେକାଂଶରେ ପୂରଣ କରିଥିଲେ ଋଚୀ। 'ସବୁ ନାହିଁ' ରୁ 'ସବୁ ଅଛି'ର ଗୋଟିଏ ସେତୁ ସେ ତିଆରି କରିଥିଲେ ମୋ ପାଇଁ।

କିନ୍ତୁ ବେଶୀଦିନ ସେ ବନ୍ଧନ ରହିପାରିଲା ନାହିଁ। ଦିନେ ଖରାବେଳେ ସ୍କୁଲରୁ ଫେରି ଦେଖେ ଋଚୀ ଋରିପାଖେ ଲୋକେ ଘେରି ରହିଛନ୍ତି। ଋଚୀ ନିଘୋଡ଼ ନିଦରେ ଶୋଇଛି। ସମସ୍ତେ ପାଟିରେ ଲୁଗାରଖି ଫୁପି ଫୁପି କାନ୍ଦୁଛନ୍ତି। ମତେ ଜଣେ କେହି କଡ଼କୁ ନେଇ କହିଲା 'ଋଚୀ ଋଲିଗଲା'। ଆଲ୍ଲାଙ୍କ ପ୍ୟାରା ହୋଇଗଲା। ପରେ ଶୁଣିଲି ଋଚୀର ଗୋଟାଏ କଣ ଅସାଧ ରୋଗ ହୋଇଥିଲା। ଚିକିତ୍ସା ଅବହେଳାରେ ଋଲିଗଲା। ମତେ ସେତେବେଳେ ଚଉଦ କି ପନ୍ଦର ବର୍ଷ।

ତାର ଅଭାବଟା ଅନୁଭବ କଲି ସ୍କୁଲରୁ ଫେରି। ଇଦ୍‌ରେ। ଖାଇ ବସିବା ବେଳେ। ସେ ଅଭାବର କିଛି ଫରକ୍ ନଥିଲା ଆବ୍‌ବାଙ୍କ ପାଖରେ। ତାଙ୍କର ନିୟମିତ

ଜୀବନଯାତ୍ରାରେ କିଛି ପରିବର୍ତ୍ତନ ନଥିଲା । ଜୁବେଦା ଆବ୍‌ବାଙ୍କର ଦେଖାଶୁଣା କରୁଥିଲା ଆଗଭଳି । ଧୀରେ ଧୀରେ ଘରର ସବୁ ଚାବି ତା ପାଖରେ ରହିଲା । ଚାକର, ଚାକରାଣୀ, ମୁଲିଆ, ଅଫିସ୍, ମୁନ୍‌ସୀ ତା ଠାରୁ ବରାଦ୍ ନେଲେ । ତାକୁ ଖୁସି କରିବାକୁ ଚାହିଁଲେ । ଘରର ପୁରୁଣା ମୂଲିଆ ରହିମ୍ ମିଆଁ, ୟୁସୁଫ ମିଆଁ ବି ତା ମୁହଁରେ ଜବାବ ଦେଇ ତଡ଼ା ଖାଇଲେ । କଥାଟା ପରିଷ୍କାର ହୋଇଗଲା, କାହାର କର୍ତ୍ତୃତ୍ୱ ଜାହିର । ମୁଁ ମଧ୍ୟ ଅବସ୍ଥା ଦେଖି ଚୁପ୍ ହୋଇଗଲି । ତେବେ ଜୁବେଦା ସବୁବେଳେ ମୋ କଥା ପଚାରେ । ମୋ ପାଖରେ ଆସି ଛୋଟୀ ଭଳି କଥା କହିବାକୁ ଚେଷ୍ଟା କରେ । ତାର ଅଂଗେ ଅଂଗେ ପୁରି ରହିଥିଲା ଯୌବନର ଇଙ୍ଗିତ । ପ୍ରାଣର ପ୍ରାଚୁର୍ଯ୍ୟ । ସେ ସବୁବେଳେ ଯେମିତି ଆମନ୍ତ୍ରଣ କରୁଥିଲା ମଣିଷର କାମନାକୁ - ପ୍ରବୃତ୍ତିକୁ । ତାର ଶରୀରର ରେଖାକୃତି ପୁରୁଷକୁ ପ୍ରଲୁବ୍ଧ କରେ ଆଦିମ ପ୍ରବୃତ୍ତି ଚରିତାର୍ଥ ପାଇଁ । କିନ୍ତୁ ତାର ମନଟାରେ ବୋଧହୁଏ ଆବିଳତା ନଥିଲା । ମୋ ପ୍ରତି ଅନଭ୍ୟସ୍ତ ଆଦର ଥିଲା । ଦିନେ ମୋର ସାମାନ୍ୟ ଜ୍ୱର । ମୁଁ ସ୍କୁଲ ଯାଇନଥାଏ । ଖରାବେଳେ ଆଖି ଲାଗିଆସିଥାଏ । ଜୁବେଦା ଘର ଭିତରକୁ ପଶିଲା ଏବଂ ପଚାରିଲା ମତେ କେମିତି ଲାଗୁଛି । ମୋ ଠାରୁ କିଛି ଉତ୍ତର ନ ପାଇ ଧିରେ ଧିରେ ମୋ ବିଛଣାରେ ଆସି ବସି ମୋ ମୁଣ୍ଡକୁ ଆଉଁସାଇ ଦେଲା । ଖୁବ୍ ଭଲ ଲାଗିଲା ତାର ସ୍ପର୍ଶରେ । କିଛି କ୍ଷଣପରେ ସେ ମୋ କଡ଼ରେ ଶୋଇ ମୋ ମୁଣ୍ଡରେ ଆଉଁସିବାକୁ ଲାଗିଲା । ମୋର କେତେବେଳେ ଯେ ନିଦ ଆସିଯାଇଥିଲା ସେ କଥା ମନେ ନାହିଁ କିନ୍ତୁ କିଛି କ୍ଷଣପରେ କଡ଼ ଲେଉଟିବାକୁ ଯାଇ ମୁଁ ଦେଖେ ଜୁବେଦାର ଉନ୍ନତ ଏବଂ ଆକର୍ଷଣୀୟ ବକ୍ଷୋଜ ମତେ ଚାପି ରଖିଛି । ତାର ମୁହଁରେ ସନ୍ତୋଷ ଓ ପୂର୍ଣ୍ଣତାର ଏକ ଝଲକ୍ ମୁଁ ଦେଖିବାକୁ ପାଇଥିଲି । କିନ୍ତୁ ମୁଁ ସାଲିସ୍ କରି ପାରିଲି ନାହିଁ ସେ କେବେ ଅମ୍ମି କିମ୍ବା ଛୋଟୀର ସ୍ଥାନ ନେଉ । ସମ୍ପର୍କର ଶେଷ ହେଲା ଯେଉଁଦିନ ମୁଁ ସ୍ଥିର କଲି ବାହାରକୁ ଚାଲିଯିବି ପଢ଼ିବା ପାଇଁ । ସେଇ ମୋର ଶେଷ ଦେଖା ଜୁବେଦା ଓ ଆବ୍‌ବାଙ୍କ ସଂଗେ । ମନିଅର୍ଡ଼ର କରି ପଠାଇ ଦିଅନ୍ତି ଟଙ୍କା । ଘରଟାଏ ଏଠି ତୋଳି ଦେଇଛନ୍ତି ଏବଂ ଗାଁରୁ ଦୁଇଟି ଲୋକ ମତେ ଦେଖାଶୁଣା କରିବା ପାଇଁ ପଠାଇ ଦେଇଛନ୍ତି । ଏଇ ତ ଜୀବନ । ମୁଁ ଆଉ ଗାଁକୁ ଫେରି ନଯିବାକୁ ଭାବିଛି ।

ଅଜୟ ହସିଲା ଜୋର୍‌ରେ - ପ୍ରତିଧ୍ୱନି ହେଲା ନଈ ସେପାରିର ଆମ୍ବ ତୋଟାରେ । ଧୀରେ ଧୀରେ ଉଠି ସେ ଚାଲିବାକୁ ଆରମ୍ଭ କଲା ବାଲିକୁଦଟା ଆଡ଼େ । ସବୁ ଆଡ଼େ ନିସ୍ତବ୍ଧ । ଖାଲି ଝାଉଁବଣର ନିଶ୍ୱାସ । ବାଲିକୁଦ ଉପରେ ଛିଡ଼ା ହୋଇ ସେ ଆକାଶ ଆଡ଼େ ଚାହିଁଲା । ପୂର୍ଣ୍ଣମୀର ଜହ୍ନ । ଅଜୟ ଆସ୍ତେ ଆସ୍ତେ ଗୋଟେ ଗୋଟେ

କରି ତା ଦେହରୁ ପୋଷାକକୁ ଉତ୍ତାରି ବାଲିକୁଦ ଉପରେ ରଖିଲା। ନୀରବରେ ଦୀର୍ଘଶ୍ୱାସ ନେଲା। ତା'ର ମନେ ହେଉଥିଲା ସେ ସବୁ ପ୍ରଶ୍ୱାସରେ ଅତୀତ ଗୁଡ଼ାକୁ ଫିଙ୍ଗି ଦେଉଛି ଓ ନିଶ୍ୱାସରେ ବର୍ତ୍ତମାନରେ ସାରା ଶରୀରକୁ ବିସ୍ତାରିତ କରୁଛି। ଦଣ୍ଡାୟମାନ ଅବସ୍ଥାରେ ସେ ଧ୍ୟାନ ମଗ୍ନ ହେଲା। ଗୋଟିଏ ସନ୍ଥ ପୁରୁଷ ପରି ସେ ଜୀବନକୁ ଉପଲବ୍ଧ କରି ପାରିଛି, ହୃଦୟଙ୍ଗମ କରିପାରିଛି। ଶ୍ରାବଣ ବେଲା ଗୋମତେଶ୍ୱରଙ୍କ ପରି ସମ୍ପୂର୍ଣ୍ଣ ଉଲଗ୍ନ ପ୍ରତିମୂର୍ତ୍ତି ଭଳି ସେ ଛିଡ଼ା ହୋଇଛି ଏବଂ ସତେ ଅବା ତା'ର ଅଭିଷେକ ହେଉଛି ଜ୍ୟୋତ୍ସ୍ନା କିରଣରେ।

କି ଅପୂର୍ବ ଶାନ୍ତି।

କିଛି ସମୟ ପରେ ବିନୟ ଓ ମନସୁର ମଧ୍ୟ ସେ ବାଲିକୁଦ ଉପରକୁ ଆସିଲେ। ଗୋଟାଏ ଅହେତୁକ ପ୍ରେରଣାରେ ସେମାନେ ମଧ୍ୟ ପୋଷାକ ଗୁଡ଼ାକୁ ଉତ୍ତାରି ଫିଙ୍ଗିଦେଲେ। ଉପରକୁ ଚାହିଁ ଦୀର୍ଘ ନିଶ୍ୱାସ ଦେଲେ। ଅପାର ଆନନ୍ଦର ପ୍ରାଚୁର୍ଯ୍ୟରୁ ସେମାନେ କିଛି ପାନ କରୁଥିଲେ ଏବଂ ତାଙ୍କ ଭିତରର ଦୁର୍ବଳ, ଅସ୍ଥିରଚିତ୍ତ ଓ ବିକାରଗ୍ରସ୍ତ ରୁଗ୍‌ଣ ବ୍ୟକ୍ତିତ୍ୱ ଗୁଡ଼ାକ ତରଳି ମିଳାଇ ଯାଉଥିଲା। ତିନି ବନ୍ଧୁ ନିଜ ନିଜ ଆଡ଼େ ଚାହିଁଲେ। ଏତେଦିନ ଧରି ସେମାନେ ପ୍ରବୃତ୍ତିକୁ ଦମନ କରି ଆସିଥିଲେ। ପ୍ରବୃତ୍ତିକୁ କିଛି ସୁବିଧା ସୁଯୋଗ ଦେବାର ଏଇତ ପ୍ରାରମ୍ଭ।

ଅଜୟ ଗୁରୁ ଗମ୍ଭୀର ସ୍ୱରରେ କହିଲା- ମୁଁ ଅତୀତରେ ବଞ୍ଚିବାକୁ ଚାହେଁନା।

'ମୋର ଭବିଷ୍ୟତରେ ବଞ୍ଚିବାକୁ ଆକାଂକ୍ଷା ନାହିଁ - ବିନୟ ଓ ମନସୁର୍ ଦୁହିଁଙ୍କ ଆଡ଼େ ଚାହିଁଲା ଏବଂ କହିଲା- 'ବର୍ତ୍ତମାନଟା ହିଁ ସତ୍ୟ।'

ପୁଣି ଥରେ ତିନିହେଁ ନିଜ ଶରୀର ଆଡ଼େ ଚାହିଁଲେ, ମୁଗ୍ଧ ହେଲେ।

ସିନ୍ଦୁରା ଫାଟିବାର ଥାଏ। ଅମରେନ୍ଦ୍ର ଦୂରରୁ ଦେଖୁଥାଏ ସେଇ ତିନିଜଣ ବନ୍ଧୁଙ୍କୁ। ତିନି ତୀର୍ଥଙ୍କର ଭଳି ଧ୍ୟାନମଗ୍ନ। ଉପଲବ୍ଧ ପୁରୁଷ ଏବଂ ଜ୍ୟୋତ୍ସ୍ନାସ୍ନାତ ପୃଥିବୀ।

■■

(ରଚନା କାଳ - ୨୦୦୭)

BLACK EAGLE BOOKS

www.blackeaglebooks.org
info@blackeaglebooks.org

Black Eagle Books, an independent publisher, was founded as
a nonprofit organization in April, 2019. It is our mission to
connect and engage the Indian diaspora and the world at large
with the best of works of world literature published on a
collaborative platform, with special emphasis on
foregrounding Contemporary Classics and New Writing.

www.ingramcontent.com/pod-product-compliance
Lightning Source LLC
Chambersburg PA
CBHW050423110726
47899CB00008B/2832
9781645603054